BIANCA™

KATE HEWITT

EL REGRESO DEL GRIEGO

Editado por Harlequin Ibérica.
Una división de HarperCollins Ibérica, S.A.
Avenida de Burgos, 8B - Planta 18
28036 Madrid

© 2024 Harlequin Ibérica, una división de HarperCollins Ibérica, S.A.
N.º 467 - 20.1.24

© 2011 Kate Hewitt
El regreso del griego
Título original: Bound to the Greek

© 2011 Kate Hewitt
Inocencia y poder
Título original: Mr and Mischief
Publicadas originalmente por Harlequin Enterprises, Ltd.
Estos títulos fueron publicados originalmente en español en 2011

I.S.B.N.: 978-84-1180-617-6
Depósito legal: M-32147-2023
Impreso en España por: BLACK PRINT
Fecha impresión para Argentina: 19.7.24
Distribuidor exclusivo para España: LOGISTA
Distribuidor para México: Distribuidora Intermex, S.A. de C.V.
Distribuidores para Argentina: Interior, DGP, S.A. Alvarado 2118.
Cap. Fed./Buenos Aires y Gran Buenos Aires, VACCARO HNOS.

MIXTO
Papel procedente de
fuentes responsables
FSC® C159065
FSC
www.fsc.org

Capítulo 1

VENGA por aquí, señor Zervas. Le presentaré a Eleanor, nuestra jefa de proyectos.

Yannis Zervas redujo ligeramente el paso al oír el nombre. Eleanor. No lo había oído en diez años. Pero supuso que sería una coincidencia. A fin de cuentas, en Nueva York había muchas más Eleanor que la mujer que le había partido el corazón.

La secretaria que lo acompañó a través del vestíbulo, decorado con obras de arte y muebles de diseño, se detuvo delante de una puerta de cristal ahumado, llamó una vez y la abrió.

–¿Eleanor? Quiero presentarte a...

Yannis no oyó el resto de la frase. Acababa de ver a la mujer que se encontraba en el interior del despacho.

Era su Eleanor. Eleanor Langley.

Sólo tuvo que mirarla para saber que estaba tan sorprendida como él. Naturalmente, intentó disimularlo; pero entreabrió un poco la boca y sus ojos ganaron en intensidad durante un par de segundos.

Después, se levantó del sillón y sonrió de forma profesional.

–Gracias, Jill. Déjanos solos, por favor.

La secretaria notó la repentina tensión del ambiente y los miró con extrañeza.

–¿Traigo café?

–Te lo agradecería mucho, Jill.

Jill salió del despacho y cerró la puerta mientras Yannis intentaba encontrar una explicación al encuentro. En principio, no resultaba tan sorprendente; Eleanor era neoyorquina y, además, cabía la posibilidad de que hubiera seguido la carrera de su madre. Pero la Ellie que él había conocido odiaba el mundo y el trabajo de su madre. Su Ellie quería abrir una cafetería.

–Has cambiado –dijo él.

Yannis no pretendía decirlo, pero no lo pudo evitar. La Eleanor del pasado no se parecía nada a la mujer elegante y sobria que se encontraba ante él. Su Eleanor era relajada, natural, divertida, completamente opuesta a aquella mujer de traje oscuro y cabello recogido en un moño. Sus ojos avellanados, antes dorados y cálidos, parecían ahora más oscuros, más fríos y hasta más pequeños.

Cuando se apartó de la mesa y se acercó para estrecharle la mano, notó que llevaba unos zapatos de tacón de aguja. Algo que su Ellie tampoco se habría puesto nunca.

Sin embargo, Yannis se maldijo para sus adentros por pensar en términos tan inadecuados. No era su Ellie. Nunca lo había sido. Lo descubrió cuando se vieron por última vez y supo que le había estado mintiendo de la peor manera posible; cuando Yannis se dio la vuelta y se marchó sin decir una sola palabra.

Eleanor Langley miró la superficie bruñida de la mesa y respiró hondo. Necesitaba unos segundos para recobrar la compostura.

Durante los diez años anteriores, había fantaseado muchas veces con la posibilidad de encontrarse con Yannis; pero no esperaba que el encuentro se produjera. Imaginaba que se veían, que le decía lo que pensaba de él y que él huía como un cobarde. Cuando estaba especialmente irritada, imaginaba que le daba una bofetada. Y en sus momentos más dignos, se lo quitaba de encima con una mirada fría y llena de desdén.

Nunca había imaginado que se pondría tan nerviosa, que estaría temblando por dentro y por fuera, que no podría pensar.

Volvió a tomar aire, intentó tranquilizarse y lo miró a los ojos.

–Por supuesto que he cambiado. Han pasado diez años –le dijo, fingiendo una fortaleza que no sentía–. Tú también has cambiado.

Era verdad. Su cabello, negro como la tinta, lucía ahora canas en las sienes. Además, su expresión era más dura, más masculina, y le habían salido arrugas. Pero lejos de avejentarlo, las arrugas le daban un aire de dignidad y experiencia. Incluso enfatizaban el gris acerado de sus ojos.

En cuanto a su cuerpo, seguía como siempre; alto, ágil, potente. El traje de seda que se había puesto, enfatizaba sus hombros anchos y sus caderas estrechas. Y lo llevaba con tanta soltura y elegancia como las camisetas y los vaqueros de su juventud.

Su aspecto era sencillamente magnífico.

Sin embargo, Eleanor se dijo que el de ella no le andaba a la zaga. Dedicaba mucho tiempo y esfuerzos a estar en forma; al fin y al cabo, el glamour era un aspecto fundamental en su profesión.

Segura de sí misma, se echó el cabello hacia atrás y le dedicó una sonrisa.

—Así que tú eres mi cita de las dos en punto.

Yannis también sonrió, aunque su mirada adquirió un destello duro, casi como si estuviera enfadado.

Eleanor se dio cuenta y se preguntó a qué se debería el enfado. Desde su punto de vista, ella era la única que tenía derecho a estar enfadada; no en vano, fue él quien se marchó y rompió su relación.

Pero ya no estaba enfadada. Lo había superado. Se había librado de Yannis Zervas. Ya no sentía nada por él.

O eso quería pensar.

—¿Has venido en representación de Atrikides Holdings? —continuó, frunciendo el ceño—. Me habían dicho que vendría Leandro Atrikides... ¿Ha habido cambio de planes?

Yannis se sentó en un sillón, cruzó las piernas y respondió:

—Sí, algo así.

—¿Y bien? ¿En qué te puedo ayudar?

Yannis apretó los labios y Eleanor lamentó que su encuentro estuviera condenado a ser así, profesional, distante y frío. Pero por otra parte, no quería hurgar en el pasado; habría sido demasiado doloroso e incómodo.

Decidió fingir que el pasado no existía. Decidió comportarse como si Yannis Zervas fuera un cliente normal.

Además, no tenía otro remedio. Si mencionaban asuntos personales y sacaban los trapos sucios a colación, su enfrentamiento estaría asegurado. Y a su jefa, Lily Stevens, le disgustaban los problemas con los clientes.

–Bueno, es obvio que estoy aquí porque te necesito para organizar un acto –respondió él.

–Sí, es obvio –declaró ella con brusquedad.

Aquello no iba bien. Cada frase que pronunciaban estaba cargada de tensión. Pero no sabía qué hacer; mencionar el pasado significaría reabrir viejas heridas y avivar el dolor que seguía presente en su alma y en su cuerpo.

Una vez más, se repitió que Yannis Zervas era un cliente; un cliente como cualquier otro. Sólo tenía que respirar despacio y sonreír.

–¿Qué tipo de acto necesitas organizar? –preguntó–. Necesito que me des más detalles.

–Pensaba que ya te habrían informado. Estoy seguro de que mi ayudante habló con vosotros por teléfono.

Eleanor consultó rápidamente su archivo.

–Ah, sí... aquí está la ficha. Pero sólo dice que es una fiesta de Navidad.

En ese momento llamaron a la puerta. Era Jill, que les llevaba los cafés.

Eleanor se levantó para recoger la bandeja y que la secretaria se marchara cuanto antes. No quería que notara la tensión que llenaba el ambiente. Jill era una joven muy ambiciosa; sólo llevaba dos años en la empresa, pero ya había demostrado que era capaz de cualquier cosa con tal de ascender.

–Gracias, Jill. Ya me encargo yo de servirlos.

Sorprendida, Jill retrocedió y salió del despacho.

–Antes no tomabas café –dijo Yannis–. Lo recuerdo porque me parecía divertido que una chica que quería abrir una cafetería, no tomara café.

Eleanor se puso tensa. Esperaba sobrevivir a la

reunión sin que se mencionara el pasado, pero Yannis no parecía desear lo mismo. Se había referido a él con absoluta naturalidad, como si hubieran mantenido una relación buena y llena de momentos felices; como si hubieran compartido mil cosas.

Y no las habían compartido.

Sirvió el café, intentando disimular el temblor de sus manos, y se preguntó cómo se atrevía a actuar como si no la hubiera dejado plantada ni hubiera huido ante el primer problema que se presentó.

Nunca olvidaría el dolor y la humillación que había sentido cuando fue a buscarlo a su apartamento y descubrió que no sólo se había cambiado de casa sin decir nada, sino que además se había marchado de la ciudad y del país.

Era un cobarde.

—No estaba especialmente interesada en abrir una cafetería —declaró con frialdad—. Sólo me parecía que, en ese momento, era una buena oportunidad empresarial.

Eleanor le sirvió un café solo, con dos cucharaditas de azúcar, como le gustaba. No lo había olvidado. Ni había olvidado los tiempos en que él preparaba café en su diminuto piso de estudiante mientras ella le llevaba a la boca las pastas y los dulces que pensaba ofrecer en su cafetería.

Yannis siempre decía que estaban deliciosos. Pero mentía como le había mentido en tantas cosas; como le había mentido cuando le declaró su amor. Si hubiera estado realmente enamorado de ella, no la habría dejado.

Le pasó su taza y se sirvió otro café para ella, también solo. Ahora le gustaba tanto que tomaba más de la cuenta. Allie, su mejor amiga, siempre le decía que tomaba demasiado; pero necesitaba la cafeína.

Sobre todo, en momentos como ése.

–No es lo que yo recuerdo –declaró Yannis.

Sus palabras la desconcertaron tanto, que Eleanor dio un trago demasiado largo y se quemó la lengua.

–¿Cómo?

Yannis se inclinó hacia delante.

–A ti no te interesaban los mercados y las oportunidades empresariales –afirmó–. ¿Cómo es posible que lo hayas olvidado, Ellie? Sólo querías abrir un sitio donde la gente se pudiera relajar y divertirse un rato.

Eleanor supo que tenía razón. De hecho, recordaba cuándo se lo había dicho: después de hacer el amor por primera vez.

Le contaba todo tipo de secretos. Le abría de par en par su alma, su corazón, su vida entera. Y a cambio, él no le había dado nada.

–Estoy segura de que recordamos muchas cosas de forma distinta, Yannis. Y por cierto, no me llames Ellie. Ahora sólo respondo a Eleanor.

–Pero si me dijiste que odiabas tu nombre...

Ella suspiró con impaciencia.

–Eso fue hace diez años. Diez años, Yannis –repitió–. Yo he cambiado, tú has cambiado, el mundo ha cambiado. Será mejor que lo superes.

Él entrecerró los ojos.

–Oh, no te preocupes por eso, Eleanor. Ya lo he superado. Lo he superado por completo.

El tono de voz de Yannis contradijo sus palabras. Ya no había duda alguna de que estaba enfadado, lo cual irritó a Eleanor a pesar de que quería mantener el aplomo.

En su opinión, Yannis no tenía ningún derecho a estar furioso con ella; pero se comportaba como si ella fuera la culpable de su separación.

Evidentemente, la hacía responsable.

Por el error más clásico e ingenuo de todos; por el error de haberse quedado embarazada sin querer.

Yannis la miró con intensidad, tan enfadado que ni él mismo se lo podía creer. Pero su enfado carecía de sentido; llegaba diez años tarde.

Sin embargo, necesitaba saber lo que había sido de Eleanor desde que se separaron. Quería saber si había tenido el niño y si se había casado con el padre del bebé. Quería saber si se había arrepentido de haberlo expulsado de su vida de un modo tan lamentable.

Pero no parecía arrepentida. De hecho, parecía enfadada con él; como si hubiera sido él y no ella quien destrozó su relación.

−¿Y bien?

Eleanor sacó una libreta y un bolígrafo, entrecerró los ojos y añadió:

−¿Puedes darme más detalles de la fiesta?

Yannis, que ya había olvidado el motivo de su visita, se echó hacia delante y habló con tono seco y acusador.

−¿Tuviste un niño? ¿O una niña? −preguntó de súbito.

Ellie mantuvo su expresión fría y distante; incluso le pareció más fría y más distante que antes. Yannis pensó que se había transformado en una mujer sin corazón, completamente diferente a la que había conocido.

—Prefiero no hablar del pasado, Yannis. Si queremos mantener una actitud profesional...

—Está bien, como quieras; seamos profesionales —la interrumpió—. Quiero organizar una fiesta de Navidad para los trabajadores que se han quedado en Atrikides Holdings.

—¿Los que se han quedado?

—Sí, exactamente. Compré la empresa la semana pasada y se han producido algunos cambios —respondió.

—Ah, quieres decir que tu empresa ha absorbido a la antigua —declaró con desprecio.

—Sí —respondió él con toda naturalidad—. Al asumir la dirección, mi equipo de colaboradores sustituyó a parte de la plantilla anterior... Quiero mejorar el ambiente de trabajo, y me ha parecido que una fiesta de Navidad sería perfecta.

—Comprendo.

Por la tensión de su boca y la condena de su expresión, Yannis supo que Eleanor no lo comprendía en absoluto. Había sacado una conclusión precipitada a partir de los pocos datos que tenía; los datos que él mismo le acababa de dar.

Pensó que no tenía derecho a juzgarlo de ningún modo. A fin de cuentas, ella había sido tan despiadada e implacable en su vida personal como él en la vida empresarial.

Pero desde su punto de vista, había una diferencia relevante: mientras que Eleanor lo juzgaba sin tener información suficiente, él la había juzgado a ella con información de sobra.

Eleanor tomó unas cuantas notas en la libreta, aunque ni siquiera fue consciente de lo que apuntaba. En su mente seguía sonando la pregunta de Yannis.

«¿Tuviste un niño? ¿O una niña?».

Se preguntó cómo era capaz de formular esa pregunta de un modo tan agresivo. Se trataba de su hijo; del hijo del propio Yannis.

Intentó refrenar sus pensamientos y bloquearlos. No quería recordar el pasado. Había enterrado esas emociones en lo más profundo de su corazón y no iba a permitir que las liberara de nuevo. Eran demasiado dolorosas.

Respiró hondo y lo miró.

—¿De qué clase de fiesta estamos hablando? ¿De un cóctel? ¿De una cena? ¿A cuántas personas quieres invitar?

—Tenemos alrededor de cincuenta empleados, aunque me gustaría que vinieran con sus familias —respondió—. Algunos tienen niños pequeños, de modo que debería ser algo relajado pero elegante a la vez.

—Relajado pero elegante —repitió ella.

Lo apuntó en la libreta, apretando el bolígrafo, y lo volvió a mirar.

—Muy bien. Ahora necesito que...

Yannis suspiró y la interrumpió.

—Mira, no tengo tiempo para entrar en detalles. He venido para hacerle un favor a un amigo y tengo mucho que hacer. Sólo voy a estar una semana en Nueva York.

–¿Una semana?

Él asintió.

–Sí. Y la fiesta se va a celebrar este viernes.

Eleanor se quedó boquiabierta. Nadie le había dicho que fuera tan pronto.

–Me temo que va a ser imposible con tan poco tiempo –afirmó–. Tengo toda una lista de clientes que...

–Nada es imposible si se gasta suficiente dinero –le recordó–. Precisamente he elegido vuestra empresa porque estoy seguro de que podéis organizarla. Quería hablar en persona con la jefa de proyectos para simplificar las cosas... y según me han dicho, esa persona eres tú. ¿Verdad?

Eleanor se limitó a asentir.

–En tal caso, escríbeme por correo electrónico y dime lo que necesitas –continuó él mientras se levantaba del sillón–. Me alegra saber que tienes éxito en el trabajo, Ellie. Aunque me pregunto a cuántas personas te habrás quitado de en medio para conseguir este despacho tan bonito.

Yannis miró por el ventanal que daba al parque de Madison Square, cuyos árboles sin hojas se alzaban sombríos contra el cielo invernal.

Eleanor se sintió tan insultada, que soltó un grito ahogado. No tenía derecho a hablarle de ese modo; no tenía derecho a juzgarla.

Yannis caminó hacia la salida y comentó:

–Supongo que nos veremos más antes de la fiesta.

Ella supo que se iba a marchar sin más, después de haber abierto las viejas heridas, y estalló sin poder evitarlo.

–Fue una niña –dijo con rabia–. Ya que te interesa tanto, te diré que fue una niña.

Él la miró y sonrió con desprecio.

–Me interesaba –puntualizó–. Pero ya no me interesa en absoluto.

Acto seguido, se marchó.

Capítulo 2

ELEANOR? ¿Yannis Zervas ya se ha marchado? Eleanor alzó la cabeza y vio que su jefa, Lily Stevens, estaba en la entrada de su despacho, frunciendo el ceño y mirándola con desaprobación.

Durante un momento, le recordó a su madre; pero no era sorprendente, porque Lily y su madre habían sido socias hasta cinco años antes.

—¿Eleanor? —repitió Lily, con más énfasis.

Eleanor se levantó e intentó sonreír.

—Sí, se acaba de marchar.

—Qué rapidez.

Eleanor recogió la taza de café de Yannis, que estaba prácticamente llena y dijo:

—Es que es un hombre muy ocupado.

—Jill me ha comentado que el ambiente estaba un poco tenso cuando entró.

Eleanor se encogió de hombros. Tampoco le sorprendía que Jill le hubiera ido con el cuento a Lily. Su profesión era verdaderamente dura; siempre había alguien dispuesto a pasar sobre el cadáver de otra persona con tal de ascender.

—¿Tenso? No, en absoluto.

—No necesito decirte que Yannis Zervas es un cliente muy importante, ¿verdad? Las acciones de su empresa están valoradas en más de mil millones de...

–No, no necesitas decírmelo –la interrumpió.

–Me alegra saberlo, porque quiero que hagas todo lo necesario para que su fiesta sea un éxito. Concéntrate en ella. Le diré a Laura que se ocupe de todos los compromisos que tenías esta semana.

–¿Cómo?

Eleanor no pudo ocultar su indignación. Entre sus compromisos, había actos de varios clientes con los que había trabajado durante meses; y sabía que Laura, otra de sus enemigas en la empresa, aprovecharía la ocasión para robarle los contactos.

Apretó los dientes y pensó que su profesión no era exactamente dura, sino brutal. Se había endurecido mucho con el paso del tiempo, pero le empezaba a cansar.

En cualquier caso, Yannis Zervas no se merecía que arriesgara su carrera por él. Si Lily quería que se concentrara en su fiesta, acataría la orden y se concentraría en su fiesta. Y después, seguiría con su vida.

–¿Hay algún problema, Eleanor? –preguntó Lily, entrecerrando los ojos.

Eleanor se mordió el interior de la mejilla. Odiaba el tono aparentemente dulce y profundamente despectivo de Lily, el mismo que su madre le dedicaba cuando era una niña.

Casi le pareció gracioso que hubiera terminado en un trabajo como el de su madre y con una jefa como su madre. Pero no tenía ninguna gracia. Todas las decisiones que Eleanor había tomado durante los años anteriores buscaban el objetivo de alejarla de sus sueños y de sus creencias. Pretendían ser una forma de reinventarse a sí misma. Y por lo visto, no lo había conseguido.

–Por supuesto que no. Estoy absolutamente encantada de trabajar con él –mintió–. Como bien has dicho, es un cliente muy importante. Y un gran paso para nuestra empresa.

Lily asintió, aparentemente satisfecha con sus palabras.

–En efecto –dijo–. ¿Vas a volver a reunirte con él?

–Mañana por la mañana le enviaré los detalles por correo electrónico –respondió.

Eleanor se estremeció al pensar en lo que la esperaba. Tendría que dedicar todo el día a hacer llamadas telefónicas y pedir favores para celebrar la fiesta en la fecha requerida. Durante una semana, estaría al servicio de Yannis. Sería su esclava particular.

Pero no podía perder su trabajo. Ni dar a Yannis la satisfacción de saber que le había hecho daño una vez más.

Se concentró en el trabajo y dedicó todos sus esfuerzos a la planificación de la fiesta, procurando no pensar en él. Al cabo de un rato, llamó a la sede de Atrikides Holdings y le dieron un dato tan interesante como poco sorprendente.

Cuando pidió hablar con alguna persona que estuviera informada, le pasaron con una de las empleadas de la empresa. La mujer, que se llamaba Peggy, resultó ser tan agradable como cotilla.

–Todo pasó tan deprisa... –declaró, bajando la voz–. Atrikides era una empresa familiar, y de la noche a la mañana, nos encontramos bajo el control de Yannis Zervas. Despidió a la mitad de la plantilla, ¿sabes? Tuvieron que recoger sus cosas y marcharse ese mismo día. ¡Hasta el propio Talos Atrikides, el hijo del director general!

–Bueno, espero que la fiesta no resulte tan problemática...

Eleanor prefirió dejarlo así por no meterse en líos. Le gustaban los cotilleos como al que más, pero tenía experiencia y no se dejaba enredar por ellos.

Sin embargo, estaba algo alterada cuando colgó el teléfono. Se había enamorado de Yannis Zervas cuando él sólo tenía veintidós años y era un chico encantador, divertido y despreocupado. Hasta el día en que se marchó, no supo lo frío e implacable que podía ser. Y los rumores sobre Atrikides Holdings parecían confirmarlo.

Casi era medianoche cuando Eleanor salió del despacho, completamente agotada. Pero ya tenía todo lo necesario para presentar una propuesta a Yannis al día siguiente.

Se masajeó las sienes y salió a la calle. Como no pasaba ningún taxi, decidió volver a casa dando un paseo.

Su piso se encontraba a pocas manzanas de allí, en una torre de hierro y cristal, junto al río Hudson. A Eleanor no le gustaba ese tipo de edificios para vivir, pero lo había comprado porque a su madre le había parecido una buena inversión. Además, pasaba muy poco tiempo allí.

Suspiró, saludó al portero, entró en el ascensor y subió a la planta trece.

Como de costumbre, la casa estaba oscura y silenciosa. Eleanor dejó las llaves en la mesita del vestíbulo y encendió la luz del salón, con su sofá moderno y su mesita de café. Tras el ventanal se veía el río, brillando bajo la luz de las farolas.

De repente, tuvo hambre y decidió echar un vistazo al frigorífico. Sólo contenía un yogur y los restos de un pollo agridulce, que no le parecieron precisamente apetecibles.

Cerró el frigorífico, desanimada, y le pareció asombroso que en otro tiempo le hubiera gustado cocinar y que incluso hubiera soñado con abrir un café.

Alcanzó unas galletas y volvió al salón, pero las galletas no sirvieron para saciar su hambre. Pensó que sería mejor que se acostara. Al fin y al cabo, estaba tan cansada que no se tenía en pie.

Se dirigió al dormitorio y se metió en la cama. Pocos minutos después, descubrió que tampoco podría dormir. No hacía otra cosa que pensar una y otra vez en el pasado; se veía a sí misma en su juventud, con el pelo revuelto y llena de alegría; se veía a sí misma con Yannis, coqueteando, besándose.

Cerró los ojos y se dijo que no quería pensar en eso. Se había esforzado mucho por olvidar el pasado y ahora volvía con toda su carga agridulce.

Súbitamente, se sintió más sola que nunca.

Gimió, se tumbó de lado y apretó los párpados con más fuerza, como si así pudiera borrar los recuerdos que la asaltaban.

Casi pudo oír el sonido de aquel aparato en la sala del hospital, cuando el médico que estaba con ella frunció el ceño y permaneció en silencio durante unos segundos, como si no supiera cómo darle la noticia.

El recuerdo era tan doloroso, que se levantó y entró en el cuarto de baño para tomarse un somnífero.

Después, volvió a la cama y, una vez más, cerró los ojos. Por fortuna, el sueño no tardó en aparecer.

A pesar de haber pasado una noche terrible, Eleanor ya estaba en el despacho a las ocho en punto. Lily pasó por delante del despacho y la saludó con más seriedad de la cuenta; obviamente, había acertado al llegar pronto al trabajo.

Dedicó casi una hora a escribir el mensaje de correo electrónico para Yannis. Le costó mucho porque se empeñó en parecer absolutamente profesional e impersonal al mismo tiempo; no quería que Yannis se diera cuenta de lo mucho que su visita la había afectado.

Por fin, terminó el mensaje con una lista de los detalles de la organización de la fiesta y lo envió.

Dos minutos después, sonó el teléfono.

—Esto es completamente inaceptable.

Eleanor miró la pantalla de su ordenador, perpleja, y echó un vistazo al mensaje que acababa de enviar. Era tan largo que le pareció imposible que Yannis lo hubiera leído en tan poco tiempo y ya lo encontrara inaceptable.

—¿Cómo?

—Todo esto es demasiado común, Ellie...

—No me llames así –protestó.

—Si quisiera una fiesta del montón, como tantas, le habría encargado el trabajo a otra empresa. Me dirigí a Premier Planning porque me dijeron que sois los mejores.

Eleanor cerró los ojos un momento y respiró hondo, intentando no perder la paciencia.

—Te aseguro que tu fiesta será cualquier cosa menos del montón.

Yannis soltó una risa de incredulidad.

—Ah, ¿en serio? ¿Con paté de salmón, gardenias, champán y todo lo que se pone en cualquier fiesta?

—Vamos, Yannis...

—No es lo que quiero, Ellie.

—Te he dicho que no me llames así.

–Pues ofréceme algo que me impresione.

Eleanor no quería impresionar al hombre que la había abandonado y la había tratado como si ella no valiera nada. Pero aquello era un trabajo. No podía cometer el error de poner en peligro su carrera profesional.

–Me has dado menos de veinticuatro horas para organizar una fiesta con varias docenas de invitados –le recordó–. Es lógico que todavía no tenga todos los detalles...

–Sí, pero esperaba algo mejor.

–Qué curioso. Yo dije eso mismo hace diez años –replicó.

Eleanor se mordió la lengua demasiado tarde. Lo había dicho sin pensar.

–Y yo –contraatacó él con frialdad–. Reúnete conmigo en mi despacho a las doce en punto. Iremos a almorzar.

Yannis colgó el teléfono y Eleanor soltó una maldición.

Justo entonces, Lily se asomó al despacho y preguntó:

–¿Va todo bien?

–Sí, perfectamente –respondió–. Es que me acabo de cortar con las tijeras.

Cuando cortó la comunicación, Yannis se frotó los nudillos como si acabara de terminar un combate de boxeo. La conversación con Eleanor había aumentado su ira. Le parecía increíble que, después de lo que había hecho diez años antes, ni siquiera tuviera la decencia de admitir su error y disculparse.

Sin embargo, no quería estar enfadado. Ni siquiera esperaba estarlo. Siempre había creído que, si alguna vez volvía a ver a Eleanor Langley, descubriría que su traición ya no significaba nada para él.

Pero se había equivocado.

Suspiró con impaciencia y echó un vistazo a los documentos que abarrotaban la mesa de su despacho. Atrikides Holdings era un desastre y tenía mucho que hacer. No podía perder el tiempo con un amor de juventud.

Intentó convencerse de que lo único que le interesaba de ella era la fiesta del viernes. Se dijo que sólo la había llamado por eso, que sólo pretendía ponerla en su sitio porque su propuesta le había parecido vulgar. Y pasara lo que pasara, tendría su fiesta.

Tres horas después, Eleanor estaba frente al rascacielos que albergaba la sede de Atrikides Holdings. Tomó aire, lo soltó lentamente y entró en el vestíbulo.

Tras pasar por el control de seguridad, entró en el ascensor y subió hasta la última planta. Salió a una sala increíblemente elegante y con vistas a Central Park. Mientras ella disfrutaba de la visión, la secretaria que estaba en recepción pulsó un botón y llamó a su jefe.

–Señor Zervas, Eleanor Langley acaba de llegar.

–Dígale que pase.

La secretaria le hizo un gesto y dijo:

–Puede pasar cuando quiera. Su despacho está al final.

Eleanor cruzó la sala y llamó a la puerta, intentando aparentar tranquilidad. No iba a permitir que Yannis la acobardara.

El despacho resultó ser un lugar tan bonito como el resto de la oficina, pero le bastó una mirada para saber que Yannis llevaba poco tiempo en él. Los retratos de los Atrikides todavía adornaban las paredes. Por lo visto, se había limitado a ocupar el sillón del director anterior sin hacer ningún cambio.

Yannis estaba al otro lado de la mesa, de espaldas a ella. Era imposible que no hubiera oído la puerta, pero se comportó como si no fuera consciente de la presencia de Eleanor.

Molesta, carraspeó.

Él se giró y la miró. Eleanor se quedó sin habla; durante un momento, recordó el placer de tenerlo entre sus brazos mientras el sol los iluminaba y él la cubría de besos.

Pero tardó poco en reaccionar.

—Veo que has ocupado el despacho del antiguo director general.

Yannis hizo un gesto de desdén.

—Es una solución temporal. Me pareció conveniente.

—Y supongo que lo despedirías como a la mayoría de sus empleados, ¿verdad?

—¿La mayoría? No exageres —dijo, entrecerrando los ojos.

Eleanor se preguntó por qué había empezado la conversación de ese modo. Era como si, inconscientemente, quisiera molestar a Yannis y discutir con él.

Sin embargo, no estaba allí por motivos personales. Tenía un trabajo y debía comportarse con profesionalidad.

—¿Quieres que hablemos de mi propuesta?

—No estoy seguro de que merezca la pena.

Eleanor se mordió el labio inferior un momento.

—Muy bien. Si lo deseas, olvidaremos la propuesta que te hice esta mañana y me pondré a trabajar en otra. Pero... ¿podrías hacerme el favor de ser más educado?

Para sorpresa de ella, Yannis asintió.

—Está bien –dijo–. Y ahora, vamos a comer algo.

Yannis la llevó a una salita con una mesa preparada para dos. Después, le apartó una silla para que se sentara y ella le dio las gracias con cierto nerviosismo. No sabía si podría mantener la calma en una situación tan íntima; estaba segura de que perdería los estribos en cuanto él le dedicara una de sus sonrisas irónicas o de sus miradas de frialdad.

Yannis se acomodó en la silla opuesta y ella aprovechó la ocasión para mirarlo con más detenimiento.

Llevaba el pelo más corto que antes, tenía canas y su piel era la de un hombre adulto; pero seguía tan carismático como siempre, como si una especie de campo magnético lo rodeara. Aún lo encontraba atractivo. Aún lo deseaba. Y se odió por ello.

—¿Te apetece un poco de vino?

—No suelo beber en...

—Entonces sólo te serviré media copa –la interrumpió.

Yannis alcanzó la botella y le llenó la copa por la mitad. Eleanor miró la ensalada que les habían preparado y se llevó un poco de lechuga a la boca, aunque no tenía apetito.

—¿Por qué no me dices qué tipo de fiesta quieres? –preguntó, intentando ser razonable–. Si tuviera más información, estoy segura de que se me ocurriría alguna idea.

—Pensaba que tu trabajo consistía precisamente en eso. Además, ya te he dado una lista con todo lo que necesito.

—Sí, pero también me has dado menos de veinticuatro horas para presentarte un plan y apenas una semana para organizar la fiesta. No son las mejores condiciones.

Yannis sonrió.

—Tu jefa me aseguró que estaríais a la altura.

Eleanor apartó la mirada un momento y contó hasta diez.

—Y yo te aseguro que lo estaremos. Pero mi propuesta inicial te ha parecido insatisfactoria y necesito más información sobre lo que quieres.

Yannis soltó un suspiro de impaciencia.

—Quiero que sea un acto único y elegante. Que demuestre a los empleados de la empresa que la nueva dirección se preocupa por ellos.

—Excepto por los que has despedido, querrás decir —afirmó.

Él arqueó una ceja.

—¿Estás cuestionando mi forma de trabajar?

—No, sólo planteo una objeción. Por muchas fiestas que organices, tus empleados no van a creer que te importan cuando les acabas de demostrar lo contrario.

Yannis se puso pálido.

Eleanor comprendió que había cometido un grave error e intentó salir del lío en el que se había metido ella sola.

—Bueno, olvidemos eso. Sólo quiero que me des más detalles, Yannis.

Él apretó los labios y entrecerró los ojos.

–Creo haber mencionado que algunos de los empleados tienen niños. Quiero que sea familiar –se limitó a decir.

Eleanor apretó la copa de vino. La mención de los niños le recordó el pasado y le resultó enormemente dolorosa.

–Familiar –repitió ella, intentando concentrarse en la fiesta.

–En efecto. Te lo dije ayer. ¿Es que no lo apuntaste?

Eleanor dejó la copa a un lado.

–Claro que lo apunté, pero me resulta difícil de creer que un hombre como tú se preocupe por que sus empleados tengan niños. No encaja con tu imagen.

Él la miró con dureza.

–¿Con mi imagen? ¿De qué estás hablando, Eleanor?

–De ti, Yannis, de qué si no –respondió ella, irritada–. A ti no te importa nada la familia. O por lo menos, no te importaba cuando te conocí.

Yannis se levantó de forma tan brusca, que derramó el vino en el mantel.

–¿Que no me importaba nada? –rugió, enfadado–. Dime, Ellie, ¿de dónde has sacado esa ridícula idea?

Eleanor no podía creerlo. Interpretó su vehemencia por desfachatez.

–Del día en que te marchaste de tu piso y saliste del maldito país. Del día en que te dije que me había quedado embarazada.

Yannis se rió con sarcasmo.

–Ah, ya entiendo... Tienes unas ideas muy interesantes, Ellie. Ahora resulta que los niños no me gustan porque no quise hacerme cargo del bastardo de otro.

Eleanor se quedó boquiabierta.

—¿Qué has dicho?

—Lo que has oído. Sabía que ese bebé no era mío.

Capítulo 3

SE HIZO un silencio tan cerrado que sólo se oían sus respiraciones. En el exterior, el cielo gris anunciaba tormenta.

Eleanor se repitió mentalmente lo que Yannis acababa de decir. Que no era hijo suyo, que era el bastardo de otro.

Cerró los ojos, herida.

—¿Ya no tienes nada que decir? —preguntó él.

Ella sacudió la cabeza. Jamás habría imaginado que Yannis había roto su relación porque creía que el hijo que estaba esperando era de otro. Ni siquiera alcanzaba a imaginar por qué. No creía haberle dado motivos para dudar.

Pero en ese momento no se sintió con fuerzas para dar o pedir explicaciones.

—No, nada en absoluto —dijo al fin.

Alcanzó el maletín que había llevado consigo y añadió:

—Me voy. Le pediré a Lily que asigne tu fiesta a otra persona.

—¿A qué viene eso?

—¿Y todavía lo preguntas? —dijo ella, sacudiendo la cabeza—. Es evidente que no podemos superar lo que pasó y que tampoco podemos trabajar juntos. Seguir así, sería absurdo. Es mejor que se lo encarguen a otra persona.

–¿Esperabas que te hubiera perdonado y que lo hubiera olvidado todo? –ironizó él.

Eleanor soltó una risa seca, sin humor.

–No, ni mucho menos. Esperaba que yo te hubiera perdonado a ti –puntualizó–. Pero carece de importancia... adiós, Yannis.

Eleanor se alejó y logró salir con la cabeza bien alta.

Yannis seguía en el mismo sitio, de pie, atónito, cuando Eleanor ya estaba bajando en el ascensor. Sus últimas palabras lo habían desconcertado; nunca habría imaginado que ella tuviera nada que perdonarle.

Sabía que había sido brusco, que la había expulsado de su vida y que se había marchado de Boston de repente, pero sólo lo había hecho porque no podía soportar el dolor que Eleanor le había causado. No podía soportar la idea de que se estuviera acostando con otro hombre y de que la hubiera dejado embarazada. No soportaba haber vivido una mentira.

Y no obstante, Eleanor creía que era ella quien debía perdonarlo.

Yannis no entendía nada.

Impaciente, se acercó al ventanal y echó un vistazo al exterior. Había empezado a nevar.

Diez años antes, había sabido que Eleanor mentía por una razón bien sencilla: porque él no podía tener hijos. De hecho, su esterilidad le resultaba tan terriblemente dolorosa, que hasta se convirtió en parte de su forma de ser. Nunca podría ser padre. Y se sentía inútil por ello.

Pero Eleanor acababa de sembrar una duda en la mente de Yannis.

Necesitaba saber qué tenía que olvidar y que perdonar; necesitaba saber de qué estaba hablando.

Una parte de él deseaba olvidarlo todo y seguir con su vida; encargaría la fiesta a otra persona y se olvidaría de ella. Sin embargo, Yannis se conocía bien y era consciente de que no podría aunque quisiera.

No podía quedarse con la duda.

Necesitaba saberlo.

Eleanor caminó hasta la sede de Premier Planning, totalmente ajena al viento helado que le azotaba la cara y le entumecía las mejillas. En realidad, no se daba cuenta de nada; ni siquiera prestaba atención a los peatones que iban móvil en mano y la obligaban de cuando en cuando a cambiar de dirección para no chocar con ellos.

Cuando llegó a su destino y miró el edificio, supo que no podía volver al despacho. Lily la estaría esperando para que le informara de su reunión con Yannis; e incluso cabía la posibilidad de que Yannis ya la hubiera llamado por teléfono.

En cualquier caso, su empleo estaría en peligro. Pero no tenía fuerzas para afrontar el problema en ese momento, de modo que tiró diez años de profesionalidad por la borda, dio media vuelta y se marchó a casa.

Una vez allí, dejó el bolso en el suelo, se quitó los zapatos, se sentó y se quedó con la mirada perdida en el vacío.

Estuvo así un buen rato, hasta que su estómago empezó a hacer sonidos; a fin de cuentas, no había tomado casi nada desde el desayuno. Pero tampoco tenía apetito. No sentía nada; nada de nada. No se había encontrado tan mal desde que Yannis la abandonó.

Por fin, se levantó y fue al cuarto de baño. Abrió el grifo de la bañera y se empezó a desnudar, dejando la ropa en el suelo.

Al cabo de veinte minutos, su corazón y su mente volvieron a funcionar. Yannis pensaba que se había quedado embarazada de otro hombre. Ahora entendía su enfado, aunque seguía sin saber de dónde había sacado esa idea.

Pero no dudó de su sinceridad. Por su expresión y por su forma de decirlo, era obvio que estaba realmente convencido; la había abandonado y había dejado el país porque creía que le había sido infiel.

Aquello no tenía ni pies ni cabeza; ni siquiera habría sido posible en un sentido puramente logístico, porque durante su relación, ella estaba casi todo el tiempo con él. Y sin embargo, Yannis lo creía.

El agua de la bañera se había enfriado, de modo que se levantó y se secó. Estaba harta de dar vueltas al asunto; cansada de dejarse dominar por las recriminaciones y por el arrepentimiento. Si Yannis Zervas creía que lo había traicionado con otro hombre, era que no la conocía bien. Y en tal caso, su amor también había sido una mentira.

Ya se había puesto uno de sus pijamas cuando llamaron a la puerta.

A Eleanor le sorprendió. Vivía en el piso decimotercero de un edificio con dos guardas en la entrada principal, que siempre la avisaban cuando tenía visita. Pero esa vez no habían avisado.

Supuso que sería un vecino y se acercó a la puerta con curiosidad. Cuando se inclinó sobre la mirilla y echó un vistazo, se llevó otra sorpresa. Era Yannis.

—¿Eleanor?

Su voz sonaba impaciente. Eleanor suspiró y abrió.

—¿Qué estás haciendo aquí, Yannis?

—Necesito hablar contigo.

Ella se cruzó de brazos y permaneció inmóvil.

—No tengo nada que decir.

Él arqueó una ceja.

—Puede que tú no; pero yo, sí. ¿Vas a dejarme entrar?

—¿Cómo has conseguido mi dirección?

—Tu jefa me la ha dado.

Eleanor volvió a suspirar.

—¿Y cómo has entrado en el edificio sin que los guardias me avisen?

—Eso ha sido muy fácil. Me he ganado su amistad.

Ella lo miró con asombro.

—¿Tú?

—Sí, resulta que uno de ellos es de origen griego, como yo. Incluso me ha enseñado las fotografías de sus nietos.

Eleanor sacudió la cabeza. Le parecía increíble que se hubiera hecho amigo de uno de los guardias.

—Está bien. Entra.

Yannis entró y cerró la puerta. Ella se acercó a la ventana e intentó adoptar una actitud tranquila. Se sentía vulnerable, terriblemente expuesta; como si la frialdad del mobiliario del piso pudiera darle una pista de que su vida era un desastre.

Pero no lo era. Tenía un trabajo, amigos, una vida. Sólo le faltaba una cosa.

Le faltaba el amor.

—¿Qué quieres de mí, Yannis?

Él se quedó en mitad del salón, dominando el lugar.

—¿Vives sola?

Ella se encogió de hombros.

—Sí.

Yannis sacudió la cabeza.

—¿Y la niña?

Eleanor no quería hablar de eso. No quería que preguntara y no quería darle explicaciones.

—¿Qué pasa con ella?

—¿No vive contigo?

—No.

—¿Es que el padre se quedó con la custodia?

Ella se rió. Estaba verdaderamente cansada de aquel asunto.

—¿De qué querías que habláramos, Yannis?

—Cuando estábamos en mi despacho, has dicho que eras tú quien no me había perdonado a mí. Quiero saber por qué has dicho eso.

—¿Quieres saberlo? ¿En serio? Lo he dicho porque me abandonaste cuando yo estaba embarazada. ¿Te parece anormal que me enfadara? ¿Te parece extraño que no sea capaz de perdonarte?

Yannis movió la cabeza en un gesto negativo.

—Ellie, sabes perfectamente que esa niña era de otro.

—¿Que lo sé? —preguntó, furiosa—. ¿Que yo lo sé? Yo te diré lo que sé, Yannis... El único bastardo que se ha cruzado en mi vida eres tú. Y de la peor clase, por cierto.

Yannis dio un paso hacia ella, con expresión amenazadora.

–¿Insinúas que era mía? ¿Eso es lo que insinúas, Ellie?

–Exactamente eso, Yannis. Y el simple hecho de que pensaras que yo te había traicionado...

–No, basta ya –la interrumpió–. Basta de mentiras.

Durante un segundo, la ira de Eleanor se transformó en curiosidad. Nunca había visto a Yannis tan desesperado ni tan fuera de sí.

–No estoy mintiendo. ¿Por qué creíste que mentí?

Yannis tardó un poco en responder. Y cuando lo hizo, su voz sonó débil y baja.

–Porque yo no puedo tener hijos. Lo sé desde que tenía quince años –respondió–. Soy estéril, Ellie.

Eleanor se quedó helada. Recordó su expresión de desconcierto primero y de vacío después cuando le dijo que se había quedado embarazada. Aquel día, pensó que la noticia le había sorprendido; pero no imaginaba hasta qué punto.

–No es posible. Estarás equivocado...

–No lo estoy.

Ella sacudió la cabeza, incrédula.

–Pues yo tampoco lo estoy. Era virgen cuando te conocí, Yannis, y no me había acostado con ningún otro hombre. Tú eras el único candidato.

Él sonrió con frialdad.

–Los hechos no encajan, Ellie. Es obvio que uno de los dos miente.

–No me vuelvas a llamar mentirosa –protestó, ofendida–. Además, ¿por qué estás tan seguro de que miento? Podrías estar equivocado. ¿Ni siquiera se te ha pasado por la cabeza? ¿No has considerado la posibilidad?

—Por supuesto que no —bramó.

—Pero, Yannis...

—Créeme —la interrumpió—; estoy totalmente seguro. Y si yo no puedo tener hijos, es obvio que estuviste con otro hombre.

Eleanor ladeó la cabeza y lo miró con una mezcla de enfado e interés.

—Sí, claro, supongo que es la explicación más fácil para ti —dijo.

—¿Qué insinúas?

Ella se encogió de hombros.

—Que prefieres pensar que te fui infiel antes que admitir que podrías estar equivocado.

—¡No estoy equivocado! Soy estéril. No puedo tener hijos.

Eleanor parpadeó.

—Dime una cosa... ¿cómo supiste lo de tu esterilidad a una edad tan temprana? La mayoría de los hombres no lo saben hasta que quieren tener hijos y descubren su problema.

—Tuve paperas —explicó—. Y me quedé estéril.

—¿Te hicieron las pruebas necesarias... ?

—Sí.

Eleanor volvió a sacudir la cabeza, sin salir de su asombro.

—Pero... ¿por qué? ¿Por qué te hicieron pruebas de ese tipo a los quince años?

Yannis se apartó de ella y se metió las manos en los bolsillos.

—Porque mi padre quería salir de dudas. Tengo hermanas, pero yo soy su único hijo varón. Si no puedo tener descendencia, nuestro apellido se perderá.

Ella asintió.

–Comprendo... pero de todas formas, deberías hacerte los análisis otra vez. Te aseguro que la niña era tuya. ¿Por qué te iba a mentir? ¿Qué sentido tenía?

Yannis permaneció en silencio durante un par de segundos.

–No lo sé. Sinceramente, no lo sé –respondió.

Eleanor se preguntó si era posible que un diagnóstico médico equivocado les hubiera destrozado la vida; le pareció trágico y esperanzador a la vez.

Sin embargo, se dijo que a esas alturas carecía de importancia. Había perdido mucho y no lo podía olvidar.

Yannis sentía una rabia inmensa. Sus dudas desaparecieron cuando miró a los ojos a Eleanor y supo que era sincera. El hijo que esperaba diez años atrás, era suyo.

Él no era estéril.

Pero no sintió ninguna alegría. Sólo podía pensar en todas las cosas que podrían haber sido diferentes si lo hubiera sabido.

Sintió la necesidad de golpear algo. Era muy injusto.

Además, sabía que Eleanor no lo entendería nunca. A fin de cuentas, le había retirado su confianza y la había abandonado porque estaba seguro de su esterilidad y, en consecuencia, de que ella le había mentido.

No podía ser.

Pero era.

Y el hecho tenía tantas repercusiones que su mente se llenó de temores, esperanzas y posibilidades que no se sentía con fuerzas de afrontar en ese momento.

La niña era suya.

Suya.

Él era padre.

Yannis se giró de forma tan brusca y repentina, que Eleanor se asustó y retrocedió hacia la ventana del salón.

Sin embargo, él cruzó a grandes zancadas y la agarró de los hombros.

—¿Dónde está? Si es mi hija...

Eleanor cerró los ojos. Había llegado el momento que tanto temía.

—Era tu hija —susurró.

—¿Qué has dicho?

—Que era tu hija —repitió ella.

—¿Es que abortaste? —preguntó.

—No, no se trata de eso.

—Entonces, ¿de qué?

—Surgieron complicaciones y perdí el bebé.

Yannis permaneció en silencio durante un buen rato. Ella se acercó a la ventana y contempló la calle con la mirada perdida.

—Lo siento —dijo él entonces.

Eleanor se encogió de hombros.

—Lo siento —repitió.

Ella tuvo que hacer un esfuerzo por contener las lágrimas.

—En cualquier caso, me haré esas pruebas para asegurarme de que...

–¿De que era tuya? ¿Es que aún desconfías de mí? –preguntó Eleanor, sacudiendo la cabeza con incredulidad.

–Tú no lo entiendes...

–No, claro que no. No puedo entender que me creyeras infiel; y aunque lo entendiera, no tenías derecho a dejarme así, sin decir una sola palabra.

–Eleanor, yo...

–Ya no importa. El tiempo de las explicaciones ha pasado. Fue hace diez años, Yannis... diez largos años. Creo que es hora de que sigamos con nuestras vidas.

–Si yo hubiera sabido que tú...

Eleanor volvió a sacudir la cabeza.

–No sigas por ese camino, Yannis. No confiaste en mí lo suficiente como para decirme lo que me estás diciendo ahora; ni siquiera me concediste la oportunidad de explicarme –le recordó.

Yannis frunció el ceño y ella supo que se disponía a contraatacar, pero no se sentía con fuerzas para seguir con la discusión.

–Hazte esas pruebas si te parece oportuno –continuó–, pero no necesito que me des los resultados. Ya los conozco. Sé quién era el padre de mi hija.

Yannis se sintió profundamente avergonzado. En ese momento, se dio cuenta de que la mujer fría y profesional que lo desafiaba con la mirada a demostrarle compasión, era producto de los actos de él, de su propio fracaso.

Si se hubiera quedado con ella, las cosas habrían sido diferentes.

Pero Ellie tenía razón al afirmar que su sinceridad llegaba diez años tarde. Los dos habían cambiado. Él ya no era el jovencito inocente que estaba encantado de haberse enamorado porque la experiencia resultaba más embriagadora y vital que ninguna de las que había tenido hasta entonces.

No, ya no era el mismo hombre. Se había endurecido, como Ellie.

El tiempo los había convertido en dos desconocidos cuyo único punto en común era un profundo sentimiento de pérdida.

Intentó encontrar las palabras adecuadas para expresar lo que sentía, pero no pudo. En unos minutos había dejado de ser un hombre atenazado por la ira para convertirse en padre; pero sólo para descubrir, segundos después, que su hija había fallecido antes del parto.

Estaba muy confundido. Incluso tenía miedo de que el dolor, la esperanza y la culpabilidad destrozaran sus defensas y lo consumieran.

Necesitaba encontrar la forma de recuperar el control de la situación. Y sólo se le ocurrió una.

—Bueno... Hablemos de la fiesta.

Capítulo 4

QUÉ HAS dicho? –preguntó ella, anonadada–.
No, no es posible... ¿Quieres que hablemos
de la fiesta después de lo que ha pasado?

Yannis arqueó una ceja.

–¿Por qué no? Antes no parecías tener ningún problema al respecto.

–No puedes hablar en serio.

–Somos profesionales, Eleanor...

–Sí, por supuesto que somos profesionales. Precisamente por eso, creo que sería más razonable y más adecuado que delegara el encargo en un colega.

–Pero yo no quiero que delegues.

Eleanor sacudió la cabeza.

–Mira, Yannis, como te dije en tu despacho...

–Olvida lo que dijiste –la interrumpió–. Afortunadamente, no informé a tu jefa de lo sucedido; supuse que no le habría gustado mucho y, por otra parte, tenía la sensación de que cambiarías de idea.

Eleanor no dijo nada. Conociendo a Lily, sabía que la habría despedido si Yannis hubiera hablado con ella.

–No entiendo por qué te empeñas en trabajar conmigo. Ni tú ni yo tenemos nada que ganar con ello –dijo.

Yannis se encogió de hombros.

–Eres la mejor en tu profesión. Según me han dicho, claro.

–Pero si ni siquiera te gustan mis ideas...

–No es eso. Es que creo que lo puedes hacer mejor.

Eleanor lo miró a los ojos y se preguntó qué pretendía con la insistencia de que organizara la fiesta de su empresa. Después de lo que se habían dicho, lo encontraba totalmente fuera de lugar. Sin embargo, era posible que para él no tuviera tanta importancia.

–Está bien, Yannis, como quieras. Organizaré tu fiesta. ¿Satisfecho?

–Casi.

–Yannis, se está haciendo tarde y me gustaría acostarme. Estoy muy cansada.

Él sonrió con tristeza.

–Yo también.

Durante un momento, Eleanor tuvo la inquietante sensación de que el ambiente se cargaba de electricidad, como si su vieja pasión renaciera. Pero no podía ser. Después de lo que había pasado, no podía haber nada entre ellos.

–Buenas noches –se despidió.

Yannis dio un paso hacia Ellie, que contuvo el aliento.

No habló, no se movió, no protestó. Ni siquiera cuando se encontró a pocos milímetros de su cara.

Entonces, él alzó la mano como si tuviera intención de acariciarla y ella deseó sentir su contacto. Pero no llegó. La apartó de repente, arrepentido.

–Buenas noches, Ellie.

Yannis abrió la puerta y se marchó.

Ella cayó en la cuenta de que había estado conteniendo la respiración y soltó un suspiro largo y estremecido.

Debía encontrar la forma de trabajar con él. No tenía más remedio.

Cuando salió del piso de Eleanor, Yannis estaba desesperado y furioso a la vez. Se odiaba a sí mismo y odiaba la vida por lo que le había hecho.

Tanto tiempo perdido. Tantos errores.

Se sentía tan culpable, que no se atrevió a pensar en el sufrimiento de la pobre Eleanor.

Si él lo hubiera sabido, si hubiera esperado, si se hubiera explicado, si le hubiera preguntado. Demasiados condicionales.

Demasiados y demasiado tarde.

Ya sólo quedaba espacio para el arrepentimiento. Y tal vez, sólo tal vez, para la esperanza.

Sacudió la cabeza y pensó que la esperanza había dejado de ser un concepto familiar para él. Llevaba años negándose el amor. Además, se había acostumbrado y no estaba seguro de poder cambiar.

Durante mucho tiempo, el trabajo había sido su único consuelo; de hecho, había viajado a Nueva York para hacerle un favor a Leandro Atrikides y a su propio padre. Sería mejor que solucionara los problemas de la empresa familiar, volviera a Grecia y olvidara a Eleanor Langley para siempre.

Pero sabía que no la olvidaría. Ellie se empeñaba en permanecer en el fondo de su inconsciente, en los recuerdos que regresaban a su pensamiento por mucho que quisiera borrarlos.

Se acordó del aroma floral de su juventud, aunque

estaba seguro de que ya no usaba ese perfume. Tampoco llevaba el cabello suelto como antes, pero aún podía sentir la caricia de aquellos rizos cuando la tomaba entre sus brazos.

La Eleanor Langley del presente se parecía muy poco a la jovencita de quien se había enamorado.

Se preguntó si sus cambios habrían sido conscientes; si se había transformado a sí misma para dar una imagen profesional en el trabajo o si habría sido un proceso lento, gradual, la consecuencia de diez años de vida en una ciudad dura y difícil.

Pero sobre todo, se preguntó si su corazón habría cambiado tanto como su aspecto.

Diez años antes, la había juzgado y la había condenado por lo que él creía una traición. Sin embargo, había cometido un error con ella y ya no estaba seguro de nada.

No sabía lo que el futuro les iba a deparar. No se atrevía a pensar ni a preguntarse en exceso ni a especular.

Pero había recobrado la esperanza.

Eleanor se despertó de un sueño profundo. Parpadeó, abrió los ojos y miró su habitación, bañada por una luz extrañamente tenue y blanquecina.

Cuando se sentó en la cama, supo por qué. Estaba nevando.

Se levantó, corrió a la ventana y apretó las manos contra el cristal helado. En el exterior, los rascacielos se difuminaban tras la cortina de nieve.

Sonrió y se sintió tan contenta como en su infancia. Cuando era niña, siempre llegaba una nevada tan intensa que las carreteras quedaban cortadas, los teléfonos dejaban de funcionar y su madre no tenía más remedio que quedarse en casa con ella.

Los días de nieve eran días de felicidad; su madre la llevaba a Central Park y se dedicaban a deslizarse en trineo por Cedar Hill. Eleanor no había olvidado aquellos momentos de diversión y de cariño.

Pero la nieve también era un principio, una nueva esperanza; el manto blanco que cubría el asfalto y la suciedad de Nueva York, también parecía cubrir los malos recuerdos y el dolor. Era como si el mundo empezara otra vez.

Justo entonces, Eleanor tuvo una revelación y supo lo que Yannis quería para su fiesta.

Se apartó de la ventana y en pocos minutos ya estaba sumida en el trabajo. Hizo las llamadas telefónicas necesarias, comprobó los detalles y organizó la fiesta más sorprendente que Yannis Zervas pudiera imaginar. La mejor fiesta de su carrera.

Además, el trabajo impidió que su mente la torturara otra vez con los errores y las malas interpretaciones del pasado, con lo que podría haber sido y no fue.

Todas las noches, cuando se acostaba, pensaba en el Yannis de diez años antes y en el hombre en el que se había convertido, más decidido y más duro. Entonces, recordaba la descarga eléctrica que sintió cuando creyó que la iba a acariciar y el recuerdo bastaba para sumirla en el más dulce de los sueños.

Eleanor dedicó el día anterior a la fiesta a pulir los últimos detalles. Casi todo lo relativo a la organización de ese tipo de actos se hacía por teléfono, dando órdenes o engatusando a la gente, según conviniera. Pero ahora quedaba lo divertido: la magia.

–No celebramos muchas fiestas en esta época del año –comentó Laura, la encargada del embarcadero de Central Park–. En primavera y verano son constantes, pero en diciembre...

–Lo sé. Es que mi cliente busca algo poco habitual.

Eleanor había elegido el edificio del embarcadero por ese mismo motivo. Además, era perfecto para el tipo de fiesta que planeaba.

–¿No hará demasiado frío? –preguntó Laura, dubitativa.

–No, ya nos hemos encargado de eso. Instalaremos calefactores eléctricos en la terraza que da al lago –explicó.

–Bueno, en ese caso...

Laura volvió a su despacho y ella se quedó allí, preguntándose si la fiesta sería tan impresionante y original como Yannis esperaba. Obviamente, quería que sus clientes estuvieran contentos; pero la opinión de Yannis le importaba más de la cuenta.

Sacudió la cabeza y pasó por las puertas de cristal que daban a la terraza. De todas formas, ya era demasiado tarde para echarse atrás. Todo estaba preparado y los empleados de la empresa de Yannis ya habían recibido las invitaciones.

Caminó hasta la barandilla y se apoyó en ella. El sol ya se había ocultado tras los árboles del parque; el lago estaba completamente helado y no había ni una sola persona en las inmediaciones. En esos días, siempre le parecía increíble que en mitad de una ciudad de ocho millones de personas no se oyera nada salvo los crujidos ocasionales del hielo.

Se dijo que todo iba a salir bien. Pero ni ella supo a qué se refería.

Tal vez, a la fiesta; o tal vez, a su relación con Yannis Zervas.

—Me han dicho que estarías aquí...

Eleanor se puso tensa al oír la voz de Yannis.

Se giró lentamente y lo miró. Llevaba un abrigo y un maletín en la mano.

—¿En la terraza? —preguntó ella.

—No, me han dicho que estabas dentro, en el restaurante; pero las puertas de cristal estaban abiertas y supuse que habrías salido a tomar el fresco.

—Y tan fresco. Esto parece el Polo Norte —bromeó.

Yannis dejó el maletín en el suelo y se acercó a la barandilla.

—¿Cómo va todo?

—Bien, bien —respondió ella—. Pero... ¿por qué no te has puesto en contacto conmigo? Esperaba que me llamaras por teléfono o que me enviaras un mensaje de correo electrónico para decirme si la nueva propuesta estaba a la altura de tus expectativas.

—Lo está.

Yannis se apoyó en la barandilla. Eleanor lo miró y preguntó:

—¿Por qué te negaste a que dejara la fiesta en manos de otra persona?

—No lo sé —respondió él, mirando el lago—. Supongo que no quería alejarme de ti... de esa manera.

—Pero habría sido más fácil para los dos.

Yannis la miró y Eleanor supo que iba a cambiar

de conversación. Obviamente, no quería hablar de la relación que mantenían.

—Has hecho un gran trabajo —dijo.

—Sí, bueno... creo que será mejor que vuelva dentro. Aquí hace demasiado frío y, además, tengo que comprobar los últimos detalles.

—Como quieras.

Yannis la acompañó al interior y ella comprobó su lista.

—Todavía queda mucho que hacer —le informó—. Tendré que volver mañana por la mañana, a primera hora, para asegurarme de que todo lo de afuera está en su sitio.

—¿Lo de afuera? —preguntó él—. ¿Qué hay afuera?

—Nieve.

Yannis la miró con asombro.

—¿Nieve? ¿Qué tiene que ver la nieve con la fiesta?

—Todo —contestó.

Eleanor apartó la mirada. Había notado la tensión sexual que había entre ellos y no estaba preparada para afrontarla. Llevaba diez años odiando a Yannis. Y de repente, no deseaba otra cosa que tocarlo.

Yannis notó su incomodidad y preguntó:

—¿Eleanor? ¿Te encuentras bien?

—Sí, no te preocupes —declaró, forzando una sonrisa.

—Aún no has contestado a lo de la nieve...

—Ah, eso... Cuando cayó la nevada del otro día, pensé que a los niños de tus empleados les encantaría. El invierno no tiene por qué ser una época fría y gris.

—Explícate.

—Como querías una fiesta familiar, se me ocurrió

que deslizarnos en trineo y hacer muñecos de nieve sería divertido. Algunos de los mejores recuerdos de mi infancia están relacionados con la nieve.

—¿En serio? No lo sabía.

—Es lógico. Cuando nevaba, no iba al colegio.

—¿No te gustaba ir al colegio?

Ella se encogió de hombros.

—No es eso; es que a los niños les encanta jugar con la nieve.

—¿Y hacías muñecos y te deslizabas en trineo? —preguntó Yannis, arqueando una ceja—. Por lo que me has contado de tu madre, me extraña que te lo permitiera.

Eleanor se llevó una buena sorpresa. No esperaba que Yannis se acordara de las cosas que le había contado de su madre.

—Hay muchas cosas de mí que no sabes, Yannis.

—En otra época, pensé que lo sabía todo.

—Bueno, admito que yo te contaba muchas cosas; casi todo lo que me venía a la cabeza... pero me callaba otras.

—¿Como cuáles? —la desafió.

Eleanor se puso muy recta.

—Como que nunca miento.

Yannis se quedó en silencio durante unos segundos. Cuando volvió a hablar, su voz sonaba distante.

—Has cambiado, Eleanor.

—No es la primera vez que lo dices.

—Te has convertido en la clase de persona que no querías ser.

Eleanor se quedó helada.

—Ésa es una afirmación increíblemente arrogante, Yannis. E increíblemente grosera.

–Tal vez, pero siempre dijiste que no querías ser como tu madre.

–¿Cómo te atreves a hablar de ella? Ni siquiera la conociste...

–No, no la conocí. Sólo sabía lo que tú me contabas –le recordó–. Me dijiste que era la mejor profesional de su campo y que no faltaba al trabajo ni un solo día; ni siquiera para llevarte a jugar al parque.

–Yannis...

Yannis siguió hablando, impertérrito.

–Decías que era una mujer consumida por su trabajo, una mujer solitaria y triste, una mujer que se parece mucho a la que estoy mirando ahora.

Eleanor palideció.

–¿Qué sabes tú de mí? –replicó, intentando contener las lágrimas–. No sabes nada.

Yannis dio un paso hacia ella y la miró con compasión.

–¿En serio? ¿Por qué has cambiado tanto, Ellie?

–¿Quieres saber por qué? ¿De verdad quieres saberlo? –dijo, dominada por la ira.

Yannis supo que había cometido un error; pero ya era tarde.

–Cambié por ti, Yannis. Por tu culpa.

–Ellie...

–No me llames así; dejé de ser Ellie cuando fui a tu apartamento y descubrí que te habías marchado sin decirme nada. No quiero que me vuelvas a llamar así. La Ellie que tú conocías, dejó de existir. Murió hace diez años.

Yannis se quedó inmóvil, sin habla.

Eleanor dio media vuelta y se marchó.

Capítulo 5

ELEANOR echó un vistazo a la sala y pensó que todo estaba preparado; o por lo menos, tan preparado como podía estar. Además, ya no quedaba tiempo para nada; los primeros invitados empezarían a llegar en diez minutos.

Había pasado todo el día en el embarcadero, asegurándose de que el sistema de sonido funcionaba, de que los músicos tenían lo que necesitaban y de que todo estaba en su sitio. Incluso pasó varias veces por la cocina para comprobar que la comida estaría a tiempo. Al final, se dirigió al cuarto de baño, se refrescó un poco y se cambió de ropa.

Había elegido un vestido plateado, que despedía destellos cuando se movía, porque le pareció adecuado para el tipo de fiesta. Lograba que se sintiera como un copo de nieve. Y necesitaba sentirse bien. Su última conversación con Yannis la había dejado en un estado de tensión y de anticipación que la estaba volviendo loca.

Ajustó la colocación de unas cuantas servilletas y movió ligeramente unos cuantos centros de mesa, cuyas flores le recordaron los ojos de Yannis.

Salió a la terraza y contempló los montones de nieve, que habían acumulado allí para que los niños los pudieran convertir en muñecos y en iglús. Junto a uno de los calefactores eléctricos, habían instalado un buffet con cuatro tipos distintos de chocolate caliente y una extensa gama de bollería.

Todo era de lo más familiar.

Normalmente, le disgustaban las fiestas con niños; pero aquel acto era una excepción. Se estaba divirtiendo mucho, aunque también le entristecía; hacía tiempo que había renunciado a la posibilidad de tener hijos, pero la reaparición de Yannis había cambiado las cosas.

En ese momento oyó un ruido y se sintió tan aliviada como nerviosa al ver a los primeros invitados.

La fiesta acababa de empezar.

Yannis se encontraba en el umbral del salón, contemplando el lugar con asombro. Eleanor lo había decorado con tonos blancos y luces tenues que le daban un aspecto cristalino y níveo. Además, los niños estaban encantados con los montones de nieve y con el chocolate caliente y los bollos.

Era perfecto.

Lamentó haberse perdido el principio de la fiesta, pero había llegado tarde por el bien de Eleanor y de Leandro Atrikides. Sabía que los empleados de la empresa desconfiaban de él; no imaginaban que los sabía salvado del desastre causado por la gestión de Talos, el hijo de Leandro, un canalla que había hundido la empresa y que se había llevado todo el dinero que había podido.

Yannis suspiró. Más de una vez se había arrepentido de haber ayudado a Leandro. Pero ahora se alegraba; porque si no lo hubiera hecho, no habría ido a Nueva York y no se habría reencontrado con Ellie.

La buscó entre la multitud con la mirada y recordó sus palabras de la noche anterior. Ya no era la de antes. Había cambiado por su culpa.

Lamentó haber sido tan duro con ella, pero ya no tenía remedio. Se apartó del umbral, avanzó entre la gente e intentó localizarla.

Eleanor estaba junto a una de las ventanas, observando la fiesta con el ceño fruncido y aire de preocupación. A Yannis le pareció encantadora. Llevaba un vestido plateado que brillaba cada vez que se movía y que se ajustaba perfectamente a su esbelto cuerpo.

Yannis deseó ponerle las manos en la cintura, sentir la curva de sus caderas y atraerla hacia él.

Deseó abrazarla una vez más.

—¡Eleanor!

Eleanor se puso aún más nerviosa cuando vio que Yannis caminaba hacia ella; pero no era un nerviosismo causado por la ansiedad, sino por el sentimiento de anticipación. A pesar del enfrentamiento de la noche anterior, su cuerpo parecía alegrarse de verlo.

Yannis se detuvo ante ella y la tomó de la mano.

Eleanor aceptó el contacto sin darse cuenta de lo que estaba haciendo. Una parte de ella quería dar un paso atrás, dedicarle una sonrisa helada y permanecer a una distancia prudencial; pero esa parte no hizo nada, se quedó al margen de la situación.

Yannis sonrió con admiración y con cariño, casi devorándola con la mirada.

—Tienes un aspecto magnífico —dijo.

—Tú también —concedió ella, ruborizándose.

Yannis se había puesto un traje de seda, de color gris oscuro, con una corbata roja. Le quedaba muy bien y enfatizaba la potencia de su cuerpo. Un cuerpo que Eleanor conocía a fondo. Un cuerpo que echaba de menos.

–Y la fiesta es todo un éxito...

–Gracias, Yannis.

–Es extremadamente original. Única.

–Lo que tú querías –le recordó.

Eleanor rompió el contacto y se apartó un poco.

–Bueno, será mejor que me vaya. La cena se va a servir dentro de poco y tengo que comprobar que...

–Siento haber llegado tarde –la interrumpió.

–Es tu fiesta; puedes llegar tarde si quieres –dijo a la defensiva.

Eleanor se marchó sin darle ocasión de decir nada más.

Cuando llegó a la cocina, se encontró con un pequeño problema con la comida para los vegetarianos, que solucionó rápidamente. Después, volvió al salón y se dedicó a charlar con los invitados, tanto para asegurarse de que estaban bien como para mantener las distancias con Yannis.

Él estaba charlando animadamente con una morena impresionante que llevaba un vestido de color verde esmeralda. Era Kristina, la hija de Leandro Atrikides, y miraba a Yannis como si quisiera comérselo.

Sintió un acceso de celos que la desconcertó. Aquello no tenía sentido. Era completamente absurdo. Yannis no le importaba.

Dejó de mirar y se dirigió al extremo opuesto de la sala para no verlo. Un buen rato después, cuando ya habían terminado de cenar, Yannis se levantó de su silla y dio un golpecito a su copa de vino para llamar la atención de los presentes.

Todo el mundo se quedó en silencio.

–Gracias por venir. Me siento honrado de estar entre vosotros –declaró con una sonrisa encantadora–. Sé que hemos pasado por una situación difícil, pero podéis estar seguros de que haré todo lo que pueda por asegurar el futuro de la empresa que Leandro Atrikides fundó hace medio siglo.

Yannis se detuvo un momento, miró a varias personas de la sala y continuó con su discurso.

–Sin embargo, hoy es un día de celebración, y me alegra observar que os estáis divirtiendo. Si no os importa, me gustaría llamar a la persona que ha organizado esta fiesta tan magnífica en menos de una semana. ¿Eleanor?

Eleanor se quedó atónita. No esperaba ese detalle.

En su profesión, ese tipo de situaciones se presentaban con cierta frecuencia. Estaba acostumbrada a ellas. Pero mientras se acercaba a Yannis, sintió un nerviosismo que le pareció ridículo, impropio de una profesional.

Cuando llegó a su altura, la gente rompió a aplaudir. Después, Eleanor carraspeó y dijo:

–Gracias, señor Zervas.

–Soy yo quien debo darte las gracias. Esta fiesta no habría sido posible sin ti.

Eleanor volvió a asentir y se marchó. Para su alivio, los invitados retomaron sus conversaciones anteriores y olvidaron la escena.

Durante la hora siguiente, se dedicó a hacer lo posible por evitar a Yannis. Se sentía tan atraída por él que no soportaba su cercanía. Y al cabo de un rato, cuando se dirigía a la cocina, tuvo que detenerse en el pasillo para respirar hondo e intentar tranquilizarse.

En realidad, sus emociones no le parecían nada sorprendentes. Siempre lo había deseado. Lo deseaba desde que apareció en el bar donde ella trabajaba diez años antes y le pidió un café con su acento griego.

—Empiezo a pensar que me rehuyes.

Eleanor se puso tensa. Desde su posición podía ver la cocina, perfectamente iluminada y segura. Pero estaba en el pasillo, oscuro y estrecho.

Se giró muy despacio e intentó mantener el aplomo.

Yannis sonrió.

—¿Que te rehuyo? No, ni mucho menos. Es que estoy muy ocupada —se justificó.

—Sí, por supuesto —murmuró él—. Sin embargo, me preguntaba si podrías dedicarme unos minutos... para bailar.

—¿Bailar? —preguntó, perpleja.

Él sonrió un poco más.

—Sí, ya sabes, bailar —respondió con humor.

Yannis extendió un brazo para tomarla de la mano, pero ella hizo caso omiso.

—No sé bailar, Yannis.

—Pues tienes suerte, porque yo soy un bailarín excelente. Y un buen profesor, por cierto —añadió.

Eleanor arqueó una ceja.

—¿En serio? No recuerdo que bailáramos nunca.

—Porque estábamos demasiado ocupados con otras diversiones.

Eleanor se ruborizó.

—Bueno, yo...

–Oh, vamos. Sólo será un baile.

Yannis lo dijo con tono de desafío. Y Eleanor se lo tomó como tal.

De repente, necesitaba demostrar a Yannis Zervas que era perfectamente capaz de bailar con él sin que la afectara.

Además, y como bien había dicho, sólo sería un baile.

–De acuerdo.

Decidida, lo siguió hasta el salón y entraron en la pista de baile. Una vez allí, Yannis le puso una mano en la espalda y empezaron a bailar como el resto de las parejas. Eleanor nunca había sido una gran bailarina, y estaba tan tensa, que Yannis dijo:

–Vamos, relájate...

–Lo intento –se defendió.

–Bailas como un niño de doce años –ironizó él–. Y te empeñas en llevar el ritmo.

–No lo puedo evitar.

Yannis bajó un poco la mano en su espalda y aceleró el ritmo de los pasos, tomando el control de la situación.

–Esto se hace así –dijo.

Súbitamente, Eleanor se encontró dando vueltas y más vueltas rápidas. No sabía lo que había pasado, pero Yannis bailaba tan bien que conseguía que hasta ella pareciera una bailarina excepcional.

El resto de las parejas les hicieron sitio y algunas dejaron de bailar y se dedicaron a admirar sus evoluciones.

–Estás dando un espectáculo –protestó ella en voz baja.

Yannis sonrió.

–¿No se trataba de eso? –contraatacó él.

Eleanor pensó que la situación era extraordinariamente peligrosa. Yannis volvía a ser el hombre de diez años antes, el hombre del que se había enamorado, el hombre que le había partido el corazón.

Sintió tanto miedo que habría preferido estar con el ejecutivo duro e implacable. Con él, al menos, no corría ningún peligro.

–¿Dónde aprendiste a bailar?

–Tengo cinco hermanas mayores, Eleanor. Y con cinco hermanas, cualquiera aprende a bailar –respondió.

–¿Cinco? –preguntó, sorprendida.

–Sí, cinco. Pero prepárate, porque llega el movimiento final...

–Yannis, no puedo...

–Claro que puedes.

Antes de que Eleanor supiera lo que pasaba, Yannis le dio una vuelta entera en el aire. La gente rompió a reír y aplaudir.

–¡Yannis!

–¿Es que no te ha gustado?

–Ésa no es la cuestión –acertó a decir, ruborizada.

Yannis supo que le preocupaba haber enseñado la ropa interior a todo el mundo, de modo que la tranquilizó.

–Descuida, no se ha visto nada –murmuró.

–¿Cómo te has atrevido a...?

Eleanor no terminó la frase. Yannis tenía razón. Le había parecido muy divertido, pero estaba empeñada en mantener una imagen distante y profesional y lo de enseñar las braguitas a todos los invitados no le parecía coherente con su imagen.

La canción terminó en ese momento y del rock and roll pasaron a un tema romántico. Yannis la abrazó con más fuerza y bajó la mano hasta la parte superior de su trasero.

–Yannis... –le advirtió.

–Relájate. Es un baile lento.

Eleanor se preguntó cómo podía relajarse cuando estaba apretada contra el cuerpo de Yannis y él no dejaba de acariciarle la espalda.

Sacó fuerzas de flaqueza y se dijo que saldría de aquella situación con la cabeza bien alta; pero su cuerpo la traicionaba constantemente. Quería dejarse llevar, concentrarse en su contacto, disfrutar del momento.

Era la primera vez que bailaban. Nunca había surgido la ocasión. Su historia de amor se había desarrollado entre las paredes del bar donde ella trabajaba, entre los árboles de un parque y en la enorme cama del piso de Yannis.

Jamás habría imaginado que era un gran bailarín. Ni siquiera sabía que tuviera cinco hermanas. Lo había amado con todo su corazón y, no obstante, desconocía muchas cosas de él.

–¿Lo ves? Es muy fácil –dijo Yannis en voz baja.

Eleanor pensó que era demasiado fácil y quiso creer que, aunque pudiera perdonarlo, aunque pudiera olvidar lo sucedido, nunca podrían mantener una relación amorosa. Pero sus preocupaciones se empezaron a deshacer poco a poco, como un montón de nieve, bajo la calidez de los brazos de Yannis.

La canción terminó y permanecieron juntos hasta que ella reaccionó y se apartó.

Sentía un calor intenso en la cara y notó que un mechón se le había soltado de su acicalado y profesional moño.

Su imagen se estaba resquebrajando.

Ella se estaba resquebrajando.

–Debo irme. Tengo mucho que hacer.

–Está bien.

Eleanor lo miró a los ojos y supo que aquel baile había sido tan revelador para él como para ella.

Se preguntó qué pretendía y no encontró respuesta. Si no estaba coqueteando con el pasado, estaba coqueteando con ella. Y eso no era bueno para ninguno de los dos.

–Gracias por el baile –dijo.

Después, se giró y se marchó sin darle ocasión de responder.

Yannis la vio alejarse entre la multitud. Aún le hormigueaba la piel en las partes que habían estado en contacto con su cuerpo. Se sentía vivo, más vivo que en muchos años; pero también, más inquieto.

No sabía qué estaba haciendo ni qué intentaba demostrar. Bailar con Eleanor era un juego peligroso, teniendo en cuenta que entre ellos no podía haber nada. Además del pasado, se interponía el hecho de que sólo iba a estar unos días en Nueva York. Y por si eso fuera poco, ni siquiera quería una relación seria con nadie.

Pensó que dejarla en paz era lo mejor, lo más inteligente y lo más seguro para ambos. Debían separarse y seguir con sus vidas.

Pero mientras tomaba la decisión, la buscaba con la mirada.

Esperándola. Deseándola.

Eleanor evitó a Yannis durante el resto de la noche, aunque se sentía ridícula cada vez que se escondía en una sala o corría a toda prisa por un pasillo para no toparse con él.

Sin embargo, era necesario para su salud mental.

El baile había destrozado las barreras que la defendían de él; las barreras del pasado y las del presente. No se podía arriesgar a dejarse llevar por el deseo. No con un hombre en el que no podía confiar. No con Yannis.

Pero no lo pudo evitar todo el tiempo. Cuando la fiesta terminó y los camareros se pusieron a limpiar el sitio, la encontró.

—Siempre ocupada —murmuró él.

Ella, que estaba de espaldas, ni siquiera se giró.

—Tengo mucho que hacer. Recuerda que esto es un trabajo para mí.

Él se apoyó en la pared y dijo:

—Un trabajo excelente, por cierto.

—Gracias.

Uno de los camareros terminó de llenar una bandeja y desapareció con ella, dejándolos solos. De repente, Eleanor se puso nerviosa.

—Dentro de tres días me marcho a Grecia.

Ella se puso en tensión.

—Comprendo.

—Me gustaría pensar que...

Yannis se detuvo y carraspeó. Eleanor, sorprendida por aquel gesto de inseguridad, se dio la vuelta y lo miró a los ojos.

—¿Sí?

—Me gustaría pensar que, cuando vuelva a casa, las cosas habrán quedado resueltas entre nosotros —sentenció.

—Bueno, si eso te preocupa, considéralas resueltas.

—Eleanor...

—No sé lo que quieres; pero sea lo que sea, me temo que no te lo puedo dar —lo interrumpió—. Lo lamento. Sinceramente.

Su cuerpo no estaba de acuerdo con sus palabras; le recordaba una y otra vez lo que había sentido al bailar con él. Pero su mente y su corazón no eran capaces, ni quizás lo serían nunca, de perdonarlo.

—Buenas noches, Yannis.

Salió de la habitación sin mirar atrás y recogió el abrigo antes de salir del embarcadero. Cuando organizaba fiestas, se quedaba el tiempo suficiente para asegurarse de que todo quedaba limpio y en perfecto estado; pero no soportaba la idea de estar un minuto más con Yannis. Habría corrido el peligro de rendirse a la tentación.

Odió que su cuerpo fuera tan débil. Odió que deseara al hombre que la había abandonado.

Pero al menos tenía las fuerzas necesarias para marcharse.

Yannis se quedó solo en el salón. Unos segundos más tarde, oyó que la puerta principal se cerraba y supo que Eleanor se había ido.

Soltó un largo y lento suspiro. Sabía que era lo más conveniente para los dos, pero ni se sintió mejor ni su inquietud desapareció.

Se sentía demasiado culpable. Quedaban demasiadas cosas entre ellos; demasiadas palabras que en algún momento tendrían que pronunciar.

Eleanor había dicho que sus problemas estaban resueltos.

Pero no lo estaban; por lo menos, para él.

Tomó una decisión y se marchó a grandes zancadas.

El parque estaba oscuro y ya no quedaba ningún invitado en los alrededores.

Eleanor se metió las manos en los bolsillos del abrigo y caminó con brío hacia la Quinta Avenida. Era bastante tarde, pero sabía que no tendría problemas para encontrar un taxi.

Apenas había llegado al estanque de los veleros, que en verano se llenaba de barquitos, cuando oyó pasos por detrás. Su corazón se aceleró tanto como la velocidad de sus piernas. Central Park era bastante seguro, pero estaba en Nueva York y convenía ser cautelosa.

—Eleanor, soy yo. Lo siento.

Eleanor redujo el paso al oír la voz de Yannis y se detuvo.

—¿Qué has dicho?

—Que lo siento.

Casi no podía ver su cara. Había luna, pero estaba oculta detrás de las nubes y no alcanzaba a distinguir su expresión.

–¿Qué es lo que sientes?

–Haberte hecho tanto daño.

Cuando se acercó un poco más, Eleanor vio el arrepentimiento en sus ojos y se le hizo un nudo en la garganta.

–Haberme marchado de ese modo –continuó él–. No haber estado contigo en los malos tiempos.

–No sigas, Yannis... –susurró ella–. No digas nada más.

Yannis sonrió.

–¿No quieres que me disculpe? Normalmente te concedería el deseo, pero necesito hacerlo; por ti y por mí. Nunca superaremos nuestros problemas ni podremos dar nada por resuelto hasta que lo diga. Lo sé muy bien.

–Pero yo no necesito que...

Eleanor dejó la frase sin terminar porque sabía que no era verdad. Lo necesitaba. Necesitaba que Yannis se disculpara con ella. Necesitaba ser capaz de perdonarlo.

Durante diez años, se las había arreglado para seguir adelante con su vida. Pero su corazón permanecía en el pasado, enganchado a él. No se había dado cuenta hasta que se volvieron a encontrar.

–¿Me perdonarás, Eleanor? –preguntó Yannis con dulzura–. ¿Me perdonarás por haberte causado tanto dolor?

Eleanor quiso sacudir la cabeza. Quiso llorar. Quiso decir que no se lo perdonaría nunca, que todavía seguía enfadada y profundamente herida. Pero también quiso decir que lo estaba deseando porque ella necesitaba la redención y el olvido.

Incapaz de hacer otra cosa, asintió.

Yannis se acercó y la tomó entre sus brazos.

Ella no se resistió.

—Lo siento —repitió él.

—Te perdono, Yannis —susurró ella.

Alzó la cabeza para mirarlo, para que supiera que le estaba ofreciendo la absolución que buscaba. Pero sus ojos debieron de traicionar el deseo que sentía, porque tras unos segundos de duda, Yannis se inclinó y la besó.

El primer contacto de sus labios fue verdaderamente electrizante. Todos los sentidos de Eleanor cobraron vida de repente.

Se acordó del hombre que había sido, de lo que ella sentía con él, del sabor de su boca.

Yannis la besó con más pasión y ella se entregó de un modo tan intenso y desenfrenado, que se apretó contra su cuerpo y lo empezó a acariciar por todas partes.

No supo cuánto tiempo estuvieron así.

Pero fue mucho más que un beso.

Yannis introdujo las manos por debajo de su abrigo y de su vestido, hasta llegar a su piel. Eleanor echó la cabeza hacia atrás y soltó un gemido de placer cuando él le acarició la cintura y los senos. Había pasado mucho tiempo desde la última vez. Habían pasado diez largos años.

Poco después, oyó las risas de unos adolescentes al otro lado del estanque y su deseo se esfumó.

Se apartó de él, avergonzada de lo que había hecho, y lo miró con incredulidad. Sorprendentemente, Yannis respondió del mismo modo, como si estuviera tan atónito y tan arrepentido como ella.

Durante unos momentos, ninguno dijo nada.

–Eleanor...

–No, Yannis. Esto no debería haber ocurrido.

–Lo sé. Pero de todos modos...

–No –repitió.

Eleanor sacudió la cabeza, soltó un grito ahogado y salió corriendo.

Yannis pensó que corría como si la persiguiera el mismísimo diablo, y se dijo que tal vez la persiguiera de verdad. El beso la había desconcertado tanto como a él.

Sólo pretendía disculparse por el pasado y cerrar las viejas heridas, pero en lugar de cerrarlas, las había abierto. Ahora, le dolía el corazón por haberle hecho daño otra vez. Y le dolía el cuerpo por un motivo bien distinto: porque la deseaba.

Antes de darse cuenta de lo que hacía, la empezó a seguir.

Desde que se habían encontrado, y sobre todo desde que habían aclarado lo ocurrido diez años antes, no podía dejar de pensar en ella.

Se preguntaba una y otra vez lo que habría pasado si las cosas hubieran sido diferentes. Se preguntaba si la vida le concedería una segunda oportunidad.

Justo entonces, se detuvo en seco.

Una segunda oportunidad. Pero ni siquiera sabía si la quería.

Llevaba diez años levantando muros contra el amor, endureciendo su corazón y protegiéndolo de las emociones. Como creía que no podía tener hijos, se había concentrado en sus negocios por completo.

Pero necesitaba más, mucho más.

Necesitaba a Ellie.

Quería reencontrar a la mujer que había perdido. Quería que Ellie se volviera a encontrar a sí misma y que volviera a ser la de antes, la persona que lo amaba y a quien él amaba.

No sabía por qué, pero lo necesitaba.

Sin embargo, no tenía ninguna posibilidad de conseguirlo. Al fin y al cabo, sólo iba a estar unos días en Nueva York.

Siguió andando y se dijo que no podía revivir el pasado. Por mucho que se atormentara con las posibilidades, sólo eran eso, posibilidades, no realidades.

Ni siquiera llegaban a la categoría de esperanzas.

Cuando llegó a la Quinta Avenida, volvió a suspirar. Después, renunció a seguirla, dio media vuelta y volvió a casa.

Capítulo 6

ELEANOR no regresó a su piso. No quería estar sola, de modo que paró un taxi y pidió al conductor que la llevara a West Village, donde vivía su mejor amiga, Allie. Se habían conocido en Premier Planning nueve años antes; las dos eran nuevas en el trabajo, pero Allie sólo se quedó dos semanas.

A pesar de la hora, más de las doce de la noche, sabía que Allie la recibiría con los brazos abiertos, como siempre.

Cuando llamó al portero automático, la voz de su amiga sonó somnolienta e irritada.

—¿Quién es?

—Soy yo.

Allie le abrió el portal.

Eleanor subió al sexto piso por la escalera. Allie la estaba esperando en la puerta del piso, en pijama.

—¿Qué diablos ha pasado? Tienes un aspecto terrible.

—Gracias por el comentario —ironizó Eleanor.

Allie se encogió de hombros, la invitó a entrar y cerró la puerta.

—Sólo estaba bromeando. De hecho, llevas un vestido precioso. Pero... ¿qué ocurre? No habrías venido a estas horas si todo fuera bien.

–Mi vida es un desastre.

Allie la llevó a la cocina y puso la tetera al fuego antes de que Eleanor se lo pidiera.

–¿Quieres hablar de ello? Pensaba que esta noche tenías una fiesta...

Eleanor se quitó los zapatos de tacón alto, se sentó en una silla y asintió. El piso de Allie no se parecía nada al suyo; era un lugar cálido y acogedor, de colores alegres, un lugar como el que ella misma habría tenido en otros tiempos.

En cierta manera, Allie era la persona que ella no se había atrevido a ser.

–¿Y bien? Todavía no has contestado a mi pregunta –insistió.

–Él ha vuelto.

Allie la miró con asombro.

–¿Él? ¿Pero cómo es posible que... ?

Eleanor no estaba de humor para dar explicaciones largas, de modo que decidió resumirlo en dos palabras:

–La fiesta –dijo.

Allie asintió.

–¿Y qué ha pasado? Espero que ese cerdo se haya disculpado contigo.

Eleanor soltó una carcajada.

–Sí, se ha disculpado.

–¿Y eso no es bueno? –preguntó su amiga, con cautela.

La tetera empezó a silbar. Allie se levantó y sirvió el té mientras Eleanor intentaba encontrar una respuesta a su pregunta.

Siempre había querido que Yannis se disculpara; imaginaba que después lo perdonaría y que seguiría con su vida como si nada hubiera pasado. Pero no quería seguir con su vida; no sin él.

—Por tu silencio, supongo que no es bueno —continuó Allie—. Pero... ¿por qué no?

Eleanor volvió a reírse.

—Porque ha sido una disculpa poco convencional. Después de pedirme perdón, me ha besado —explicó.

Allie asintió de nuevo.

—Ah... ¿Y qué tal ha estado?

Eleanor ya no pudo contener la risa. Se reía tanto que estuvo a punto de atragantarse con el té.

—Dios mío, jamás habría imaginado que preguntarías eso.

Allie se encogió de hombros.

—Bueno, te ha causado tanto dolor que lo menos que se puede esperar es que bese bien —ironizó.

—Besa muy bien —admitió Eleanor.

—¿Y por qué crees que te ha besado? ¿Sólo ha sido por el calor del momento, por la inercia de la situación?

—Sinceramente, no lo sé.

Eleanor se preguntó lo mismo. Cabía la posibilidad de que Allie tuviera razón y de que sólo hubiera sido un gesto espontáneo, sin intenciones más profundas. Pero conociendo a Yannis, le resultaba difícil de creer que hubiera perdido el control hasta ese extremo.

—Eleanor... deja de pensar tanto. Si sigues así, vas a empezar a alucinar —se burló.

—Creo que ya estoy alucinando. Sabes que nunca he tenido tiempo ni ganas de mantener relaciones amorosas. No sé si puedo...

—¿Él va en serio? —la interrumpió.

Eleanor gimió.

—No, por supuesto que no. Esto no es más que... bueno, al menos creo que no va en serio —se corrigió—. Y en cualquier caso, no debería importarme.

—Pero te importa.

Eleanor se mordió el labio inferior con fuerza.

—No, no me importa. No me puede importar. Me rompió el corazón hace diez años; me cambió la vida de tal manera que se derrumbó ante mis pies. Nunca te he dicho lo mal que lo pasé, pero fue terrible; verdaderamente espantoso.

Allie le acarició la mano.

—Oh, Eleanor... Lo siento mucho.

—Y yo. No sé por qué me ha besado, pero no es una buena idea. No me puedo permitir el lujo de volver a recorrer ese camino.

Eleanor guardó silencio durante un momento y añadió con firmeza:

—Hay algo que está fuera de dudas. Puede que yo haya cambiado mucho en diez años, pero Yannis Zervas no ha cambiado nada. Sigue siendo el de siempre.

Eleanor pasó la noche en el sofá de su amiga, pero durmió profunda y plácidamente.

Cuando se despertó, el sol estaba alto en el horizonte y Allie le había preparado café y unos cruasanes.

—Me siento como si me hubiera atropellado un tren —murmuró mientras intentaba despabilarse.

Eleanor se había acostado sin lavarse la cara, y tenía los ojos pegajosos por el sueño y por el rímel seco.

—Porque en cierto modo, es verdad. Te ha atropellado el expreso de Zervas –bromeó Allie, que le dio una taza de café–. Toma, bebe algo. Lo necesitas.

–Eres un encanto...

Allie sonrió.

–Lo sé.

Eleanor se incorporó y se sentó en el sofá con las piernas cruzadas. Después, dio un trago de café y probó un cruasán, que le supo delicioso; la noche anterior no había comido casi nada y estaba hambrienta.

Su teléfono móvil sonó entonces.

Cuando consiguió localizarlo, Lily le había dejado un mensaje en el buzón de voz. Sólo le pedía que le devolviera la llamada, pero Eleanor sintió pánico. Por algún motivo, pensó que el beso de Yannis lo había cambiado todo y que había llamado a su jefa para protestar por la fiesta del embarcadero.

Guardó el teléfono en el bolso y tomó un poco más de café, decidida a no pensar en Lily ni en el trabajo ni en Yannis. A fin de cuentas, era sábado y estaba con Allie. Necesitaba descansar, olvidar los problemas.

Se giró hacia su amiga y dijo:

–Salgamos por ahí. Hagamos algo divertido... podríamos ir al mercado de Union Square y comprar bisutería en Saint Mark.

–¿Bisutería? –preguntó Allie, arqueando las cejas–. ¿Desde cuándo te gusta la bisutería?

Eleanor se mordió el labio inferior y sonrió con inseguridad. De joven, le encantaba la bisutería moderna; pero ya no era esa persona. La desaparición de Yannis le había afectado tanto que decidió cambiar y convertirse en otra.

«Te has convertido en la clase de persona que no querías ser», le había dicho Yannis.

Sin embargo, borró ese pensamiento de su cabeza y sonrió a Allie.

—Bueno, entonces, vayamos a un museo. ¿Te parece bien el MOMA? Tienes razón en lo que has dicho. La bisutería no me ha gustado nunca.

El lunes siguiente, cuando Eleanor entró en las oficinas de Premier Planning, notó que todo el mundo la miraba con interés.

Se preguntó qué habría pasado y tuvo miedo de que Yannis hubiera hablado con su jefa.

Pero no tardó mucho en descubrir el motivo. En la mesa de su despacho había un enorme ramo de lirios blancos y violetas, con una tarjeta metida entre las flores.

Sacó la tarjeta y la leyó.

Era de Yannis. La llamaba *princesa de la nieve* y, a continuación, se disculpaba de nuevo.

Eleanor se emocionó.

—Vaya, vaya...

Al oír la voz de Lily, se giró hacia la puerta.

—Buenos días, Lily —acertó a decir.

—Por las flores, parece evidente que Zervas quedó satisfecho con la organización del acto —declaró.

—Eso espero.

—De todas formas, ya estaba informada. Me llamó el sábado para darme las gracias —dijo Lily—. Sabía que lo harías bien.

—Me alegro mucho. Es... maravilloso.

Lily notó su incomodidad y entrecerró los ojos.

–Por supuesto que sí. Pero no pareces muy contenta; de hecho, tienes mal aspecto.

Eleanor decidió disimular. Apartó el ramo de flores y adoptó el tono de voz más profesional que pudo.

–Es que estoy agotada. Organizar una fiesta en una semana ha sido realmente complicado.

–Eso es cierto. Si quieres, tómate la tarde libre.

Eleanor sacudió la cabeza. Si se tomaba la tarde libre, se dedicaría a pensar en Yannis. Además, no quería que Laura o Jill aprovecharan su ausencia para robarle la cartera de clientes.

Necesitaba estar allí, en el trabajo, donde podía sentirse útil.

–No, gracias, estoy bien. Y tengo trabajo atrasado.

Lily se marchó y Eleanor se puso a trabajar. Pero por mucho que lo intentó, no logró dejar de pensar en Yannis.

Horas más tarde, cuando estaba a punto de marcharse a casa, sonó el teléfono.

–Eleanor Langley. ¿En qué le puedo ayudar?

–Soy yo, Ellie... Oh, discúlpame; me has dicho mil veces que no quieres que te llame así, Eleanor.

Ella apretó el auricular con fuerza.

–Hola, Yannis.

–Mañana me voy a Grecia –declaró–. Sólo quería decirte que lo siento mucho... Me refiero a lo de la otra noche. Sé que ese beso estuvo fuera de lugar.

–Bueno, tus flores han servido para que lo olvide –mintió.

–Me alegra que te hayan gustado.

Eleanor no dijo nada. No podía hablar. Se le había hecho un nudo en la garganta.

–Supongo que esto es una despedida –continuó él–. No tengo intención de volver a Nueva York.

–¿Ni siquiera para dirigir Atrikides Holdings?

–Ya he nombrado al nuevo director general. Será el sobrino de Leandro Atrikides –le explicó–. Ése fue el plan desde el principio.

–¿El plan de quién? –se atrevió a preguntar.

–El plan de Leandro, por supuesto.

En ese momento, Eleanor supo que se había equivocado con él. Yannis no era el ejecutivo despiadado que había creído.

Pero ya no importaba, porque estaba a punto de marcharse de la ciudad y de poner fin a cualquier esperanza de retomar su relación.

–Comprendo –dijo con voz distante–. Entonces... adiós.

Yannis permaneció en silencio. Eleanor habría dado cualquier cosa por saber lo que estaba pensando y lo que iba a decir a continuación.

Sin embargo, se limitó a despedirse de nuevo.

–Adiós, Eleanor.

Cuando cortaron la comunicación, Eleanor se dio cuenta de que Yannis acababa de salir por segunda vez de su vida.

Pero en esa ocasión, por lo menos se había despedido.

Yannis se levantó, se acercó al ventanal del despacho de Leandro Atrikides y contempló la vista de Central Park.

Al día siguiente, por la mañana, se subiría a su reactor privado y volaría a Grecia. Tenía mucho trabajo: reuniones a las que asistir, empresas que dirigir y decisiones que tomar. Tenía una vida hecha.

Pero en ese instante le pareció una vida vacía, absurda. Sólo podía pensar en la mujer que estaba a punto de dejar atrás.

Irritado, sacudió la cabeza y se dijo que el arrepentimiento carecía de sentido. Debía seguir adelante y olvidar.

Intentó convencerse de que no tenía ningún interés en revivir una relación del pasado que, por otra parte, estaría condenada desde el principio. No quería volver a ser el hombre entusiasta y despreocupado de su juventud. No quería volver a estar con ella.

La había llamado por teléfono para disculparse. Sólo por eso.

Aquel beso había sido una idea nefasta, un error.

Suspiró e intentó pensar en otra cosa. Se dijo que sería mejor que volviera a la suite del hotel, pidiera algo de cenar y se acostara.

En Nueva York no había nada para él.

Pero a pesar de eso, se quedó mirando el parque, con las manos metidas en los bolsillos de los pantalones.

Tres meses después

—¿Por qué trabajas tanto?

Yannis dejó de mirar el periódico de economía que estaba leyendo mientras desayunaba y sonrió a su hermana Alecia.

—Lo siento. Es la costumbre —contestó.

Estaban sentados en uno de los cafés de la plaza

Kolonaki, en Atenas. Alecia frunció el ceño y alcanzó un cruasán.

–No me refería concretamente a que leas las noticias económicas mientras desayunas. Me refiero a todo, Yannis. Desde que volviste de ese viaje, te has portado mal con todo el mundo; siempre estás de un humor de perros. Incluso te has saltado tres cenas familiares... –le recordó.

–¿Qué tiene de particular? Siempre que puedo, me las salto.

Alecia sonrió.

–Sí, pero nunca tantas.

–De todas formas, ¿de qué viaje estás hablando?

–Del que hiciste a Nueva York.

Yannis pensó que no debería haberlo preguntado. En primer lugar, porque lo sabía de sobra; y en segundo, porque también sabía que su malhumor se debía a Eleanor Langley.

–Estoy preocupada por ti, hermano.

–Pues no te preocupes –dijo con más dureza de la cuenta.

Alecia lo miró con escepticismo.

–¿Qué te está pasando, Yannis?

–Nada.

Yannis no quería hablar de lo sucedido. No quería decir que había cometido un terrible error al pensar que era estéril y creer que Eleanor lo había traicionado diez años antes. No quería recordar lo ocurrido en Nueva York.

Durante tres meses, se había dedicado a trabajar a destajo, con la esperanza de borrar los recuerdos y seguir con su vida.

Pero no había funcionado. Eleanor lo asaltaba en

sus sueños y era una presencia constante en sus pensamientos.

–Se trata de una mujer, ¿verdad?

–¿Cómo?

–Es una mujer –afirmó su hermana.

–Alecia...

–Tiene que serlo. No lo niegues. Te comportas como si estuvieras enamorado y la echaras de menos.

–Eso es una estupidez –protestó Yannis.

–¿En serio? –dijo ella, ladeando la cabeza–. Sé que no has salido con ninguna mujer desde que volviste de Estados Unidos.

–Olvídalo. No quiero hablar de ella.

–Pues deberías. Aunque lo niegues, es evidente que te ha afectado mucho.

–Olvídalo –repitió, desesperado.

Yannis apartó la mirada para que Alecia no notara el dolor de su expresión. Su hermana estaba en lo cierto. La echaba terriblemente de menos. La extrañaba tanto, que se sentía vacío y no era feliz con nada.

Necesitaba a Eleanor.

Pero no quería necesitarla.

–Está bien, como quieras... En tal caso, hablemos de otra cosa. Papá cumple setenta años el mes que viene y deberíamos hacer algo al respecto.

Yannis se puso tenso. Siempre se ponía tenso cuando se mencionaba a su padre.

–¿En qué estás pensando, exactamente?

–¡En una fiesta, Yannis! ¿En qué si no? Pero tenemos un problema. Elana sería la persona adecuada para organizarla, pero está muy ocupada con su cuarto hijo. Y como Tabitha se ha quedado embarazada del tercero...

–¿Del tercero? ¿Ya? –preguntó él con asombro.

Yannis tenía tantas hermanas que había perdido la cuenta de sus embarazos. Además, su supuesto problema físico siempre lo había mantenido alejado de esas cosas. Cuando hablaban de niños, se sentía fuera de lugar.

Pero las cosas habían cambiado. Cuando volvió a Grecia, fue a ver a un especialista. Días después, el médico le dijo que sólo tenía un problema de fertilidad limitada y que podía tener hijos.

Yannis no se lo había dicho a nadie. Le dolía demasiado.

–¿Me estás escuchando? –preguntó Alecia, irritada.

Yannis sonrió a modo de disculpa.

–Sí, claro que sí. Decías que Tabitha se ha quedado embarazada otra vez.

–Exacto. Sólo quedan Kaitrona, que sería incapaz de organizar una fiesta, y Parthenope, que no se habla con papá desde...

–¿Parthenope no se habla con papá? ¿Por qué? –la interrumpió.

Alecia hizo un gesto de desdén.

–Bah, quién sabe. Papá siempre consigue que alguien se enfade con él. Hizo un comentario algo grosero sobre Christos y...

–Ah, eso.

Christos era el marido de Parthenope. A Yannis le parecía un buen tipo, pero era demasiado urbanita para los gustos de su padre.

Alcanzó la taza de café, dio un sorbo y dijo:

–Entonces, organízala tú.

–Acabo de empezar con el trabajo nuevo y no tengo

tiempo. Pero claro, no te has dado cuenta porque nunca escuchas lo que te digo... Sinceramente, Yannis, eres un desastre. ¿Quién diablos es esa mujer?

–No hay ninguna mujer. No empieces a elucubrar y a esparcir rumores por ahí.

–¿Quién, yo? –dijo Alecia con fingida inocencia.

–Sí, tú.

–En cualquier caso, sólo queda una persona que pueda organizar la fiesta de papá.

–¿Quién? ¿Mamá?

Alecia alzó los ojos al cielo.

–¡Tú, Yannis! Tú puedes organizar esa fiesta. Se me ha ocurrido que podríamos usar tu casa de la isla. Vas muy pocas veces y es un sitio precioso.

Yannis parpadeó, atónito. La idea de organizar la fiesta de su padre, con quien siempre se había llevado mal, le parecía absurda.

–No me parece muy adecuado, Alecia.

–Sé que papá y tú tenéis vuestras diferencias, pero eres su hijo y...

–No soy la persona adecuada –la cortó en seco.

Yannis no podía dar explicaciones. Sus hermanas desconocían que Aristo Zervas lo rechazaba porque creía que no podía tener hijos. A su padre le daba tanta vergüenza que quería mantenerlo en secreto.

–Entonces, contrata a alguien para que la organice.

–Alecia...

Yannis se detuvo.

De repente, las palabras de su hermana cobraron sentido. Fue como si todas las piezas encajaran en su sitio. El cumpleaños de su padre le brindaba la oportunidad que había estado buscando y que no encontraba.

–¿Y bien? –insistió Alecia–. ¿Qué te parece?

–Me parece... una idea excelente –respondió–. Y resulta que conozco a la persona perfecta para esa misión.

Eleanor alcanzó otra piedra y la lanzó al mar. La piedra rebotó cuatro veces en la superficie del agua antes de hundirse.

Justo entonces, oyó pasos en la arena.

–Llevas horas lanzando chinas al agua...

Eleanor sonrió a su madre.

–Es terapéutico.

–¿Terapéutico? ¿Es que necesitas terapia?

–Vivo en Nueva York. Todos los neoyorquinos necesitan terapia.

Su madre suspiró y se sentó en la fría arena. Faltaban pocos días para abril, y aunque las plantas ya habían empezado a florecer, la temperatura era baja.

–Sí, supongo que en eso tienes razón. ¿Quieres hablar de ello?

Eleanor lanzó otra piedra. Estaba en la casa de la playa desde el día anterior, y se marcharía al día siguiente. Habían hablado poco, pero su madre la conocía bien y se abstenía de presionarla en exceso.

–No particularmente.

Eleanor tampoco quiso dar más explicaciones. Su relación siempre había sido algo tensa; además, no quería abrirle el corazón y mostrar su vulnerabilidad.

–Lily dice que estás haciendo un gran trabajo.

–Gracias.

Heather la miró con intensidad. Eleanor suspiró y añadió:

–No me pasa nada. En serio. Sólo es cansancio.

–Llevas mucho tiempo en Premier Planning –dijo

Heather tras unos segundos de silencio–. Quizás deberías cambiar de aires.

Eleanor la miró con horror.

–¿Quieres que deje mi trabajo? Jamás habría imaginado que llegarías a decir eso.

Su madre se encogió de hombros.

–El trabajo no lo es todo. Sé que lo fue en mi caso, pero...

Heather dejó la frase sin terminar, pero Eleanor supo lo que estaba pensando y le dedicó una sonrisa.

–Lo sé, mamá.

Su madre también sonrió.

–Bueno, podrías tomarte un año sabático.

Ella sacudió la cabeza.

–No, no, estoy bien.

No podía dejar el trabajo; era todo lo que tenía. Pero por otra parte, no sabía qué hacer. Desde que Yannis se había marchado de Nueva York, se sentía vacía y estaba de mal humor constantemente. Necesitaba algo distinto, algo más. Necesitaba a Yannis.

Sin embargo, no podía abandonar su empleo por un sueño imposible que nunca se convertiría en realidad.

Se levantó de la arena y ofreció una mano a su madre, que la aceptó.

–Vamos. Aquí hace mucho frío. Aún tengo toda una tarde libre por delante, y quiero pegarte una paliza a las cartas.

Heather se rió y aceptó su cambio de conversación.

–Inténtalo si quieres, pero vas a fracasar.

Eleanor estaba bastante cansada cuando llegó el lunes al trabajo. La casa de su madre estaba a tres horas de Nueva York y no había dormido mucho.

Shelley, la recepcionista, se levantó cuando la vio entrar.

—Tu cita de las nueve en punto te espera en el despacho.

—¿Tenía una reunión a las nueve en punto?

A Eleanor le extrañó. Había comprobado sus compromisos mientras desayunaba y no había nada a las nueve.

—Sí. Ha dicho que te esperaría dentro.

—Está bien...

Eleanor avanzó por el pasillo. La puerta de su despacho estaba cerrada y no pudo ver quién era, pero Lily apareció entonces y dijo:

—Ha vuelto. Quedó tan impresionado con tu trabajo que quiere encargarte otra cosa. Pero descuida, esta vez tendrás tiempo de sobra.

Eleanor abrió la puerta, nerviosa.

Como ya había imaginado, era Yannis Zervas.

—Hola, Eleanor.

Capítulo 7

QUÉ ESTÁS haciendo aquí?

Eleanor cerró la puerta rápidamente, para que su jefa no pudiera oír la conversación. Se le había acelerado el corazón y sentía una extraña inquietud, que no pudo reconocer con claridad; era una mezcla de disgusto, anticipación y excitación.

Pasó por delante de Yannis, que estaba de pie, y se dirigió a su sillón. Antes de acomodarse en su sitio, se quitó el abrigo y se alegró de haberse arreglado aquella mañana; llevaba una blusa de seda, de color claro, y una falda roja. Además, se había hecho la manicura y se había recogido el pelo.

Su imagen no podía resultar más profesional. Un muro perfecto contra las emociones.

—Necesito organizar otra fiesta —respondió él con una sonrisa.

—¿Otra fiesta? —preguntó ella mientras reordenaba los documentos que tenía en la mesa—. Dudo que yo sea la candidata más adecuada para eso.

—Eres la mejor.

Eleanor lo miró a los ojos.

—No soy tan buena.

Yannis se acercó, se llevó un dedo a los labios y dijo en tono de broma:

—Calla. ¿Quieres que Lily te oiga? Esa mujer es

una dragona; no me extraña que fuera la socia de tu madre...

Eleanor sonrió.

—¿Cuándo te has dado cuenta?

—Hace unos minutos. Tuve ocasión de hablar con ella mientras te esperaba.

—De todas formas, estoy hablando en serio. Creo que es mejor que se lo encargues a otra... Pero me extraña que quieras organizar otra fiesta en Nueva York.

—No será en Nueva York.

Eleanor suspiró.

—Peor me lo pones —dijo—. Yo sólo trabajo aquí.

—Oh, vamos, me han dicho que organizaste una fiesta de cumpleaños en Hampton.

—Pero el cliente vive en Manhattan y lo hice todo desde mi despacho —puntualizó—. Además, esta conversación no tiene sentido; rechazaría la oferta aunque tuvieras intención de celebrarla en Times Square.

Eleanor habló con una seguridad que no sentía en absoluto. Una parte de ella, quería salir corriendo; la otra, arrojarse a los brazos de Yannis.

—¿No quieres saber dónde es?

—No.

—En Grecia. Mi padre cumple setenta años dentro de poco y mis hermanas y yo hemos decidido darle una sorpresa.

—¿Cómo? —preguntó, atónita.

Yannis sonrió.

—¿No has estado nunca en Grecia?

—No. Y a decir verdad, he hecho todo lo posible por no acercarme a tu país.

—Estoy seguro de que te divertirías. Está precioso en esta época del año. No hace demasiado calor.

–Dudo mucho que lo disfrutara.

Eleanor no quería mantener aquella conversación. No tenía intención alguna de viajar a Grecia.

–Esta vez tendrías mucho tiempo para organizarla –la tentó–. El cumpleaños de mi padre es el mes que viene.

–Eso no importa. No podría organizar una fiesta de esas características desde mi despacho de Nueva York; ni puedo marcharme a Grecia todo un mes.

Yannis se acercó un poco más y la miró a los ojos. Seguía sonriendo, pero su expresión se había vuelto más sombría.

–¿Seguro que no puedes?

El ambiente de la habitación cambió de súbito. La tensión se volvió más eléctrica, más sensual; tanto, que Eleanor tuvo que respirar hondo.

–No insistas, Yannis.

–¿No?

Eleanor negó con la cabeza.

Estaba muy confundida. No quería hablar con él; no quería tenerlo allí. Y al mismo tiempo, se alegraba enormemente de que hubiera regresado.

–Sólo serían un par de semanas. Seguro que se te ocurren cosas peores.

Eleanor pensó que no podía haber nada peor que pasar dos semanas con Yannis en Grecia; pero, naturalmente, se lo calló.

–Es imposible. Tengo otros compromisos laborales.

–Lily ha dicho que una de tus compañeras se encargaría de ellos. Ha mencionado un nombre... Laura, creo.

Eleanor se sintió derrotada. Laura era capaz de hacer cualquier cosa con tal de robarle sus contactos.

–Veo que ya has hablado con mi jefa...

Yannis se encogió de hombros.

–Sí. Te lo he dicho hace un momento.

–Pero... ¿por qué me quieres a mí?

–¿Por qué no?

Eleanor apartó la mirada.

–Lo sabes perfectamente –contestó.

Yannis tardó unos segundos en hablar. Cuando lo hizo, su voz sonaba más desenfadada.

–Eleanor, no conozco a más organizadoras de fiestas. Y creo sinceramente que serías la persona perfecta para el trabajo.

Ella lo miró con desconfianza.

–Oh, vamos. ¿Cómo voy a ser la persona perfecta para organizar una fiesta en tu país? Seguro que en Grecia hay empresas que se dedican a estas cosas.

–Si aceptaras, me harías un gran favor.

–¿Un favor? –preguntó con curiosidad.

Yannis asintió.

–Ya sabes que mi relación con mi padre nunca ha sido tan buena como debería. Me temo que lo he decepcionado en muchos sentidos –le confesó–. Esa fiesta podría contribuir a arreglar las cosas entre nosotros.

La confesión de Yannis le sorprendió mucho. Nunca había sido un hombre que hablara de sus sentimientos. Pero ahora le estaba abriendo su corazón.

Carraspeó e intentó adoptar un tono profesional.

–Sigo sin entender por qué has pensado en mí. No necesitas que te diga que lo que pasó entre nosotros me convierte en la persona menos adecuada de todas.

–He pensado en ti porque necesito ayuda. Aunque no estoy muy seguro de que te apetezca ayudarme.

Eleanor se ruborizó.

–Yannis, yo no quiero vengarme de ti. Lo nuestro es agua pasada –mintió.

–¿De verdad lo crees? No sé, puede que sea cierto en tu caso; pero yo no puedo olvidar tan fácilmente.

Eleanor se ruborizó un poco más. Ella tampoco había olvidado. Recordaba su primer beso, su primer abrazo y hasta el primer pastelillo que le había preparado. Recordaba el placer de hacer el amor con él. Recordaba la inmensa felicidad de sentirse amada.

Lo recordaba todo. Perfectamente.

–No sé, Yannis...

Ella ni siquiera supo por qué insistía en negarse. En cuanto vio a Yannis en el despacho, su corazón se alegró. Habría aceptado cualquier propuesta suya; y por supuesto, aceptaría viajar a Grecia.

Además, no tenía otro remedio. Lily la presionaría de todas formas.

–Sólo dos semanas –repitió él–. No es mucho, pero sería tiempo más que suficiente para organizar una fiesta familiar... Y te aseguro que el clima será excelente; perfecto para que te tomes unas vacaciones.

Eleanor asintió y alcanzó su libreta.

–Está bien. ¿Dónde quieres que se celebre?

Yannis la miró con expresión de triunfo.

–En mi casa de campo. Está en mi isla del archipiélago de las Cícladas.

Eleanor se quedó perpleja.

–¿En tu isla? ¿Tienes tu propia isla?

Él asintió.

–Sí, pero es muy pequeña.

–Sí, claro, ya me lo imagino...

Eleanor se limitó a apuntar la palabra «isla» en la libreta. No podía creer que hubiera aceptado el encargo con tanta facilidad; pero si Yannis ya había hablado con Lily, estaba condenada desde el principio.

–¿Puedes darme más detalles?

–No creo que sea necesario. Vuelvo a Grecia el viernes y me gustaría que vinieras conmigo –respondió–. Como faltan varios días, tendrás tiempo de sobra para reorganizar tus compromisos previos.

–Sí, cómo no.

Eleanor intentó asumir lo sucedido. Se iba a marchar a Grecia. El viernes. Y por si fuera poco, con Yannis.

–Si tienes alguna pregunta, no dudes en llamarme por teléfono. De lo contrario, nos veremos el viernes por la mañana –dijo–. ¿Te parece bien que te envíe un coche a las nueve? El chófer te llevará al aeropuerto.

Eleanor asintió.

Yannis recogió su abrigo y se marchó de inmediato. Segundos después, Lily asomó la cabeza por la puerta.

–¿Y bien?

–Supongo que me voy a Grecia.

–Excelente –dijo su jefa, satisfecha–. Ya le había dicho que no sería un problema.

Eleanor demostró tan poco entusiasmo, que Lily entrecerró los ojos y añadió:

–Pareces algo reacia a trabajar otra vez con Zervas. Sinceramente, me extraña un poco... ¿todo va bien?

–Sí, por supuesto –mintió–. Será un placer.

Los días que faltaban hasta el viernes se le hicieron insoportablemente largos e insoportablemente cortos al mismo tiempo. Intentó concentrarse en su trabajo, pero no dejaba de pensar en el viaje.

A veces pensaba que estaba cometiendo el peor error de toda su vida y, otras, se decía que sólo iba a organizar una fiesta. Además, el peor error de su vida lo había cometido diez años antes, cuando se enamoró de Yannis. Y por supuesto, no tenía la menor intención de volver a enamorarse.

Pero ni su madre ni Allie parecían muy convencidas.

El jueves por la noche, estaba cenando en un restaurante chino con su amiga cuando ésta comentó:

—No sé por qué has aceptado su oferta. Ni siquiera alcanzo a imaginar por qué ha pensado en ti. ¿Crees que pretende retomar vuestra relación?

—No, no lo creo.

—¿Seguro? Me dijiste que te había besado...

Eleanor sacudió la cabeza.

—No, no puede ser eso. Somos demasiado diferentes.

Allie entrecerró los ojos.

—No sois tan diferentes. Pero no quiero que ese imbécil te vuelva a hacer daño. Me disgustaría mucho, Eleanor.

Eleanor se sintió en la extraña necesidad de defenderlo.

—Yannis no es un imbécil. Bueno... al menos no lo es tanto como pensaba.

—Me alegra saberlo —ironizó Allie.

—He llegado a la conclusión de que no lo conocía tan bien —explicó Eleanor, hablando muy despacio—. Yannis no hablaba nunca de sí mismo, y cuando nos volvimos a encontrar... Tiene cinco hermanas y yo no lo sabía. Ni siquiera sabía que se lleva mal con su padre.

—Oh, no... —dijo Allie, repentinamente horrorizada.

—¿Qué ocurre?

—Que te has vuelto a enamorar.

—¡No! —exclamó con demasiada rapidez—. No, no es nada de eso... pero supongo que este viaje es importante para mí. Una forma como otra cualquiera de cerrar una vieja herida.

—Se suponía que estaba cerrada desde que se disculpó contigo.

Eleanor tomó aire y lo soltó lentamente.

—Se suponía, pero necesito asegurarme de que no me voy a enamorar otra vez de él; de que los dos hemos cambiado mucho y de que ahora somos dos personas radicalmente distintas. Sólo podré seguir con mi vida cuando supere el pasado y lo deje atrás.

Mientras hablaba, Eleanor se preguntó a quién intentaba engañar.

—Ya, bueno —dijo Allie con desconfianza—. ¿Y qué pasará si descubres que puedes volver a enamorarte de ese hombre? ¿Qué harás entonces?

Eleanor no quería pensar en esa posibilidad. Entre otras cosas, porque no tenía respuesta.

Aquella noche, cuando volvió a casa y llamó por teléfono a su madre para informarle de que se marchaba a Grecia, Heather le planteó una objeción parecida.

—Si yo estuviera en tu lugar, no me acercaría a ese hombre por ningún motivo —declaró—. Aunque si sólo se trata de un asunto de trabajo...

—Sí, sólo se trata de eso.

–Bueno, supongo que sabes lo que haces. Y por supuesto, me alegra que Lily tenga tan buena opinión de ti.

Eleanor prefirió callarse la verdad. Lily podía tener una buena opinión profesional de su trabajo, pero no estaba satisfecha por eso, sino porque Yannis era un cliente rico y pagaba mucho dinero por los servicios de la empresa.

–Ya hablaremos cuando regrese.

Cuando cortó la comunicación, miró las prendas que tenía a su alrededor y se preguntó qué debía llevarse y qué debía ponerse a la mañana siguiente.

Al final, se decidió por unos pantalones de vestir, un jersey de cachemir y unos zapatos de tacón. Le pareció que así tendría una imagen profesional y un poco sexy.

La limusina llegó a las nueve en punto de la mañana. Cuando el chófer le abrió la portezuela trasera y ella pasó al interior, se sintió decepcionada.

Yannis no estaba allí.

–El señor Zervas se reunirá con usted en el aeropuerto –le informó el hombre.

Eleanor no dijo nada. Se preguntó qué estaría haciendo para no poder acompañarla, pero no quería pensar en ello; de modo que alcanzó su maletín, sacó una carpeta y se puso a trabajar en el proyecto de la fiesta.

Sin embargo, la estrategia fue absolutamente inútil. Cuando llegó al aeropuerto, tenía los nervios de punta.

Había mentido a Heather, había mentido a Allie y se había mentido a sí misma. A su madre le había dicho que iba a Grecia porque era un trabajo más; a Allie, que necesitaba ir para cerrar viejas heridas.

Pero no era cierto. Aquel viaje implicaba muchas más cosas. Cosas bastante más preocupantes y más profundas.

De repente, alzó la mirada y vio que ya habían llegado a su destino. El chófer salió del coche y le abrió la portezuela.

Un momento después, Eleanor oyó una voz.

—Hola, Ellie.

Eleanor se llevó una sorpresa al ver a Yannis. Como siempre, llevaba traje; y como siempre, estaba magnífico.

Le gustó tanto que se le hizo la boca agua.

—Pensé que llegarías tarde —dijo, intentando contener su nerviosismo—. Cuando he visto que no estabas en la limusina...

—Es que no tenía tiempo para conducir hasta tu piso de Chelsea —explicó—. Decidí pedir un taxi y esperarte aquí. Espero que no te haya molestado.

Eleanor supo que no se refería a la limusina; obviamente, a nadie le podía molestar que le enviaran una limusina a la puerta de su casa. Se refería a la posibilidad de haberla decepcionado con su ausencia.

—No, claro que no —dijo con brusquedad.

Él la tomó del brazo y la acompañó al interior del aeropuerto. Pero en lugar de dirigirse a las puertas de embarque generales, entraron por una zona reservada a los pasajeros de aviones privados.

—No me digas que, además de tener una isla, también tienes tu propio avión...

Yannis sonrió.

—Me gusta viajar con comodidad —explicó con humor—. Además, es más conveniente; así no tengo que reservar billetes y calcular horarios, ni estar a merced de las líneas aéreas y sus caprichos.

El guardia de seguridad se limitó a saludar a Yannis, que pasó un brazo por encima de los hombros de Eleanor y dijo:

–Vamos.

Pasaron el control de pasaportes y unos minutos después se encontraban en el interior de un avión pequeño, estilizado y muy lujoso.

Eleanor miró los sofás de cuero y las mesitas de café con incredulidad. Estaba acostumbrada a viajar en primera clase por su trabajo, pero siempre dejaba los lujos para sus clientes. Aquélla iba a ser la primera vez que, en lugar de servir a otra persona, la servirían a ella.

–Acomódate y disfruta –dijo Yannis.

Eleanor sonrió y se sentó. No sabía si seguir su consejo y disfrutar del viaje o ceñirse a su actitud profesional.

–Ya tendrás tiempo para planificar la fiesta –continuó.

El avión empezó a avanzar por la pista y no tardó en despegar. Al cabo de un rato, sobrepasó el cielo gris de marzo y salió a uno azul e interminable.

–Ya puedes desabrocharte el cinturón –le informó Yannis, desde el sillón de enfrente.

–Ah, sí... claro.

Eleanor se quitó el cinturón y estiró las piernas, intentando parecer relajada. Pero no lo estaba en absoluto.

–¿Por qué estás tan tensa?

–¿Por qué no lo iba a estar? –preguntó ella, sin molestarse en negarlo–. Ni siquiera sé qué hago aquí.

Los ojos de Yannis se ensombrecieron. Tal vez, por incertidumbre; o quizás, porque el comentario le había dolido.

—Te he contratado para que planifiques la fiesta de mi padre —le recordó.

Eleanor soltó un suspiro.

—Ya lo sé, pero no entiendo por qué me elegiste a mí. No tiene sentido. Habría sido más lógico que contrataras a una experta en Grecia.

—Sí, habría sido más lógico.

—¿Entonces?

—Te quiero a ti, Eleanor.

Eleanor se sintió como si le hubieran robado el oxígeno de repente. Miró a Yannis, se quedó embriagada con el magnetismo de sus ojos y deseó volver a probar el sabor de su boca. Pero no quería pensar en eso.

Alcanzó el zumo de naranja que le habían servido poco antes y dio un trago.

—Yannis...

Yannis se inclinó hacia delante.

—No sé por qué te sorprende tanto. Yo te quiero a ti y tú me quieres a mí.

Eleanor estuvo en un tris de atragantarse con el zumo.

—¿Cómo? ¿Qué has dicho?

—¿Por qué crees que no has sabido nada de mí durante tres largos meses? He intentado olvidarte, Eleanor, pero no puedo.

—¿Por eso me has contratado? Para que mantengamos una especie de...

—¿De aventura? —se adelantó él—. No, no es eso lo que pretendo. Lo que siento va más allá de la atracción física.

La confesión de Yannis activó todas las alarmas de Eleanor. Sintió sorpresa, temor y esperanza a la vez.

—¿Qué insinúas?

Yannis la miró con expresión pensativa y dijo:

—No estoy seguro.

Eleanor se recostó en el sillón.

—Explícate, Yannis.

—No sé lo que puede haber entre nosotros. Sólo sé que no he dejado de pensar en ti durante tres meses. Te aseguro que me despedí de ti en Nueva York con la intención de poner punto final a nuestra historia; me pareció lo más fácil para los dos, pero...

—¿Sí?

—Pero no ha sido nada fácil; de hecho, me fue imposible —respondió—. Así que decidí invitarte a Grecia, aprovechando la excusa de la fiesta de mi padre, porque necesitaba verte y descubrir qué hay entre nosotros. Quiero conocer mejor a la mujer en la que te has convertido y que tú me conozcas mejor a mí. Quiero saber si esto puede llevarnos a alguna parte. Aunque seguramente te parecerá una locura.

Eleanor parpadeó y tragó saliva mientras intentaba tranquilizarse un poco. Esperaba que Yannis le hiciera una propuesta de otro tipo, que sólo quisiera ser su amante; no esperaba que sus ambiciones fueran más lejos ni que se confesara con ella con tanta sinceridad y vulnerabilidad.

—No, no me parece ninguna locura.

Él sonrió.

—¿Seguro?

Ella sacudió la cabeza, pero no se atrevió a hablar. Además, no habría sabido qué decir; por no saber, ni siquiera sabía lo que sentía.

Al igual que él, sentía que entre ellos había algo importante; y al igual que Yannis, desconocía su profundidad. Podía ser un eco de su amor juvenil. O algo nuevo, algo tan frágil y hermoso que no se atrevía ni a planteárselo.

Súbitamente, la perspectiva de pasar dos semanas con él la asustó y la excitó más que ninguna otra cosa en toda su vida. Había estado nerviosa más veces, pero aquello era terror en estado puro.

Yannis debió de notar el miedo de Eleanor; o tal vez fue por el suyo. Fuera como fuera, extendió un brazo, le acarició una mano y sonrió.

—El vuelo será largo y pareces agotada. Deberías descansar un poco.

Eleanor asintió, agradecida por la vía de escape que Yannis le acababa de ofrecer.

Eleanor se movió en el sofá, intentando ponerse más cómoda. Había cerrado los ojos, pero no parecía relajada.

Yannis la observó durante unos momentos. Comprendía perfectamente su inquietud; ni ella ni él tenían motivos para estar tranquilos.

Miró el periódico que había extendido sobre la bandeja del sillón e intentó leer la noticia sobre la compra de una empresa alemana de plásticos. Era una información importante para su negocio, pero no se pudo concentrar. Sus pensamientos volvían una y otra vez a Eleanor y a lo que él le había dicho unos minutos antes.

No pretendía abrirle su corazón de ese modo. Lo había hecho sin querer, sin pensar y, desde luego, sin saber lo que significaba.

Tenía la impresión de que la vida que había llevado hasta entonces naufragaba en un mar de incertidumbres y de posibilidades que tenían a Eleanor como denominador común. Necesitaba estar con ella; pero no sabía si lo necesitaba para sacársela de dentro o para retomar su antigua relación.

Disgustado, soltó un suspiro de frustración y volvió a mirar el periódico.

Estaba harto de especular y de dar vueltas al asunto. Eleanor estaba con él. De momento, era más que suficiente.

Capítulo 8

CUANDO Eleanor se despertó y abrió los ojos, supo que había pasado mucho tiempo desde que se había quedado dormida. No sabía cuánto, pero Yannis había desaparecido y ella tenía el pelo absolutamente revuelto. Como en tantas ocasiones, su intención de ofrecer una imagen fría y profesional había terminado en fracaso.

–Vaya, ya te has despertado...

Giró la cabeza y vio que Yannis estaba detrás, en el pasillo. Se había quitado el traje y llevaba unos pantalones militares y un polo.

A Eleanor le pareció más guapo que nunca. Le pareció que volvía a ser el joven que había conocido.

–¿Cuánto tiempo he estado durmiendo?

–Casi cuatro horas, pero aún faltan dos para que lleguemos –respondió él–. ¿Te apetece comer algo?

Eleanor no tuvo ocasión de responder, porque su estómago se le adelantó con un sonido no demasiado sutil.

Yannis sonrió.

–Tu estómago siempre hacía unos ruidos espantosos cuando tenía hambre –comentó–. Veo que en eso no has cambiado.

–Sí, la verdad es que estoy hambrienta –admitió.

Yannis hizo una señal a uno de sus empleados, que volvió poco después con una bandeja cargada de comida.

Eleanor se sirvió una ensalada, un par de sándwiches y una pieza de fruta fresca.

—Adelante, come...

Ella no necesitaba que la animara a comer, pero se puso a comer de todas formas.

—¿Adónde vamos exactamente?

—A mi isla. Está cerca de Naxos. Pero como te dije, es muy pequeña.

Eleanor lo miró con desconfianza.

—¿Hasta qué punto es pequeña?

—Bueno... sólo tiene un par de kilómetros.

—¿Y la única casa que hay es la tuya?

—Casi. También hay varias casas para los empleados y un aeródromo —explicó.

Eleanor se rió.

—¿En serio? Siempre supe que eras un hombre rico, pero no me imaginaba que fueras un rico con isla propia.

Yannis arqueó una ceja.

—¿Qué quieres decir con eso?

Eleanor se encogió de hombros.

—Nada. Pero reconoce que suena como salido de una serie de televisión.

—Con la diferencia de que yo no he heredado nada. Me lo he ganado con mi trabajo.

—¿Ah, sí? —dijo Eleanor, que se detuvo un momento para limpiarse con la servilleta—. Y dime, ¿qué has hecho para tener una isla?

—Invertir, dirigir empresas...

—Pero no empezaste precisamente de la nada,

¿verdad? Si no recuerdo mal, tu padre es dueño de una naviera.

—Lo es, pero nunca he trabajado en su empresa —declaró, claramente molesto—. Él quería fundar una dinastía y eso era imposible.

Eleanor se puso muy recta y carraspeó. Era evidente que Yannis se refería a su supuesta esterilidad.

—¿Te has vuelto a hacer las pruebas? —se atrevió a preguntar—. ¿Qué te han dicho?

Yannis apartó la mirada durante un momento.

—Sí, me las hice cuando volví a Grecia. El médico afirma que tengo un problema de fertilidad limitada.

—Eso quiere decir que puedes tener hijos, ¿verdad? Es una gran noticia...

Yannis se encogió de hombros.

—Supongo que lo es, pero ya había abandonado la idea de ser padre —confesó.

—¿Y cómo es posible que se equivocaran contigo?

—No se equivocaron. Por lo visto, tuve un tipo de esterilidad que a veces desaparece parcialmente con el transcurso de los años... Qué tontería; una simple búsqueda por Internet nos habría ahorrado muchísimos disgustos.

—Yo no estaría tan segura.

—¿Por qué dices eso?

Esa vez fue ella quien se encogió de hombros.

—Si hubieras sabido que el niño era tuyo, ¿te habrías quedado?

Yannis se puso tenso.

—Por supuesto que sí —afirmó, rotundo—. Jamás habría abandonado a mi hijo.

Eleanor giró la cabeza y miró por la ventanilla del avión.

–Te creo, Yannis. Pero no confiaste en mí lo suficiente como para darme la oportunidad de confiar en ti. Y pase lo que pase entre nosotros, no lo podré olvidar.

–¿Tampoco podrás perdonarme?

–Yo no he dicho eso.

Eleanor lo miró nuevamente a los ojos y añadió, con toda la sinceridad que pudo:

–Sólo he dicho que no confiábamos el uno en el otro. La confianza es difícil, y en nuestro caso, mucho más.

Yannis permaneció un buen rato en silencio. Cuando volvió a hablar, Eleanor se dio cuenta de que había estado conteniendo la respiración.

–Entonces, tendremos que hacer un esfuerzo para alcanzar esa confianza –declaró con una sonrisa–. Ya veremos lo que pasa después.

Durante el resto del viaje, se dedicaron a charlar de cosas sin importancia. Hablaron del tiempo, de cine y de otras cuestiones inofensivas hasta que él se excusó porque debía terminar un trabajo antes de aterrizar en el aeropuerto de Naxos, donde tomarían un avión más pequeño para viajar a su isla.

Eleanor, por su parte, ni siquiera se molestó en fingir que trabajaba. Estaba demasiado nerviosa, demasiado alarmada y demasiado entusiasmada para eso.

El sol ya se había puesto cuando distinguió las luces del puerto y de la ciudad de Naxos en la distancia. Minutos después, el avión aterrizó en el aeropuerto. Eleanor alcanzó su equipaje y Yannis la acompañó a la avioneta que los iba a llevar a la isla.

Tardaron poco más de diez minutos. A diferencia

de Naxos, la isla de Yannis estaba completamente a oscuras, perdida entre el color negro del mar y el color negro del cielo nocturno.

Cuando aterrizaron y alzó la vista, comentó:

—Creo que no había visto tantas estrellas en toda mi vida.

—Y yo creo que jamás he visto una sola estrella en Nueva York —bromeó él—. Ven conmigo. Mis empleados se encargarán de tu equipaje.

Eleanor lo siguió hasta un jeep. Yannis arrancó y encendió los faros del vehículo, que apenas atravesaban la negrura.

Estaban solos. En una isla solitaria. En mitad del mar.

Eleanor se estremeció y le lanzó una mirada. Yannis había experimentado un cambio absoluto, difícil de creer. Con su ropa informal y al volante de un jeep que avanzaba por un camino de tierra, ya no parecía ni un hombre de negocios ni un jovencito universitario; parecía una persona diferente.

Una persona desconocida.

—Aquí son las once de la noche, pero en Nueva York es pronto y nuestros cuerpos siguen con el horario de allí. ¿Quieres comer algo?

Eleanor asintió. Estaba agotada, pero también asustada y entusiasmada con aquel mundo nuevo.

—Es posible. Pero me contentaría con algo ligero —respondió, sonriendo.

—Le diré al cocinero que nos prepare alguna cosa. Entre tanto, tú puedes lavarte y cambiarte de ropa si te parece oportuno. Tu equipaje llegará enseguida.

Yannis tomó una curva y la casa de la isla apareció en todo su esplendor: era un enorme edificio blanco, con flores en cada alféizar y todas las luces encendidas.

Él detuvo el vehículo y se giró hacia Eleanor.

–Bienvenida.

Una mujer sonriente, con el pelo recogido, se acercó a Yannis y le dijo algo en griego. Después, miró a Eleanor y cambió de idioma.

–Tenerla con nosotros es un placer, señorita Langley.

–Gracias –murmuró Eleanor.

–Te presento a Agathe –intervino Yannis–. Se encarga de... prácticamente todo.

Yannis sonrió nuevamente a Agathe y, a continuación, entraron en el edificio.

El ama de llaves los llevó a una suite que daba a los jardines de la parte trasera; por la oscuridad del exterior, Eleanor sólo pudo distinguir los olivos y el mar al fondo.

Su equipaje llegó poco después, de modo que aprovechó la ocasión para lavarse y cambiarse de ropa. Casi era medianoche, pero se sentía despierta y llena de vida.

Se puso unos pantalones de algodón y una camiseta de color verde claro y salió a explorar la casa y a buscar a Yannis.

El ambiente olía a tomillo y espliego, y a través de las ventanas abiertas, llegaba el susurro de las olas. Eleanor avanzó por el pasillo del primer piso hasta llegar a la escalera, cuya barandilla era de hierro forjado. En el vestíbulo no había nadie, así que se asomó al salón y al comedor, pero también estaban vacíos.

Caminó hacia el fondo de la casa y captó un aroma a ajo y limón que despertó su interés. Procedía de la cocina.

Al entrar, vio que Agathe se encontraba junto al horno y que Yannis se había sentado junto a la ventana que daba al mar. También se había cambiado de ropa; y por la humedad de su pelo, era evidente que se había duchado.

Eleanor se estremeció. Estaba muy atractivo.

–Ah, ya estás aquí... Entra, por favor. Agathe ha preparado uno de sus festines habituales –dijo Yannis.

Agathe protestó por el comentario de Yannis mientras servía la comida en la mesa. Había preparado una ensalada de pepino, tomate y feta, además de pescado a la plancha, pan casero y una pequeña variedad de tapas griegas.

–No me puedo comer todo esto... –dijo Eleanor, asombrada.

–Pues tendrás que intentarlo. Lo ha preparado con todo su amor.

Cuando oyó la palabra «amor», Eleanor se puso algo nerviosa. Ni Yannis ni ella misma la habían pronunciado nunca para referirse a su relación; no lo habían hecho diez años antes y, por supuesto, tampoco ahora.

–Gracias por la comida, Agathe.

El ama de llaves asintió y se marchó discretamente.

Eleanor miró los platos y dijo:

–Tienen un aspecto magnífico. Muchas gracias.

Él se encogió de hombros.

–Agathe está empeñada en mimarme. La tuve de niñera en mi infancia y decidí contratarla cuando se quedó sin nada que hacer en la casa de mis padres.

–Se nota que te quiere mucho...

–Es una buena mujer.

Eleanor probó la ensalada. Estaba deliciosa.

–¿Vives aquí?

–Siempre que puedo. Tengo un piso en Atenas porque es conveniente para los negocios, pero éste es mi hogar; o por lo menos, el sitio al que me escapo cuando necesito sentirme mejor. He viajado tanto que ya no sé de dónde soy.

–Gajes del oficio, supongo –murmuró Eleanor–. Pero ya que lo mencionas, ¿qué pasó realmente con Atrikides Holdings?

Yannis la miró con sorpresa.

–¿A qué te refieres?

–A que no creo que seas el ejecutivo implacable que creía.

–Intento no ser implacable nunca.

Eleanor arqueó las cejas.

–No sabía que fueras tan sensible.

–¿Sensible? –preguntó él con humor–. No, en absoluto; simplemente es bueno para los negocios. Los trabajadores son más productivos cuando están contentos. Además, detesto perder dinero..

Ella alcanzó un trozo de pan.

–¿Y Atrikides?

Yannis se encogió de hombros.

–Me quedé con la empresa para hacerle un favor a Leandro. Su hijo se había metido en muchos líos y él no tenía las fuerzas necesarias para ponerlo en su sitio –explicó–. Es un anciano y no le queda mucho tiempo de vida.

–Así que lo hiciste por amistad.

Yannis asintió.

–Sí, se podría decir que sí.

–Por lo visto, hay muchas cosas de ti que desconozco.

–Pues pregunta.

Eleanor no supo por dónde empezar; tenía demasiadas dudas sobre él. De modo que preguntó lo primero que se le pasó por la cabeza.

—¿Siempre te interesaron los negocios? ¿Siempre quisiste tener tu propia empresa?

—Sí, pero al principio no me parecía tan importante. Se volvió importante después —respondió.

—¿Después? ¿Cuándo?

Yannis esperó unos segundos y dijo:

—Hace diez años.

Eleanor asintió muy despacio. Al parecer, los dos habían vivido su tragedia personal del mismo modo.

—Bueno, si no quieres hacer más preguntas, me toca a mí —continuó él—. ¿Por qué te convertiste en organizadora de actos?

—Necesitaba un empleo para ganarme la vida. Mi madre me sugirió Premier Planning porque fue su empresa hasta que se jubiló.

—Así que eres la hija de la jefa...

Eleanor se encogió de hombros.

—No me prestó ninguna ayuda. Empecé desde abajo, como todos, y me gané los ascensos con mi trabajo.

—¿Y qué pasó con tu sueño de abrir un café? Creo recordar que querías hacer un curso de hostelería.

Eleanor sonrió.

—Es cierto, pero no lo terminé.

—¿Por qué no?

Ella sacudió la cabeza.

—Estaba embarazada y quería tener el niño, así que dejé lo demás.

—Pero podrías haber seguido después. Y no lo hiciste.

–No. Mi vida había cambiado tanto que ya no tenía sentido.

Eleanor no quería hablar de eso. Estaban condenados a retomar la conversación en algún momento del futuro, pero no tenía ganas de recordar el pasado.

Dejó pasar unos instantes y añadió:

–Tu turno de preguntas ha terminado; me toca a mí otra vez.

–Adelante, pregunta lo que quieras.

–¿Cuál es tu color preferido?

Yannis la miró con sorpresa y humor.

–El morado.

–¿En serio?

Él arqueó una ceja.

–¿Es que no te parece suficientemente masculino?

Eleanor soltó una carcajada.

–No, no es por eso. Es que me parece imposible que el morado sea tu color favorito –respondió–. Me estás tomando el pelo.

–Está bien... Tienes razón. Mi color preferido es el azul.

–¿Claro? ¿U oscuro?

–Oscuro. ¿Y el tuyo?

–El naranja.

–¿El naranja?

–Sí, lo elegí como color preferido cuando estaba en el colegio porque no le gustaba a nadie más. Quería ser diferente.

–Siempre has sido muy obstinada.

–Decidida, más bien –puntualizó.

A Eleanor se le escapó un bostezo de repente. Estaba más cansada de lo que había imaginado y empezaba a tener sueño.

—La comida estaba deliciosa, pero creo que será mejor que me acueste. Si sigo aquí, me quedaré dormida en la silla.

—Entonces, te llevaré a tu habitación.

Eleanor se levantó de golpe. No quería que la acompañara. Le parecía demasiado tentador, demasiado peligroso.

—No es necesario. Ya encontraré...

—Te llevaré a tu habitación —insistió él.

—Pero...

—Permíteme ser un caballero, Eleanor.

Ella no tuvo más remedio que aceptar.

Salieron de la cocina, subieron al piso superior y Yannis la acompañó hasta la puerta de su dormitorio.

—Gracias por todo, Yannis.

Él estaba tan cerca, que Eleanor tuvo la sensación de que la iba a besar. De hecho, deseaba que la besara.

Entonces, él le apartó un mechón de la cara y le acarició la mejilla. Eleanor cerró los ojos, esperando el contacto de sus labios.

Por fin, llegó. Pero no fue el beso apasionado que esperaba, sino una simple caricia inocente. Eleanor ni siquiera tuvo ocasión de reaccionar y provocar una respuesta en él, porque se apartó enseguida y dijo:

—Buenas noches, Eleanor.

Después, dio media vuelta y desapareció en la oscuridad del pasillo.

Yannis salió de la casa, dominado por la frustración. No sabía por qué la había besado.

Se dirigió a la playa, iluminada por la luna, y se

detuvo junto a la orilla; a continuación, se quitó la camiseta y los pantalones y se zambulló sin más.

El agua estaba fría, lo cual era perfectamente normal a principios de primavera; pero siguió nadando de todas formas. Necesitaba relajarse.

Se preguntó por qué la había llevado a Grecia. En su momento, le pareció una idea magnífica; su cuerpo la necesitaba, su corazón la necesitaba y él necesitaba saber si podían retomar su antigua relación. Pero no había calculado lo peligroso que podía llegar a ser.

Ni él ni ella buscaban una relación puramente física. Yannis lo sabía incluso antes de invitarla. Y ahora que la tenía en su casa, le daba miedo.

Maldijo en voz alta, dejó de nadar y decidió volver a la orilla. Todo había cambiado unos minutos antes, cuando la besó en el pasillo de la casa. En ese preciso instante, comprendió que, al llevarla a Grecia, había hecho algo más que abrir las puertas de lo posible: la había expuesto otra vez al dolor, al fracaso, a la pérdida.

Pero Yannis no quería hacerle daño.

Cuando llegó a la playa, se puso la camiseta y se sentó en la arena. No quería volver adentro y tumbarse en una cama vacía, a sabiendas de que Eleanor se encontraba a pocos metros de distancia.

Se acordó de la primera vez que hicieron el amor. Era sábado y la luz de la tarde llenaba la habitación con tonos dorados. Él le acarició la piel y los labios con un dedo hasta que ella rompió a reír y le dijo que le hacía cosquillas.

Su comentario le disgustó, porque la deseaba con toda su alma. Así que se propuso volverla loca de deseo. Y lo consiguió.

Pero lo suyo había sido bastante más que una relación sexual. Eleanor le abrió su corazón y le contó sus sueños y sus esperanzas, que a él le parecían un mundo mágico, casi un paraíso; al fin y al cabo, no tenían nada que ver con su vida ni con las exigencias de su padre.

Sacudió la cabeza y se preguntó, por enésima vez, si habría permanecido con ella de haber sabido que el hijo que esperaba era suyo.

No encontró la respuesta. Pero en cualquier caso, tenía miedo de abrir la caja de Pandora y de que se volvieran a enamorar.

En ese momento se levantó un viento frío. Yannis se estremeció, se levantó y caminó hacia la casa, que ahora era una silueta oscura contra el cielo.

El interior estaba en silencio. Sólo se oía el rumor de las olas en la distancia.

Yannis dejó su ropa mojada en el suelo y se tumbó desnudo en la cama. Después, cerró los ojos e intentó dormir.

Sólo pudo conciliar el sueño cuando abandonó sus preocupaciones y se acordó de la Eleanor de diez años antes, de la jovencita relajada y sonriente que se acercaba a él para tentarlo con tazas de chocolate.

Cuando se despertó, tenía antojo de chocolate.

Y también de Eleanor.

Capítulo 9

ELEANOR se despertó al oír un sonido distante de campanas. Se levantó de la cama y miró por la ventana de la habitación; el sol ya estaba alto en el horizonte, y al fondo, en lo alto de una colina, distinguió el origen del sonido.

Era un rebaño de cabras, cuyas campanillas tintineaban mientras el pastor las conducía a otros pastos.

Se duchó rápidamente y se puso unos pantalones negros y una camisa blanca. Ropa de trabajo; toda una armadura contra la tentación del deseo. Se sentía demasiado vulnerable tras el beso de Yannis.

Por fin, salió del dormitorio y bajó a la cocina. Agathe estaba preparando el desayuno.

—La cena de anoche estaba deliciosa.

Eleanor lamentó no hablar griego; pero el ama de llaves asintió y sonrió. Obviamente, la había entendido.

—Coma, coma —dijo, señalando la mesa.

Eleanor se sentó y alcanzó el melón, el yogur y la miel mientras Agathe le servía una taza de café.

—¿Sabe dónde está Yannis?

Agathe se encogió de hombros.

—Trabajando. Él siempre trabajando —acertó a responder.

—Ah, gracias.

Eleanor probó el café y pensó que ella debía hacer lo mismo; a fin de cuentas, había viajado a Grecia para organizar una fiesta. Pero las cosas habían cambiado desde la confesión que Yannis le hizo en el avión; no la había contratado por sus capacidades profesionales, sino porque quería estar con ella. Y en realidad, ella había aceptado por el mismo motivo; porque quería estar con él.

Yannis no apareció; así que, cuando terminó de desayunar, decidió explorar la casa. Tenía unas cuantas ideas sobre la fiesta de cumpleaños, aunque debía hablar con él en algún momento para que le diera más detalles. La comida no sería un problema; por lo que había visto, Agathe era más que capaz de encargarse de ella.

Cuando entró en el salón, tan elegante como espacioso, le pareció el sitio adecuado para dar una fiesta; sin embargo, cambió de opinión en cuanto salió a la terraza. Era un lugar precioso, lleno de tiestos con flores, perfecto para una celebración de esas características.

El aire olía a mar y el sol le calentaba la cara. Se sintió tan bien que alzó la cabeza y cerró los ojos para disfrutar un momento.

—Ah, estás ahí.

Eleanor abrió los ojos enseguida. Yannis estaba en el umbral de la puerta que daba a la cocina.

—¿Hay cabras en la isla? —preguntó.

Él arqueó una ceja, sorprendido.

—Sí, en efecto.

—¿Por qué?

—¿Es que no te gustan las cabras?

Eleanor sonrió.

–Bueno, no me he formado una opinión de ellas –ironizó.

–Yo las encuentro muy relajantes. Y realmente bonitas.

Eleanor se rió. Siempre olvidaba que Yannis tenía un sentido del humor muy desarrollado.

–Vamos, lo preguntaba en serio...

–¿Tenemos que ponernos serios? Bueno, si te empeñas... Cuando compré la isla, aquí sólo vivía un cabrero. Llevaba toda la vida en estas tierras y sobrevivía vendiendo la leche y el queso en Naxos. Le permití que se quedara a cambio de sus productos.

–¿Y qué hace cuando no estás aquí?

–Lo mismo que cuando estoy. Si tiene que llevar las cabras a Naxos, le presto mi motora. Él sólo tenía un bote miserable que parecía que se fuera a hundir en cualquier momento. Una vez le vi subir a una cabra y la pobre estuvo a punto de morir de un infarto.

Eleanor sacudió la cabeza.

–¿Por qué lleva las cabras a Naxos?

–Normalmente no las lleva, pero a veces se ponen enfermas. Y créeme, una cabra enferma es una de las criaturas más desagradables del universo –respondió con humor–. Pero acompáñame; tengo una sorpresa para ti.

–Me gustaría hablar antes contigo. He estado pensando en la fiesta de cumpleaños de tu padre y...

Yannis hizo un gesto de desdén con la mano.

–Ya hablaremos de eso. Vamos a la cocina.

–¿Agathe sigue aquí?

–No, se marchó a Naxos a hacer la compra.

–Entonces, ¿qué quieres... ?

Eleanor dejó de hablar cuando se asomó a la cocina y vio la encimera. Había harina, azúcar, al menos tres docenas de huevos y varios utensilios de cocina. Todo lo necesario para preparar dulces.

—¿Esto es para mí?

—Como tendrás tiempo libre, he pensado que te gustaría entretenerte con lo que siempre te gustó —dijo él.

—Gracias. Es todo un detalle.

—Tengo libros de cocina, aunque supongo que prefieres tus propias recetas. Aún me acuerdo de tu tarta de café.

Eleanor sonrió. La tarta de café era uno de sus mayores fracasos como cocinera, pero a él le había encantado.

—Creo que tienes todo lo que necesitas.

—Sí, eso parece.

—En tal caso, te dejaré a solas para que te diviertas. Yo tengo que trabajar un rato.

Yannis salió de la cocina y Eleanor miró la harina y los huevos con incertidumbre. No había preparado ni una simple galleta en diez años.

Suspiró, alcanzó uno de los libros de cocina y echó un vistazo a las páginas. Todo parecía muy apetecible, pero la cocina ya no le interesaba como antes. El sueño de abrir su propio café había desaparecido entre las sombras del pasado; ni siquiera quería volver a ser la persona que había sido, una joven despreocupada, ingenua y estúpida.

Apartó el libro, molesta, y volvió a la terraza. Después, se quitó las sandalias y caminó hacia la playa, completamente desierta. La arena estaba caliente bajo sus pies y la brisa jugueteaba con su cabello.

Sólo llevaba unos minutos allí cuando sintió la presencia de Yannis. No lo vio porque estaba de espaldas, pero la sintió literalmente.

Suspiró y se sentó en la arena.

–¿Eleanor?

Yannis se acercó y la miró.

–¿Va todo bien?

–Sí, es que no tengo ganas de cocinar. Si te soy sincera, no he cocinado nada desde... en fin, desde hace mucho tiempo.

Yannis se sentó a su lado.

–Supongo que desde hace diez años, ¿verdad?

Eleanor asintió.

–Ya te había dicho que ahora soy una mujer diferente.

–¿Por qué dejaste de cocinar?

–No estoy segura –respondió, mirando el mar–. No me lo he preguntado mucho, pero creo que quería alejarme de la mujer que fui porque... porque a esa mujer no le iban bien las cosas –sentenció.

–¿Qué quieres decir con eso?

Eleanor se encogió de hombros. No quería hablar de eso; no quería que Yannis supiera lo desesperada y deprimida que se había quedado tras su marcha.

–Cuando pasó lo que pasó, decidí cambiar, convertirme en una persona nueva. Lo necesitaba, Yannis –dijo–. Pero eso carece de importancia; sólo he salido porque no me apetece cocinar. No estoy de humor.

Yannis se mantuvo en silencio.

–Sé que tus intenciones eran buenas –continuó ella–, pero... ¿no comprendes que hemos cambiado? Ya no somos los mismos. No nos conocemos, si es que alguna vez nos conocimos.

La voz de Eleanor había adquirido un tono tenso, casi desesperado. Y no sabía por qué. Por no saber, ni siquiera sabía si quería que Yannis le diera la razón o se lo discutiera.

Pero la reacción de Yannis la sorprendió.

—Creo que exageras un poco, Eleanor. Lo de la cocina sólo es importante si cocinar definía tu personalidad de algún modo. ¿Lo hacías porque expresaba tu forma de ser? ¿O simplemente porque te divertía?

Eleanor agarró un puñado de arena, que dejó caer entre los dedos.

—Por las dos cosas y por ninguna. La idea de cocinar fue una reacción a mi infancia... quería tener un lugar que fuera una especie de hogar, el que siempre había deseado. En cierta manera, puede que me quisiera convertir en la madre que nunca había tenido —dijo con una ironía sin humor alguno.

—Comprendo...

—En Nueva York, dijiste que me había convertido en lo contrario de lo que quería ser. Tal vez fuera cierto, pero es posible que esta mujer, la que ves ahora, sea mi verdadero yo.

Yannis giró la cabeza, la miró y habló con voz suave.

—Yo no tenía razón, Eleanor. No has cambiado tanto como crees.

Eleanor sacudió la cabeza.

—Yannis...

—Olvida lo del café, la cocina y hasta tu trabajo actual —la interrumpió—. Todos tenemos que trabajar en algo, pero el trabajo no es la vida. Yo me refería a cuestiones más profundas. Y no has cambiado tanto como crees.

Esa vez fue Eleanor quien se mantuvo en silencio.

–Anda, ven conmigo. Es evidente que he cometido un error al dejarte entre cacharros y cacerolas. Hagamos algo distinto.

–De acuerdo.

Eleanor aceptó la mano de Yannis y los dos se levantaron.

–¿Necesito cambiarme de ropa? –preguntó ella.

–Yo diría que sí. Lo que llevas estaría bien para Nueva York o incluso para Mykonos, pero no para el sitio al que vamos.

Eleanor sonrió.

–¿Y se puede saber adónde me llevas?

–A dar un paseo por la isla. Es toda una aventura... será mejor que te pongas algo apropiado para la ocasión.

Diez minutos después, Eleanor había cambiado sus pantaloncitos de algodón por unos vaqueros, y las sandalias, por unas zapatillas deportivas. Hacía mucho tiempo que no se vestía de un modo tan informal. En Nueva York siempre iba con traje o con ropa de trabajo. Su imagen pública formaba parte de su profesión.

Salieron de la casa y Yannis la llevó por un camino de tierra que se adentraba en la isla.

–¿Y bien? ¿Adónde vamos? ¿Qué se puede hacer en un sitio tan pequeño?

–Disfrutar de las vistas, por supuesto –contestó él.

Caminaron en silencio durante un cuarto de hora, sin oír nada salvo el viento que acariciaba las ramas de los olivos.

Entonces, en uno de los recodos del sendero, se encontraron con una cabra.

Eleanor, que caminaba por delante, se detuvo en seco y retrocedió, asustada. Cuando llegó a su altura, Yannis la miró con perplejidad y humor.

—No me digas que tienes miedo de una cabra...

—No, no es exactamente que tenga miedo; es que no estoy acostumbrada a los animales del campo. Recuerda que vivo en una gran ciudad.

Yannis se rió.

—Las cabras son absolutamente inofensivas.

El animal baló en ese momento, como si quisiera llevarle la contraria.

Eleanor dio un paso atrás. Jamás habría imaginado que el balido de una cabra le resultara tan amenazador.

—Limítate a pasar a su lado. A ella no le importará.

—¿Cómo sabes que es hembra?

—¿Tú qué crees? —respondió él, divertido—. Además, lleva el nombre en la campanilla. Mira, se llama Tisífone.

—¿Tisífone? ¿No era una de las Furias?

—Sí, a Spiro le encanta la mitología de la Grecia clásica —explicó—. Pero sólo es un nombre; no te asustes por eso.

—Pero esta mañana has dicho que las cabras pueden ser muy desagradables...

—Sólo cuando están enfermas o las subes a un barco.

Eleanor rompió a reír. Seguía estando asustada, pero con Yannis a su lado, se sentía capaz de hacer cualquier cosa. Incluso de pasar por delante de una cabra feroz.

Tomó aire, sacó fuerzas de flaqueza y siguió andando. Unos segundos después, él le pasó un brazo por encima de los hombros y ella soltó el aire que había retenido.

–¿Lo ves? No ha pasado nada.

–No, es verdad. Pero las cabras no son tan bonitas como decías –ironizó.

Yannis se rió y la apretó un poco contra su cuerpo. Eleanor sintió una profunda alegría. Echaba de menos su contacto físico y emocional. Extrañaba la posibilidad de estar junto a una persona que la entendía, que la aceptaba y con quien podía bromear sobre las cosas más tontas. Pero también le daba miedo.

Yannis se detuvo al llegar al pie de una colina llena de arbustos de espliego.

–Ahora tenemos que subir un poco. Ten cuidado; hay muchas piedras sueltas y te podrías torcer un tobillo.

Eleanor asintió y eligió el camino con cuidado. En cierto momento, trastabilló y estuvo a punto de caer, pero Yannis la agarró al instante.

Veinte minutos más tarde, se detuvieron en una pradera donde no había nada salvo un montón de piedras

–Ya hemos llegado.

–¿Adónde? ¿Qué hay aquí?

–¿Es que no lo ves?

Eleanor miró con más atención. Había arbustos, árboles y las piedras en las que ya se había fijado. Pero de repente, se dio cuenta de que no eran piedras normales. Estaban colocadas en orden; eran lo que quedaba de varios edificios.

–Aquí hubo un pueblo –dijo él–. Hace dos mil años.

Yannis se acercó a una piedra y la tocó.

–Siempre me ha apasionado la arqueología. A decir verdad, he hecho unos cuantos descubrimientos en la isla... restos de cerámica e incluso una cañería rota. No es mucho, pero a mí me parece fascinante.

Eleanor avanzó entre dos filas de piedras labradas y comprendió que había sido una calle. Le pareció triste, bello y emocionante a la vez.

–¿Qué pasó? ¿Qué causó toda esta ruina?

Yannis se encogió de hombros.

–El hambre, las enfermedades, los piratas, la guerra... cualquiera sabe. Fuera lo que fuera, los habitantes originales se vieron obligados a abandonar la isla. Pero tardé poco en descubrir adónde fueron.

Eleanor lo miró.

–¿Fueron a algún sitio?

Él sonrió.

–Sí. En unas excavaciones de Naxos se han descubierto restos de cerámica que coinciden con las de aquí. Por lo visto, se subieron a sus barcos y cambiaron de isla.

–Como las cabras...

–Sí, más o menos.

–¿Y no regresaron? –preguntó Eleanor con interés.

Yannis echó un vistazo a su alrededor.

–Parece que no.

–Supongo que aprendieron que nunca se puede regresar.

Yannis le lanzó una mirada intensa.

–No, nunca. Pero se puede seguir adelante. Como ellos.

La tomó de la mano y empezaron a descender la colina. Poco después, Yannis añadió:

–El futuro siempre es mejor que el pasado. Sólo

tienes que echar un vistazo a las ruinas de Naxos para saberlo... aunque las de aquí, tampoco están mal.

Eleanor se rió. Se sentía muy cómoda con él.

Cuando llegaron a la casa, estaba sudorosa y muerta de calor. Yannis la invitó a darse un chapuzón en el mar y ella aceptó encantada.

Subió al dormitorio y se puso el bañador, aunque se sintió un poco incómoda ante la perspectiva de aparecer medio desnuda delante de Yannis.

Cuando llegó a la playa, él ya estaba allí. Eleanor se había puesto una toalla alrededor de la cintura, para taparse un poco; pero no pudo apartar la mirada de su cuerpo. Era un hombre enormemente atractivo, de hombros anchos y piel morena.

Yannis se giró y le dedicó una mirada de admiración.

Eleanor se excitó.

—Ven. El agua está perfecta en esta época del año.

A pesar de que el sol calentaba bastante, Eleanor dudó.

—¿No es un poco pronto para nadar? Estamos en marzo.

—A finales de marzo —puntualizó él.

Eleanor dejó la toalla en la arena y siguió a Yannis cuando él se zambulló.

—¡Ah! —exclamó al salir a la superficie—. ¡Está helada!

—Nada y entrarás en calor —dijo él, sonriendo—. Además, creo recordar que pasabas los veranos en Long Island. Deberías estar acostumbrada al agua fría.

—Pero no nadábamos nunca en marzo.

Estuvieron nadando alrededor de una hora. Se dedicaron a reír y a jugar hasta que Yannis comentó que se le estaban poniendo azules los labios.

Antes de que ella pudiera protestar, él la tomó en brazos y la sacó del agua. Eleanor rompió a reír, pero la risa se le ahogó en la garganta cuando se encontró apretada contra su pecho.

Yannis la llevó al interior de la casa, subió al primer piso y la dejó en el suelo al llegar a la puerta de su dormitorio.

Eleanor no dijo nada. No podía hablar.

Se limitó a esperar que la besara.

Pero Yannis no la besó. Le acarició la mejilla con sus dedos fríos y dijo:

—Te veré en la cena. Es a las siete en punto. Ah, y no te pongas otro de tus trajes oscuros... quiero que lleves algo especial.

Dicho esto, se marchó.

Eleanor apoyó la espalda en la puerta, temblando de excitación, y se preguntó qué sería especial para él y por qué no la besaba. Estaba segura de que había notado su deseo. Era absolutamente evidente.

Suspiró y entró en el dormitorio.

De repente, las horas que faltaban para la cena le parecieron un siglo.

Yannis salió de la casa silbando. Se sentía renovado, relajado, feliz; no sólo por estar con ella, sino porque ella parecía tan contenta como él.

Sin embargo, su alegría desapareció cuando se volvió a formular las preguntas que lo atormentaban. Qué sentía por Eleanor. Por qué la había invitado a la isla. Qué estaban haciendo allí.

Dejó de silbar y pensó.

Adoraba su compañía, pero no sabía si se había enamorado y no quería hacerle daño otra vez. Además, tampoco estaba seguro de que pudieran olvidar el pasado y seguir adelante, como había insinuado durante su paseo matinal.

Cerró los ojos y se odió a sí mismo. La quería tanto, que no soportaba la idea de herirla. Pero por otra parte, el amor y el dolor siempre iban de la mano; cuando se confiaba en alguien, se le abría el corazón y se exponía a cualquier cosa.

De repente, se le ocurrió algo que no se había planteado hasta entonces. Tal vez no tuviera miedo de hacer daño a Eleanor, sino de que Eleanor le hiciera daño a él.

Abrió los ojos y decidió dejar sus preocupaciones para otro momento. No en vano, estaba viviendo la temporada más feliz de su vida. No quería estropearla. Quería atesorarla y saborearla despacio, lentamente.

De hecho, había elegido no besar a Eleanor porque prefería esperar y asegurarse de que ella estaba preparada; pero la deseaba tanto, que cruzó los dedos para que tardara poco.

El sol se empezaba a poner en el horizonte cuando Eleanor se puso el vestido negro de noche y se miró en el espejo. Era la prenda más sexy de su armario; se ajustaba a su cuerpo y mostraba una generosa porción de escote. Además, se había puesto un collar que le caía entre los senos y acentuaba el efecto general.

Se dejó el pelo suelto, se maquilló y se puso unos zapatos negros, de tacón alto. Después, salió de la habitación.

Cuando llegó a la escalera, vio luz en el salón y se le aceleró el corazón al instante; tuvo la sensación de que Yannis podría ver a través de la sedosa tela del vestido.

Respiró hondo, bajó y entró en la sala. Yannis se giró al oír sus pasos y sonrió. Se había puesto una camisa blanca y unos pantalones oscuros.

—Habíamos quedado en que no llevarías nada negro...

—Oh, vamos. Esto no es precisamente un traje de trabajo.

—No, desde luego que no —dijo con malicia, devorándola con la mirada—. ¿Quieres que cenemos en la terraza? Hace una noche preciosa.

—Por supuesto.

—¿Te apetece beber algo?

—No, ya tomaré vino cuando empecemos a cenar —respondió ella—. Es extraño, pero me siento... nerviosa.

Yannis arqueó una ceja.

—¿Por qué?

—No lo sé. Todo esto es tan nuevo... Como si empezáramos otra vez.

—Es lógico, porque estamos empezando otra vez —dijo él—. Ven, salgamos a la terraza.

Se acercaron a la mesa, en la que ardían dos velas, y se sentaron. Yannis le sirvió una copa de vino, alzó la suya y propuso un brindis.

—*Opa* —dijo.

—¿*Opa*? ¿Qué significa eso?

–No sé cómo se diría en tu idioma, pero es algo así como «salud» –respondió–. Aunque si quieres que brindemos de la forma tradicional en Grecia, tendríamos que tirar los platos al suelo.

–¿Y desperdiciar toda esta comida? –dijo, horrorizada.

–Sí, tienes razón –Yannis sonrió.

La cena pasó rápidamente, mientras Agathe entraba y salía con platos nuevos y Yannis rellenaba una y otra vez su copa. Cuando llegaron a los postres, Eleanor ya estaba completamente relajada y satisfecha.

–¿En qué estás pensando? –preguntó él.

–Oh, en muchas cosas...

–¿Como por ejemplo?

–Pensaba en las aceitunas –dijo con sinceridad–. De niña no me gustaban, pero ahora me encantan.

–¿Sólo pensabas en eso?

–No, pero tú ya has preguntado; ahora me toca a mí. ¿Qué estabas pensando?

–Que estás preciosa esta noche. Y que siento envidia de ese collar.

Eleanor se llevó una mano al collar y se ruborizó; sin embargo, Yannis decidió no presionarla y cambió de conversación.

–Dime, ¿qué has estado haciendo durante estos diez años? Además de trabajar, por supuesto...

–No mucho. El trabajo ha sido el centro de mi existencia.

–¿Y eso te hace feliz?

–¿Y a ti? –contraatacó–. Por lo que he visto hasta ahora, tengo la sospecha de que el trabajo también ha sido el centro de tu vida.

Yannis respondió en voz baja.

—No, no creo que me haga feliz.

—A mí tampoco —le confesó ella.

—¿Qué te gustaría hacer, si pudieras cambiar? —preguntó Yannis, dejando la servilleta en la mesa—. Ya me has dicho que no quieres abrir un café.

Eleanor sintió un acceso de timidez. No esperaba que le hiciera tantas preguntas. Pero sorprendentemente, quiso contestar.

—Bueno... me gustaría crear una fundación. Me dedico a organizar fiestas cuando hay muchos niños en el mundo que ni siquiera se pueden divertir. Me gustaría aprovechar mis conocimientos para ofrecerles algo entretenido, incluso frívolo; para que puedan ser niños durante un momento.

Yannis la tomó de la mano y dijo:

—Es un proyecto magnífico.

—Gracias —se limitó a decir—. ¿Y tú? ¿Qué harías si pudieras?

Yannis se echó hacia atrás.

—No lo sé. He estado tan ocupado con mis negocios que nunca me lo he preguntado.

—El dinero no es un problema para ti. Podrías hacer lo que quisieras.

Él sonrió.

—Ahora que lo dices, es verdad. Se me están empezando a ocurrir ideas —dijo con picardía—. Pero vayámonos de aquí; según parece, ya hemos terminado de cenar...

—Sí, eso parece.

Yannis se levantó, la tomó de la mano y la llevó hacia las escaleras.

Cuando Eleanor comprendió que la llevaba a su dormitorio, soltó un gemido ahogado.

Él se detuvo, la miró y preguntó, simplemente:

—¿Eleanor?

Ella asintió. Había tomado una decisión.

Capítulo 10

Yannis abrió la puerta. El dormitorio estaba a oscuras, pero la luz de la luna entraba por la ventana e iluminaba una cama con sábanas de satén.

Cuando la miró, ella se dio cuenta de que ardía en deseos de acostarse con Yannis; pero la timidez se impuso de nuevo y la empujó a hacerle una confesión.

—Hace mucho que no me acuesto con nadie.

—Pues ya somos dos.

Eleanor se quedó atónita.

—¿Lo dices en serio? ¿Cómo es posible?

Yannis sonrió con ironía.

—Por supuesto que lo digo en serio. ¿Qué creías?

—No sé... nada, supongo. Pero me extraña en ti. Estoy segura de que a las mujeres les parecerás irresistible.

—Es posible, pero a mí sólo me interesa una mujer; una mujer que ha estado empeñada en mantener las distancias conmigo... Aunque espero que deje de resistirse.

—Descuida. No se resistirá.

Yannis la miró un momento y se quitó la camisa. Después, llevó las manos a la cremallera de su vestido y se la bajó; la prenda cayó al suelo inmediatamente.

–Estás preciosa, Eleanor. Llevo mucho tiempo esperando esta noche.

–Y yo –acertó a decir ella.

Yannis le quitó el sujetador. En cuestión de segundos, Eleanor se quedó completamente desnuda; atrapada entre el pudor y la confianza en sí misma. Pero cuando él se quitó el resto de la ropa y la empezó a acariciar, se relajó por completo.

Se tumbaron sobre las sábanas de satén. No se oía más ruido que el sonido de sus respiraciones. Eleanor llevó una mano a su pecho y lo tocó. Su piel estaba caliente; y ella, terriblemente nerviosa.

–No temas –dijo Yannis en voz baja–. Si no quieres seguir, no pasa nada.

Su declaración la decepcionó tanto, que dijo:

–Claro que quiero seguir. No voy a permitir que te escapes.

–¿Escaparme? ¿Yo? –preguntó él con humor–. Te aseguro que no pienso ir a ninguna parte.

Yannis la besó en el cuello y descendió hacia sus senos. Eleanor se dejó llevar por la exquisitez de sus atenciones y le clavó las uñas en la espalda. Al cabo de un rato, cuando supo que ya no podía soportarlo más, Yannis cambió de posición y la colocó a horcajadas sobre él.

–Ahora te toca a ti –dijo.

–¿A mí?

–Sí, a ti.

La timidez de Eleanor duró poco. Ahora tenía el control de la situación.

Se inclinó hacia delante y le besó el pecho. Habían pasado muchos años desde la última vez que hicieron el amor, pero recordaba perfectamente su cuerpo y

sus gustos. Ya había llevado una mano a su entre-
pierna, cuando él gimió y la apartó.

–Está bien, dejemos tu turno para otro momento.
Ahora es el turno de los dos.

La penetró con un movimiento inmensamente
dulce y suave. Eleanor cerró los ojos y se concentró
en la sensación de formar un solo ser con él, de estar
conectados.

Era tan embriagadora que bastó para borrar diez
años de dolor y tristeza.

Aquello era mucho más de lo que habían tenido
en el pasado. Era mucho mejor. Era un principio;
algo nuevo, bello y puro.

Tras hacer el amor, se quedaron abrazados. Eleanor apoyó la cabeza en su hombro y se dedicó a acariciarle el estómago.

Se sentía asombrosamente cómoda con él.

–Acabo de darme cuenta de que no me he puesto
un preservativo –dijo Yannis de repente–. ¿Hay alguna posibilidad de que te quedes embarazada?

–No, no te preocupes por eso. Tomo la píldora.

Yannis asintió y no dijo nada. Eleanor lo miró y
se preguntó si se sentía aliviado por la noticia o decepcionado por ella. Quiso preguntárselo, pero no quería estropear el momento con especulaciones.

Minutos después, Yannis giró la cabeza.

–¿Eleanor?

–¿Sí?

–Háblame de nuestra hija.

Eleanor gimió.

–Yannis, por favor...

Él la besó con dulzura.

–Háblame de ella. Te lo ruego.

–No hay mucho que contar. Era una cosita preciosa y diminuta... pero tenía un problema de corazón. Cuando llevaba seis meses embarazada, el médico me dijo que no sentía sus latidos. Intentó tranquilizarme; por lo visto, las máquinas fallan de vez en cuando y no consiguen captar los latidos de los bebés –explicó–, pero no era un fallo técnico. Tuvieron que inducirme el aborto.

–Dios mío...

–Fue lo más duro que me ha pasado.

–¿Estabas sola?

–Sí, mi madre se encontraba en viaje de negocios, en California. En cuanto a mis amigos, estaban muy lejos, en la universidad.

–Lo siento mucho, Eleanor.

Ella sacudió la cabeza.

–Fue terrible, Yannis. Tan terrible, que no se lo conté a nadie.

–¿A nadie? –preguntó, extrañado.

–No. Pero tú mereces saberlo.

–¿Yo? ¿Que yo merezco saberlo? –declaró con amargura–. Fui un canalla, Eleanor. Te dejé sola.

–Olvídalo, Yannis...

–No, no lo puedo olvidar.

Yannis la tomó de las manos y la miró a los ojos.

–Perdóname, Eleanor; perdóname por lo que te hice. Perdóname por haber desconfiado de ti; pero sobre todo, perdóname por haberte fallado... te prometo que, pase lo que pase, no te volveré a fallar nunca.

Eleanor asintió y dijo la verdad, lo que sentía.

–Ya te he perdonado, Yannis.

Él la abrazó con todas sus fuerzas y apoyó la barbilla en la parte superior de la cabeza de Eleanor.

Ella pensó que se podría haber quedado así toda la noche. O mejor aún, toda la vida.

Cuando se despertó, Yannis se había marchado. Se sentó, miró el espacio vacío de la cama y se preguntó dónde estaría y si se habría arrepentido de la noche anterior.

–Buenos días.

Al oír su voz, se sobresaltó tanto que soltó la sábana con la que se estaba cubriendo los senos. Yannis estaba sentado en una silla, con el ordenador portátil abierto sobre la mesita. Se había puesto unos vaqueros y tenía mojado el pelo.

–Buenos días...

–No quería despertarte; pero tampoco podía alejarme de ti –le confesó.

–¿No podías?

–No.

Ella sonrió con timidez; él se levantó y le ofreció la mano.

–Vamos a desayunar. Estoy hambriento.

–Y yo...

Cuando se vistieron y bajaron a la cocina, descubrieron que Agathe ya les había preparado el desayuno, aunque se había marchado.

Se sentaron y estuvieron charlando un par de horas, hasta que Eleanor decidió que había llegado el momento de ponerse a trabajar.

–Debería empezar a planear la fiesta.

–Tenemos tiempo de sobra.

–Yannis, sólo faltan diez días para el cumpleaños de tu padre. Hay que organizar las cosas, comprar la comida...

Él se encogió de hombros.

–Pero tenemos tiempo de sobra –insistió.

Eleanor no hizo caso.

–Me estaba preguntando si tienes fotografías u objetos de tu infancia. Podríamos ponerlos por ahí, como decoración.

–¿Por qué? Es la fiesta de mi padre, no la mía.

–Sí, ya lo sé, pero celebramos la vida de tu padre y tú formas parte de ella. Ten en cuenta que los recuerdos son importantes.

–¿Lo son?

Eleanor frunció el ceño. Sabía que Yannis no mantenía una buena relación con su padre, pero le extrañó su actitud. Era como si pensara que a su padre no le iba a gustar.

–Si se te ocurre alguna idea mejor...

Yannis se encogió de hombros otra vez.

–Bueno, creo recordar que hay una caja con fotografías viejas en una de las habitaciones. Mi hermana Alecia no tenía sitio en su casa nueva, así que las dejó aquí. Si quieres, puedes echarles un vistazo.

Él se levantó y añadió:

–Ya que vas a trabajar, supongo que yo debería hacer lo mismo. ¿Nos vemos para comer? –preguntó.

Ella asintió y Yannis salió de la cocina.

Eleanor dedicó el resto de la mañana a mirar las fotografías. Había imágenes de cumpleaños, Navidades y vacaciones de verano en la playa. Muchas eran de la infancia de Yannis y sus hermanas, pero también encontró un par de su adolescencia; en una de ellas, en la que él debía de tener alrededor de quince años, aparecía con la mirada distante. Se acordó de que para entonces ya habría pasado las paperas y que seguramente sabía lo de su infertilidad.

—Veo que las has encontrado...

Eleanor se giró hacia la entrada de la habitación.

—Sí, en efecto.

Yannis entró y se acercó.

—¿Qué estás mirando? Ah, esa fotografía... No creo que quieras ponerla por ahí.

—¿Qué ocurre, Yannis? Cuéntamelo.

—¿Qué quieres que te cuente?

—Háblame de tu familia, de tu pasado. De tu padre.

Yannis dudó un momento y sonrió con tristeza.

—No hay mucho que decir, Eleanor. Pero deja las fotografías un rato... Agathe ha preparado la comida y sospecho que estarás hambrienta.

Yannis salió de la habitación sin decir nada más. Y dejándola con más dudas que nunca.

Cuando bajó a comer, él había recuperado su buen humor. Se comportó de forma encantadora; sonreía, bromeaba y charlaba sin parar. Pero Eleanor no se dejó engañar por su aparente felicidad.

Le molestaba que Yannis se negara a hablar de sus sentimientos después de que ella le hubiera abierto su corazón. Era como si se arrepintiera de los secretos que habían compartido la noche anterior; como si en lugar de acercarlos, el sexo lo hubiera empujado a adoptar una posición distante, remota, segura.

Y tuvo miedo.

Aquella noche, después de cenar, Yannis la llevó a su dormitorio. Eleanor estuvo a punto de negarse, pero no tuvo fuerzas; entre otras cosas, porque también lo deseaba.

–¿Yannis?

Yannis se detuvo al llegar a la puerta. Después, le acarició la mejilla y ella apretó la cara contra su mano.

–¿Qué ocurre, cariño?

Eleanor lo miró, sonrió con tristeza y lo siguió al interior de la habitación.

Capítulo 11

LA SEMANA siguiente transcurrió de la misma forma. Cuando no trabajaban, hacían el amor o salían a pasear. Pero Yannis estaba cada vez más distante con Eleanor, y ella se sentía cada vez más insegura.

Sin embargo, sólo faltaban unos días para la fiesta de cumpleaños; se vio obligada a dejar sus preocupaciones a un lado y concentrarse en el proyecto. Ya había encargado la comida necesaria y contratado a una banda de músicos de Naxos, pero seguía sin encontrar un tema para la fiesta, algo que le diera coherencia, emoción y sentido.

Una tarde, le preguntó:

—¿Tu padre tiene alguna comida preferida?

—No lo sé, la verdad.

Eleanor suspiró con impaciencia.

—¿Tiene preferencias por algún tipo de música? ¿Por algún juego, quizás? Ayúdame un poco, Yannis. Estamos hablando de la fiesta de tu padre.

Él la miró y apretó los labios, molesto.

—Lo sé, pero no lo conozco muy bien. Casi no hemos hablado en quince años.

Eleanor se quedó boquiabierta y tardó unos segundos en reaccionar.

—¿Por qué? ¿Y por qué quieres organizarle una fiesta de cumpleaños si ni siquiera... ?

Yannis se encogió de hombros.

–Fue cosa de Alecia, no mía. Si necesitas algo, habla con ella.

Eleanor se tuvo que morder la lengua, pero lo dejó pasar. Consiguió que Yannis le diera el teléfono de su hermana, y quince minutos después, la llamó desde el teléfono de su dormitorio.

–*Kalomesimeri.*

Eleanor sólo sabía unas cuantas palabras de griego, pero se atrevió a responder en su idioma.

–*Kalomesimeri... Mi la te Anglika?*

–Sí, desde luego que sí –dijo Alecia con humor–. Y tienes acento estadounidense.

–Porque lo soy... Me llamo Eleanor Langley. Estoy organizando la fiesta de tu padre.

–¿Una estadounidense organizando la fiesta de mi padre? Vaya, Yannis se ha superado con su originalidad. Y supongo que no te estará ayudando mucho, porque si tienes que llamarme a mí...

–No, no me está ayudando nada –declaró Eleanor con humor.

–Es típico de él; sólo tiene tiempo para su trabajo. Pero no siempre fue así, ¿sabes?

–¿En serio?

–De joven era un encanto –afirmó Alecia–. ¿Qué necesitas saber?

–Cualquier cosa que me puedas decir de tu padre y de sus gustos. He encontrado unas cuantas fotografías, pero...

–Ah, sí, esas fotografías. Las dejé allí hace tiempo.

–¿Cómo es tu padre? ¿Qué tipo de fiesta le gustaría?

–No te preocupes demasiado. Mi padre es un hombre sencillo. Creció en los muelles del Pireo... se ganaba la vida en las calles y tuvo que trabajar mucho para llegar a ser lo que es ahora. Le gustan las cosas directas y sin complicaciones, aunque me temo que a veces puede resultar demasiado directo y algo malhumorado.

—Comprendo —repuso Eleanor, sin saber qué decir.

—Ah, le encanta la música *rembetika*... Ya sabes, ese tipo de música que se toca por las calles de mi país. Creció con ella y no se avergüenza de su pasado.

Eleanor lo apuntó en su libreta.

—Sin embargo, el motivo principal de esa fiesta no es el cumpleaños de mi padre —continuó Alecia—, sino la posibilidad de reunir a la familia. Hace años que estamos más distanciados de la cuenta; mis hermanas se dedican a sus hijos y Yannis siempre está trabajando... Será una excusa perfecta para reunirnos otra vez.

Alecia se detuvo un momento y añadió:

—Ah, por cierto, te recomiendo que sirvan *tarama salata* y *loukomia*; lo primero es una ensalada de pescado, y lo segundo, un dulce tradicional. Son sus preferidos.

—*Tarama* y *loukomia* —repitió Eleanor mientras tomaba nota—. Muchas gracias.

Armada con la información, tomó las decisiones oportunas e incluso llamó a los músicos de Naxos para preguntar si podían tocar *rembetika*. Aquella noche, Yannis entró en la cocina cuando ella estaba ordenando sus notas; se había ausentado durante la cena con la excusa de que tenía trabajo, de modo que ella había cenado con Agathe.

—¿Qué tal te va?

—Bien —respondió Eleanor—. Tu hermana me ha sido de ayuda.

—Excelente. ¿Nos vamos a la cama?

Eleanor alzó la cabeza; por lo visto, Yannis pensaba que el sexo servía para solucionar todos los problemas; pero se equivocaba.

—No, Yannis. Tengo que... tengo que trabajar un poco más. Falta muy poco para la fiesta.

—Como quieras.

Yannis la miró con frialdad y se marchó.

Una hora después, Eleanor entró en su dormitorio y se metió en la cama, sola. Habría dado cualquier cosa por acostarse con él, pero no podía aceptar aquella situación. Necesitaba algo más que una relación sexual, por buena que fuera. Necesitaba sinceridad, confianza. Y era demasiado cobarde como para pedírsela directamente.

Yannis estaba en la cocina cuando Eleanor bajó a desayunar. Se había puesto un traje y tenía el maletín en el suelo.

—Buenos días —dijo él, alzando la mirada del periódico.

—¿Te marchas?

—Tengo que ir a Atenas, pero volveré a tiempo para la fiesta —respondió.

—¿Para la fiesta? ¿Me vas a dejar aquí sola hasta el día de la fiesta? —preguntó, asombrada.

Eleanor no esperaba eso de él. No esperaba que volviera a huir.

—No, en absoluto; volveré antes... pero de todas

formas, no me necesitas para organizarla. Sé que no te he sido de gran ayuda.

—No, no lo has sido.

Eleanor se sirvió un café y se sentó a la mesa.

—¿Se puede saber qué te pasa, Yannis?

Él tardó un momento en responder.

—Nada. Como ya te he dicho, tengo que ir a Atenas. Pero volveré tan pronto como me sea posible.

Ella se sintió enormemente frustrada.

—¿Y qué pasará cuando vuelvas? ¿Qué está pasando entre nosotros?

—Bueno, supongo que seguiremos igual. Tenemos que descubrir lo que sentimos y lo que queremos...

—Ya.

—¿Por qué no dejamos la conversación para cuando vuelva? Estaremos más relajados tras la fiesta de mi padre.

Yannis echó un vistazo al reloj y se levantó.

—Debo irme. Tengo una reunión a las once de la mañana.

Eleanor se mantuvo en silencio y él le acarició la mejilla.

—No te preocupes, Eleanor —añadió—. Esto no es el final.

Antes de que pudiera responder, Yannis recogió el maletín y salió de la cocina.

Tal vez no fuera el final, pero Eleanor tuvo la impresión contraria.

Yannis no tenía ningún motivo especial para viajar a Atenas. Se había marchado porque no soportaba la presencia de Eleanor; porque estaba convencido de que no podía darle lo que necesitaba: confianza, sinceridad y amor.

Apenas llevaba unos minutos en el despacho de su oficina cuando su secretaria lo avisó por el intercomunicador.

–Alecia acaba de llegar.

–Dile que pase.

Su hermana entró como una exhalación, cargada de bolsas. Yannis estuvo a punto de gemir; adoraba a Alecia, pero la conocía lo suficiente como para saber que no habría ido a verlo sin un buen motivo.

–Me han dicho que estabas en Atenas.

–¿Quién te lo ha dicho?

–Tu estadounidense. Acabo de hablar con ella por teléfono –respondió–. Y por cierto, no parecía precisamente contenta... ¿estás seguro de que podrá organizar la fiesta de papá?

–Completamente.

Alecia se sentó y frunció el ceño.

–Tienes mucha fe en esa mujer.

–La tengo porque la conozco. Me organizó una fiesta en Nueva York.

–En Nueva York –repitió ella, pensativa–. Y tú estabas de muy mal humor cuando volviste de Nueva York...

–No sé lo que estás pensando, pero...

–Ah, claro, ya lo entiendo. Sólo espero que esa estadounidense te trate mejor que la anterior, hermanito.

–No sigas, Alecia.

–Ay, Yannis... me encantaría encontrar al amor de mi vida; pero a veces, preferiría que lo encontraras tú –declaró.

–Dudo que esa persona exista.

–Yannis, la soledad no es buena para nadie. Quiero que seas feliz. E incluso que te enamores y me des una sobrina con tus ojos.

–No sé si eso sería posible.

–¿Por qué? ¿Por qué no puedes tener una familia?

Yannis se preguntó lo mismo. Siempre se había planteado el problema desde el punto de vista de su padre; casarse y tener hijos para fundar una dinastía. Pero de repente, tuvo una revelación. No se trataba de fundar dinastías, sino de amar y ser amado.

Y estaba profundamente enamorado de Eleanor.

–Es verdad –dijo, empezando a sonreír–. ¿Por qué no puedo tener una familia?

Eleanor dedicó los días siguientes a trabajar. Yannis ni siquiera la había llamado por teléfono, y aunque ardía en deseos de hablar con él, no estaba tan desesperada como para rebajarse a dar el primer paso.

El día anterior a la fiesta, estaba en la cocina hablando con Agathe sobre la lista de invitados cuando su móvil sonó. Era él.

–Hola, Eleanor. ¿Cómo van los preparativos de la fiesta?

–Bien, creo. Tu familia irá llegando a lo largo del día... ¿Cuándo vuelves?

–Esta madrugada. Siento haberme retrasado. Estaba esperando una cosa.

–¿Esperando una cosa?

–Sí, pero te lo diré mañana. Te lo prometo.

La promesa de Yannis no la animó en absoluto.

Cuando cortó la comunicación, estaba más deprimida que antes.

El día de la fiesta amaneció despejado. Eleanor se acercó a la ventana del dormitorio y contempló el cielo azul, sin una sola nube. No sabía si Yannis estaba en la casa; tenía intención de esperarlo, pero se había dormido poco después de medianoche.

Se apartó de la ventana y salió de la habitación. Tenía muchas cosas que hacer.

Yannis estaba sentado a la mesa de la cocina, tomando un café y leyendo el periódico. Estaba tan atractivo que ella se estremeció.

–Ah, estás aquí...

–Buenos días –dijo, mirándola con afecto–. Anoche llegué tarde y no te quise molestar.

Ella asintió.

–Me alegra que hayas vuelto.

–Yo también me alegro –dijo Yannis, sonriendo–. Por cierto, acabo de saber que Parthenope y sus hijos llegarán dentro de unos minutos, pero me gustaría hablar contigo en algún momento.

–Cuando quieras.

Yannis se levantó, le acarició el cabello y se inclinó para besarla.

–Tengo tantas cosas que decirte...

Él se marchó entonces, y su familia empezó a llegar poco después. Eleanor los saludó a todos e intentó recordar sus nombres, aunque se sentía fuera de lugar; al fin y al cabo, sólo era la persona que había organizado la fiesta. Además, ellos no sabían que mantenía una relación con Yannis. Y Yannis estaba tan ocupado que no podía prestarle atención.

La fiesta ya estaba en su apogeo a media tarde, aunque los padres de Yannis no habían llegado todavía. Los niños jugaban en la playa, sus padres charlaban y reían y Eleanor iba de un lado para otro, asegurándose de que no faltaba nada y de que todos estaban contentos.

Al cabo de un rato, Alecia se acercó a ella en el vestíbulo.

—Has hecho un trabajo excelente. Y me encanta la idea de decorar la casa con nuestras fotografías... Sé que a mi padre le gustará mucho.

—¿Sabes cuándo llega?

Alecia se rió.

—¿Quién sabe? Pronto, espero. Es como Yannis; se pasa la vida trabajando. Se parecen mucho.

—¿En serio? —murmuró Eleanor.

Alecia ladeó la cabeza y la miró con interés.

—¿Por qué te ha contratado Yannis? Me extraña que eligiera una estadounidense.

—Bueno, tu hermano y yo somos... viejos conocidos.

—¿Viejos conocidos? Hace unas semanas, cuando Yannis volvió de Nueva York, tuve la sensación de que había estado con una mujer. Y cuando le sugerí la idea de que organizara la fiesta, se le iluminó la cara... Me pregunto si tú sabes algo de eso.

Eleanor se ruborizó. No quería revelar su relación con Yannis, porque ni siquiera sabía si tenía futuro.

—No sé...

La puerta principal se abrió en ese momento, interrumpiendo su conversación. Aristo Zervas entró en la casa, alto e imponente, y escudriñó el lugar con unos ojos idénticos a los de su hijo. Llevaba a su esposa, Kalandra, del brazo.

En cuanto lo vio, Alecia corrió a darle un beso. Elana y Parthenope, dos de sus hermanas, se le sumaron; pero Yannis, que llegó poco después, se mantuvo al margen.

–Hijo...

–Hola, papá. Me gustaría presentarte a una persona.

Yannis se acercó a Eleanor, le pasó un brazo alrededor de la cintura y añadió:

–Te presento a Eleanor Langley.

Aristo la miró de los pies a la cabeza.

–Es muy importante para mí, papá.

–¿De verdad? –dijo Aristo, con una sonrisa a mitad de camino entre la ironía y la burla.

Eleanor reaccionó y dio un paso adelante.

–Encantada de conocerlo, señor.

Aristo asintió y volvió a mirar a su hijo.

–Me alegra observar que has venido a la fiesta; pensé que, como siempre, tendrías demasiado trabajo. Y francamente, ni siquiera sé por qué trabajas tanto... no podrás dejar tu riqueza a nadie.

Eleanor se estremeció. Por el comentario de Aristo, empezaba a entender el rencor de Yannis.

–Ya sabes que el trabajo es mi vida, papá –dijo Yannis, sin inmutarse–. Pero vamos dentro; estoy seguro de que querrás saludar a los demás.

Aristo y el resto de los Zervas desaparecieron en el interior de la casa; sin embargo, Yannis se quedó en el vestíbulo y tiró de Eleanor para llevarla a la playa.

—Yannis, tengo que ocuparme de la fiesta...

—Pueden estar sin nosotros durante un rato. He intentado encontrar un momento para hablar contigo, pero tengo la sensación de que me evitas.

—No, yo no...

Eleanor no terminó la frase. A fin de cuentas, era verdad que lo había estado evitando.

Cuando llegaron a la playa, ella se quitó los zapatos. El sol calentaba bastante, pero la brisa marina era fresca y la arena estaba fría.

—Siento no haber hablado antes contigo.

—No importa.

Yannis se detuvo y la miró.

—Y siento lo de mi padre. Como ves, no tenemos la mejor de las relaciones.

—¿Siempre ha sido así?

—No, cambió cuando tuve las paperas y me quedé estéril.

—Pero... ¿por qué le importa tanto? No fue culpa tuya. Además, sigues siendo su hijo.

Él suspiró y se pasó una mano por el pelo.

—Después de tener cinco hijas, mi padre casi había perdido la esperanza de tener un heredero varón. Entonces llegué yo y avivé sus ilusiones, pero se esfumaron cuando el médico me dijo que no podría tener descendencia... Había trabajado toda una vida para crear un imperio empresarial que dejarme a mí, para que mi hijo lo heredara después. No quería una familia, sino una dinastía. Y todo eso se fue al traste por un diagnóstico que, al final, ni siquiera era exacto.

—Oh, Yannis...

—Bueno, eso ya no importa.

—Claro que importa...

–No –la corrigió con suavidad–. Da igual lo que mi padre piense de mí, Eleanor. Ya no busco su aprobación, aunque es posible que intentara obtenerla inconscientemente cuando decidí centrar mi vida en el trabajo. Quién sabe... Pero cuando volví a Atenas, me di cuenta de lo que quería.

–¿Y qué quieres? –preguntó Eleanor.

–A ti. Te quiero a ti. Estoy enamorado de ti.

Los ojos de Eleanor se llenaron de lágrimas. No esperaba aquella declaración. No esperaba que Yannis le hablara con tanta sinceridad.

–Yo también te amo, Yannis...

–¿Sabes por qué me marché a Atenas? Porque estaba aterrado. Todo iba tan deprisa... no sabía qué hacer. Pensaba que tenía miedo de hacerte daño, pero en realidad temía que tú me hicieras daño a mí.

–Sí, sé lo que se siente –susurró ella.

–Desde que mi padre supo que yo era estéril y cambió de actitud conmigo, me sentí un fracaso; no sólo en relación con él, sino también con los demás. Me dediqué a alejar a la gente para no sentir nada, pero eso cambió cuando te conocí. Entonces, te quedaste embarazada y pensé que me habías traicionado –declaró él, sacudiendo la cabeza–. Y cuando nos volvimos a encontrar... Discúlpame, Eleanor. Necesitaba marcharme unos días para aclararme un poco.

–¿Y te has aclarado? Lo pregunto porque pareces diferente; no sé, más seguro.

–Parezco más seguro porque lo estoy. Cuando mi hermana apareció en mi despacho y...

–¿Tu hermana? –lo interrumpió.

–Sí, Alecia. Me preguntó por qué no quería tener una familia y me di cuenta de que nunca me lo había planteado en esos términos. Pensaba como mi padre; pensaba en términos de dinastías, no de familia.

Yannis se detuvo un momento, la tomó de la mano y sonrió.

—En ese momento lo supe. Me di cuenta de lo que quería, de lo que siempre había querido. Pero el amor da miedo, Eleanor... tú lo sabes tan bien como yo. La esperanza es muy peligrosa.

Eleanor derramó una solitaria lágrima.

—Quiero que tengamos una familia —continuó él—. Y por encima de todo, quiero estar contigo el resto de mi vida. Nunca me había atrevido a tener un sueño, pero ahora lo tengo. Estar contigo y, tal vez, que me des un hijo. O una hija.

De repente, Yannis hincó una rodilla en el suelo ante ella y se sacó una cajita del bolsillo.

—Éste es el motivo por el que me retrasé. Es el anillo de mi abuela, pero tenían que volver a engarzarlo y tardaron más de lo previsto.

Yannis abrió la cajita y le enseñó el diamante más grande que ella había visto en su vida.

—Eleanor Langley, ¿quieres casarte conmigo?

Capítulo 12

ELEANOR miró el anillo, lo miró a él y sólo fue capaz de decir una cosa.

–Oh, Yannis...

–¿Eso es un sí?

–No lo esperaba –declaró, confundida–. Te aseguro que no esperaba que...

Se le quebró la voz y rompió a llorar.

–¿Qué ocurre? –preguntó él–. Estás llorando.

–Es por la emoción; no te preocupes.

En ese momento, oyeron la voz de una de las hermanas de Yannis.

–¡Yannis!

–Oh, vaya, seguro que quieren que nos hagamos fotografías –explicó.

Eleanor se secó las lágrimas e intentó sonreír.

–Pues ve con ellos. Estamos en una fiesta –le recordó–. Ya hablaremos más tarde.

–Ven conmigo. Quiero que salgas en las fotos.

–No, nadie me conoce todavía; además, tengo que ir a la cocina para asegurarme de que la comida está preparada. Nos veremos después.

Él se despidió y volvió a la casa. En cuanto se quedó a solas, Eleanor empezó a llorar otra vez. Tenía motivos para ello; mientras exigía sinceridad a Yannis, le había estado ocultando un secreto tan importante que le causaba pavor.

Yannis sonrió tanto para las fotografías de familia que le empezaron a doler las mejillas. Además, estaba preocupado por Eleanor; esperaba que se alegrara cuando le propusiera el matrimonio, pero había reaccionado de forma extraña, casi con desesperación. Y no sabía por qué.

Frustrado, interrumpió la sesión fotográfica y se dirigió a la salida. Alecia protestó, pero él se encogió de hombros y se limitó a decir:

—Voy a buscar a Eleanor.

Yannis no podía saber que, para entonces, Eleanor había decidido marcharse de la isla. Estaba tan desesperada que no podía permanecer allí; si se quedaba, tendría que contarle la verdad. Y no podía soportar la idea de que la rechazara o, peor aún, de que la aceptara con resignación.

Pero tenía un problema; la única forma de salir de la isla era el avión privado de Yannis. En ese momento, distinguió las luces de la granja del cabrero y tuvo una idea.

Subió a la habitación, se cambió de ropa, recogió el bolso y el pasaporte y salió de la casa, dejando todo lo demás. Ya había anochecido; la luz de la luna iluminaba el sendero, pero de forma tan tenue que tropezó un par de veces.

Quince minutos después, llegó a la granja y llamó a la puerta. Le abrió un hombre de cabello canoso y aspecto algo desaliñado, que sostenía una taza de café.

–*Yasas... Parakaló...* –dijo ella, intentando recordar el poco griego que sabía.

–No se moleste. Hablo su idioma.

–Menos mal –declaró, aliviada–. Necesito ir a Naxos en su bote.

–¿A estas horas? –preguntó Spiro.

–Le estaría muy agradecida. Es importante.

El hombre la miró con detenimiento, se encogió de hombros y asintió. Quizás, por la expresión de Eleanor, llena de desesperación; o quizás, por el fajo de billetes que le dio.

–Iré a ponerme las botas. Pero tardaré un rato en preparar el bote –le advirtió.

Unos minutos después, estaban en la playa. Cuando Eleanor vio la minúscula embarcación del cabrero, se asustó.

–¿Ése es el único bote?

–Sí. La motora es de Zervas.

Eleanor dudó, pero ya no podía volver atrás. En otras circunstancias, habría sido sincera con él aunque se arriesgara al rechazo; sin embargo, no tenía corazón para destrozar sus ilusiones después de lo que le había confesado. Quería tener hijos con ella.

Cuando el cabrero terminó de preparar la embarcación, la invitó a subir. Justo entonces, se oyó otra voz.

–¿Qué diablos estás haciendo?

Eleanor se quedó helada.

–Yannis...

Yannis la miró con frialdad.

–¿Qué es esto? ¿Una especie de venganza?

–¿Venganza? –repitió ella–. No, yo...

–Se trata de eso, ¿verdad? Querías que sufriera lo

mismo que tú. Aceptaste venir a Grecia y estar conmigo porque...

–No, no es verdad –susurró Eleanor–. Te aseguro que no es ninguna venganza.

Yannis la tomó de la mano y tiró de ella hacia la casa; pero Eleanor no quería enfrentarse a su familia en esas condiciones.

–Por favor, Yannis... ¿No podríamos hablar a solas?

Yannis ni siquiera respondió. Pero en lugar de llevarla con su familia, dejaron la casa atrás y siguieron caminando.

–¿Adónde me llevas?

–A donde quieres ir.

Cuando Yannis se detuvo unos minutos después, Eleanor comprendió el sentido de sus palabras. Se encontraban en el aeródromo.

–Llamaré al piloto. Vive en Naxos, pero estará aquí enseguida –le informó–. Puede llevarte a donde quieras, aunque imagino que querrás volver a Nueva York... Si querías abandonarme, no tenías que subirte a un bote destartalado en mitad de la noche. Sólo tenías que decírmelo, Eleanor.

El dolor de Yannis era tan evidente, que a Eleanor se le partió el corazón.

–Yo no quiero abandonarte.

–Teniendo en cuenta que estabas a punto de marcharte a Naxos sin decirme nada, eso resulta difícil de creer.

–Pero es verdad.

–Dime, ¿te sientes mejor ahora? ¿Qué tal sabe la venganza? –la desafió–. ¿Esto es lo que querías? ¿Ganarte mi afecto para dejarme plantado?

–Basta ya, Yannis. Te prometo que...

–¡Excusas! –exclamó él–. Haz lo que quieras. Sube a ese avión y márchate.

Las acusaciones de Yannis le molestaron tanto que reaccionó con ira.

–No me voy a subir a ese avión; por lo menos, ahora. Es verdad que estaba a punto de huir, pero no de ti, sino de mí misma. Esto no es ninguna venganza, Yannis. Simplemente, tengo miedo.

Yannis se quedó en silencio durante unos momentos.

–¿De qué tienes miedo, Eleanor? –preguntó al fin.

–De decepcionarte. Y de quedarme contigo por motivos equivocados.

–Parece que ahora eres tú quien no confía en mí, Eleanor. ¿Cómo podrías decepcionarme?

Ella respiró hondo antes de responder.

–Con los hijos, Yannis. Sé que tendría que habértelo dicho; pero no podía, estaba demasiado asustada. Además, éramos tan felices y todo iba tan bien...

–¿De qué estás hablando?

–De que no puedo tener hijos.

Yannis se quedó sin habla.

–No es que sea estéril –continuó ella–. Físicamente, puedo tenerlos; pero... ya sabes que nuestra hija falleció por un problema de corazón. Me hice pruebas y descubrí que tengo un defecto genético incurable. Los médicos afirman que, si me volviera a quedar embarazada, habría un setenta y cinco por ciento de posibilidades de que ocurriera lo mismo. Y no puedo volver a pasar por eso. No puedo.

Yannis se había quedado tan callado que Eleanor se desesperó. No sabía lo que estaba pensando; no sabía lo que estaba sintiendo.

–Sé que cometí un error al guardar el secreto. Todo este tiempo te he estado exigiendo sinceridad, pero era yo quien te fallaba.

Yannis la tomó entre sus brazos y la apretó contra su pecho.

–Lo siento, Eleanor; siento haber revivido tus fantasmas con esa idea de tener hijos... –dijo en voz baja–. No es que no me importe; me importa mucho. Pero cuando he dicho que quería tener una familia, me refería a estar contigo. ¿Crees que después de todo lo que he sufrido por culpa de mi padre sería capaz de anteponer la paternidad al amor? ¿Crees que sería capaz de cometer esa equivocación?

Eleanor no podía hablar. No podía pensar.

Yannis le secó las lágrimas con la mano y le acarició la cara con una dulzura inmensa.

–Te amo, Eleanor. Ni tú ni yo somos perfectos; tenemos cicatrices, recuerdos, tristezas que nos persiguen... Pero el amor es así. Implica compartirlo todo, lo bueno y lo malo. Implica aceptación –afirmó él con una sonrisa amable–. Dime, ¿estás dispuesta a aceptarme con mis defectos y mis errores?

–Sí –respondió Eleanor entre sollozos.

–Pues yo también te acepto a ti. No te voy a dejar por eso. Ni ahora ni nunca.

–Pero no quiero decepcionarte –susurró ella.

Yannis sacudió la cabeza.

–¿Decepcionarme? Siempre pensé que había decepcionado a mi padre por no darle lo que quería, la posibilidad de continuar su preciosa línea de sangre. Viví avergonzado durante años... hasta que te conocí. Tú has hecho que me sienta entero, feliz; como el hombre que debía ser, como el hombre que quiero ser.

–Pero también quieres...

–Te quiero a ti –la interrumpió–. Siento que no podamos tener hijos, pero ya encontraremos una solución. Te amo, Eleanor. Amo tu fuerza, tu valor, tu sentido del humor y tu sonrisa. Siempre sacas lo mejor de mí; logras que sea el hombre que quiero ser. Y hagas lo que hagas, no me decepcionarás.

Eleanor no podía creer lo que estaba escuchando. Deseaba creerlo, quería confiar, pero no se atrevía.

–Esta tarde me has dicho que querías tener hijos, Yannis –insistió–. No es un problema menor.

–Te he dicho que quería tener una familia; nuestra familia –puntualizó él–. Además, podríamos adoptar un niño. Si quieres tener hijos, por supuesto. ¿Quieres tenerlos?

–Sí –asintió Eleanor.

–Entonces, encontraremos la forma. La encontraremos juntos y afrontaremos juntos cualquier decepción. Eso es lo que quiero, Eleanor. No quiero que volvamos a huir el uno del otro.

Eleanor cerró los brazos alrededor de su cintura.

–Te amo, Yannis. Lamento haber permitido que me dominara el pánico. Sé que no debí huir, pero no podía pensar con claridad.

–Sé lo que se siente, Eleanor. Pero a partir de ahora, pensaremos, hablaremos y estaremos juntos.

Ella asintió otra vez. Se sentía inmensamente feliz y agradecida.

–Bueno, será mejor que volvamos a casa –continuó él–. Me temo que tendremos que dar unas cuantas explicaciones... mis hermanas nos van a acribillar a preguntas.

–No importa.

Eleanor supo que tenían mucho por delante. Debían tomar decisiones sobre el trabajo, los niños, la familia e incluso el continente donde iban a vivir. Sin embargo, mientras regresaban a la casa, se dio cuenta de que ya no tenía miedo. Estaba entusiasmada. Porque pasara lo que pasara, lo afrontaría con él.

BIANCA™

KATE HEWITT

INOCENCIA Y PODER

Capítulo 1

PARECE que me he perdido la fiesta.

Emily Wood se volvió, sorprendida. Creía que ya se había ido todo el mundo. Stephanie se había marchado hacía una hora, muy animada y con miles de planes en la cabeza para su boda, que se celebraría en un mes. Los demás empleados se habían ido poco después, dejando tan sólo unas cuantas mesas llenas de migas, platos y vasos vacíos en la sala de reuniones de la oficina.

—¡Jason! —exclamó al ver al hombre que se hallaba en el umbral de la puerta—. ¡Has vuelto!

—Mi avión ha aterrizado hace una hora —Jason miró a su alrededor—. Esperaba llegar al final de la fiesta, pero veo que estaba equivocado.

—Pero has llegado justo a tiempo para la limpieza —replicó Emily en tono desenfadado mientras cruzaba la habitación y se ponía de puntillas para besar a Jason en la mejilla—. Qué alegría verte —el aroma de su loción para el afeitado era más penetrante de lo que habría esperado para el estoico y recto Jason, el muchacho que la había protegido, el hombre que se fue de Highfield para progresar en el mundo de la ingeniería civil. Era su jefe y un viejo amigo de la familia, aunque no estaba claro si era «su» amigo. Viendo su expresión, recordó que Jason siempre parecía desaprobarla un poco.

Al apartarse de él captó un gesto prácticamente

imperceptible de sus labios. Resultaba asombroso, pero casi pareció una sonrisa.

—No sabía que ibas a volver a Londres —como fundador y director de Kingsley Engineering, Jason viajaba todo el año. Emily no recordaba la última vez que lo había visto. exceptuando alguna vez que se había cruzado con él en el vestíbulo o habían coincidido en alguna reunión familiar. Y nunca había ido a verla a ella en concreto.

Pero en realidad no debía haber ido a verla, pensó mientras empezaba a recoger. Tan sólo se había perdido la fiesta.

—He pensado que ya era hora de volver a casa —contestó Jason mientras volvía a mirar a su alrededor—. Parece que la fiesta ha sido todo un éxito, aunque no habría esperado otra cosa.

Un éxito, pensó Emily, no «divertida». Típico de Jason.

—¿Por qué lo dices? —preguntó, arqueando las cejas.

—Porque sé que te encantan los acontecimientos sociales, Em.

Emily pensó que aquello no había sonado precisamente como un cumplido. Que le gustara disfrutar de una fiesta no la convertía en una chiflada por las fiestas. Y le había sorprendido que la hubiera llamado Em, su apodo de la infancia, apodo que sólo él solía utilizar. «Pequeña Em», solía llamarla mientras le tiraba de las coletas, sonriente. Pero no podía decirse que la conociera en la actualidad; a pesar de que trabajaba para su empresa hacía cinco años, apenas lo había visto, y ni siquiera recordaba la última vez que la había llamado «Em».

—No sabía que te mantuvieras al tanto de mis actividades sociales —dijo, medio en broma medio en serio.

–Dada nuestra historia, estoy moralmente obligado a ello. Además, has aparecido lo suficiente en las páginas de sociedad de la prensa como para no fijarse.

–¿Y tú lees las páginas de sociedad? –preguntó Emily, sonriente.

–Espero anhelante los periódicos cada mañana.

Emily se echó a reír, porque pensar en Jason interesándose por las páginas de cotilleo de la prensa resultaba ridículo, aunque tampoco esperaba que bromeara al respecto… o sobre cualquier otra cosa. En más de una ocasión se había preguntado si le habrían extirpado quirúrgicamente el sentido del humor.

–La verdad es que es mi secretaria quien echa un vistazo a esa sección de la prensa por mí –dijo Jason en un tono serio, casi severo–. Necesito saber qué se traen entre manos mis empleados.

Aquél era el auténtico Jason, el que Emily conocía y recordaba, siempre dispuesto a echarle una regañina o a dedicarle una mirada severa.

–Como verás, ésta ha sido una fiesta realmente salvaje –dijo con una sonrisa radiante–. Tarta, serpentinas, y creo que alguien ha traído un equipo de karaoke. Escandaloso.

–No olvides el champán.

–¿Cómo has adivinado que había champán?

–Porque me ocupé de enviarlo.

–¿En serio? –Emily no ocultó su sorpresa.

–En serio –Jason esbozó algo parecido a una sonrisa y apoyó un hombro contra el marco de la puerta–. Tampoco soy un tirano tan severo. Y es cierto que he intentado llegar a la fiesta a tiempo. Stephanie lleva en la compañía más de cinco años.

–Ah. Así que ese era el motivo. ¿Y piensas regalarle una placa honoraria?

–Ésas sólo las doy cuando los empleados llevan diez años de trabajo en la empresa –contestó Jason, y Emily se quedó boquiabierta.

Al captar un revelador destello en su mirada, comprendió que estaba bromeando. Dos bromas en un día. ¿Qué le habría pasado en África?

Sorprendida, dejó de recoger un momento para mirar a Jason con calma; vestía un elegante traje de seda gris con camisa blanca y corbata azul. Tenía los ojos color castaño, al igual que el pelo, que siempre llevaba corto. Al margen de elegante, resultaba distante e intocable, con una leve sonrisa de superioridad que nunca le había gustado, pero que siempre había aceptado como una parte de lo que era Jason, el cuñado de su hermana, doce años mayor que ella.

Nunca tomó parte en sus juegos infantiles. Jack, el hermano menor de Jason, su hermana Isobel y ella, siempre andaban metiéndose en líos, y era Jason quien se ocupaba de sacarlos de los apuros y de sermonearlos luego con su innato sentido de la autoridad.

Hacía meses que no lo veía, y habían pasado años desde la última vez que habían hablado.

Cuatro años antes, cuando Emily llegó a Londres en busca de trabajo, Jason le dijo que hablara con Stephanie, por aquel entonces jefa del Departamento de Recursos Humanos. Tras colocarla como secretaria, voló a Asia para ocuparse de un proyecto de construcción. Desde entonces, tan sólo lo había visto en las oficinas, donde mantenía una fría distancia profesional con ella, y en Surrey, en alguna reunión familiar, donde era lo que siempre había sido: Jason, mandón y tal vez un poco aburrido, pero, en esencia, Jason, una parte esencial del paisaje de su vida.

–¿Has vuelto para mucho tiempo? –preguntó mientras seguía recogiendo.

–Espero que para unos cuantos meses. Tengo algunos asuntos de los que ocuparme aquí.

–No sabía que la empresa tuviera algún proyecto local –como ingeniero de caminos, la especialidad de Jason era la dirección de proyectos relacionados con la distribución del agua en los países del Tercer Mundo.

–No tiene nada que ver con la empresa.

–¿Se trata de un asunto personal? ¿De algo relacionado con la familia? –Emily pensó en el taciturno padre de Jason, en su juerguista hermano, que se había convertido en su cuñado. ¿Tendría problemas alguno de ellos?

–Veo que estás llena de preguntas –Jason volvió a esbozar una sonrisa–. No, no tiene nada que ver con la familia. Como ya te he dicho, es algo personal.

–Lo siento. No insistiré –replicó Emily con una sonrisa, decidida a mantener el ambiente ligero, aunque se sentía realmente picada por la curiosidad. ¿Qué clase de asunto personal ocuparía a Jason Kingsley? Siempre se había especulado mucho en la oficina sobre la vida del jefe, pues cuando estaba en Londres siempre aparecía con una mujer diferente en los acontecimientos sociales a los que asistía, mujeres normalmente glamurosas y superficiales que Emily consideraba totalmente inadecuadas para él. Sin embargo, nunca se le había visto con una novia formal.

Tras unos momentos de silenciosa especulación, Emily se encogió de hombros y dejó a un lado el tema. Los asuntos personales de Jason no tenían nada que ver con ella. Probablemente, se trataría de algo totalmente aburrido, como el cobro de una vieja deuda, o algún problema físico menor. Al pensar en Jason tumbado en la camilla de un médico, no pudo evitar imaginarlo vestido tan sólo con una de aquellas ridículas batas de papel de los hospitales. La imagen mental resultaba a la vez absurda y extrañamente fascinante, pues su hiperactiva imaginación parecía tener una idea bastante clara del aspecto que tendría el pecho desnudo de Jason.

Un inesperado brote de risa la hizo llevarse la mano a la boca. Jason la miró y movió la cabeza.

—Siempre has sido capaz de ver el lado más ligero de la vida, ¿no?

Emily apartó la mano de su boca y le dedicó su sonrisa más radiante.

—Es uno de mis mejores talentos, aunque hay que esforzarse demasiado para sacarlo a relucir en determinada oficina.

Jason entrecerró los ojos y Emily ensanchó su sonrisa. Sabía que Jason desaprobaba su despreocupada actitud. Aún recordaba la mirada de escepticismo que le dedicó cuando acudió a Londres para pedirle un trabajo, dando por sentado que tendría algo para ella.

«Estás aquí para trabajar, Emily, no para divertirte», le dijo, dejando claro que dudaba de sus aptitudes.

Emily esperaba haber demostrado durante los cinco años transcurridos desde entonces que se le daba bien su trabajo. Estaba preparada para convertirse en la directora de Recursos Humanos más joven que había tenido nunca la empresa… a pesar de que lo cierto era que sólo había habido otros dos antes que ella, y de que, según Stephanie, había sido el propio Jason quien había sugerido su ascenso.

Sin embargo, la mirada que le estaba dedicando Jason en aquellos momentos la hizo sentirse como la jovencita atolondrada que fue en otra época. A pesar de haber sugerido su ascenso, parecía seguir pensando que era la de antes.

–Así que Stephanie va a casarse dentro de un mes –murmuró Jason–. ¿Qué tal es el tal Timothy?

–Es encantador –contestó Emily sin dudarlo–. De hecho, yo tuve algo que ver con el hecho de que acabaran juntos.

Jason arqueó una ceja con expresión escéptica.

–¿En serio?

–Sí –replicó Emily, ligeramente picada–. Tim es un amigo de un amigo de Isobel, y ella me dijo que Annie le había dicho…

–Parece una historia bastante complicada.

–Para ti, tal vez –dijo Emily–. A mí me pareció bastante sencilla. Annie dijo…

–Resume, por favor –interrumpió Jason, y Emily puso los ojos en blanco.

–Muy bien. Invité a ambos a una fiesta organizada para obtener fondos para niños en estado terminal. Se conocieron allí y…

–Y surgió entre ellos el amor a primera vista, ¿no? –interrumpió Jason en tono burlón.

–No, claro que no. Pero nunca se habrían conocido si yo no hubiera arreglado las cosas. No se puede hacer amar a la fuerza, por supuesto, pero…

–Imagino que no.

Emily miró a Jason con curiosidad, pues había captado en su voz un tono sorprendentemente sombrío.

–El caso es que se casan dentro de un mes, de manera que todo salió muy bien.

–Desde luego –Jason recorrió el espacio que los separaba y, al sentir el calor que emanaba de su cuerpo, Emily sintió un extraño cosquilleo por sus brazos desnudos y su espalda. Estaba realmente cerca–. Tienes un poco de glaseado en el pelo –dijo, y alzó la mano para retirar un pegajoso mechón de pelo de su mejilla.

Emily se hizo repentinamente consciente de lo desarreglada que debía estar, con el pelo revuelto y una mancha de café en la falda.

Rió con ligereza a la vez que apartaba otro mechón de pelo tras su oreja.

—Sí, estoy hecha un desastre, ¿verdad? Sólo tengo que terminar de recoger todo esto.

—Podrías dejarlo para la mujer de la limpieza.

—¿Alice? Se ha tomado el día libre.

—¿Sabes cómo se llama? —preguntó Jason, sorprendido.

—Estoy a punto de convertirme en directora del Departamento de Recursos Humanos —le recordó Emily—. Su madre está enferma y ha ido a Manchester para ayudarla a instalarse en una residencia. Le costó mucho tomar la decisión, por supuesto, pero creo que todo irá mejor…

—Estoy seguro de ello —murmuró Jason, interrumpiéndola.

—Lamento aburrirte con los detalles, pero pensaba que te mantenías al tanto de las vidas de tus empleados. ¿O sólo te interesan los que salen en las páginas de sociedad?

—Me preocupa más cómo pueda afectar un escándalo social a Kingsley Engineering —replicó Jason—. Pero sigue hablando. Resulta fascinante el interés que muestras por la vida de otras personas.

Emily sintió que se ruborizaba. ¿Se trataría de una crítica? Aunque ella se mostrara excesivamente atrevida en ocasiones, nunca se había visto implicada en un escándalo. Pero suponía que, desde el punto de vista Jason, el atrevimiento y el escándalo eran sinónimos.

—Supongo que eso es lo que me convierte en una buena jefa del departamento de Recursos Humanos.

–Entre otras cosas, desde luego –dijo Jason, con una auténtica sonrisa que hizo que apareciera un hoyuelo en su mejilla.

Emily había olvidado aquel hoyuelo, y que cuando sonreía de verdad, sus ojos se volvían de color miel. Normalmente eran marrones, como su pelo. Marrones y aburridos. Excepto cuando sonreía. Se volvió bruscamente hacia la mesa. Notó que Jason la estaba mirando, sintió que la recorría con la mirada…

–¿También estás organizando la boda de Stephanie? –preguntó Jason–. ¿Va a ser un gran acontecimiento?

Emily se volvió.

–¿La boda? ¡Cielos, no! Organizar una boda supera mis habilidades. Además, va a casarse en su tierra natal.

–Pero supongo que asistirás. ¿Vas a ser la dama de honor?

–Sí.

La sonrisa de Jason se acentuó, al igual que su hoyuelo. Algo destelló en sus ojos, algo oscuro e inquietante.

–Y supongo que bailarás en la boda, ¿no? –su voz se transformó en un ronco murmullo, un tono que Emily no creía haberle oído utilizar nunca y que le produjo un cosquilleo por todo el cuerpo.

Se quedó repentinamente paralizada al recordar a qué estaba aludiendo con aquel comentario… A la boda de Jack e Isobel, cuando bailaron juntos y ella tenía diecisiete años y era muy, muy tonta. En los siete años transcurridos desde aquel episodio, Jason jamás lo había mencionado, y ella tampoco. Suponía que lo había olvidado, como ella, pero, de pronto, la escena empezó a ocupar demasiado espacio en su cerebro.

–Por supuesto –contestó en tono ligero–. Me encanta bailar –miró de nuevo a Jason y, a pesar de sus veinticuatro años, se sintió como la torpe adolescente que había sido en la boda. Había hecho el ridículo de tal manera… pero en la actualidad podía reírse de ello.

–Lo sé –murmuró Jason–. Recuerdo cómo bailamos… ¿tú no?

De manera que iba a mencionarlo. Y, por el brillo de su mirada, seguro que pensaba burlarse de ella… aunque Emily no entendía por que había esperado siete años para hacerlo.

Sonrió con ironía.

–Ah, sí. ¿Cómo iba a olvidarlo? –rió con desenfado–. Menuda manera de hacer el idiota contigo.

Jason arqueó una ceja.

–¿Es así como lo recuerdas?

Estaba claro que no se lo iba a poner fácil. Nunca lo hacía. Ya debería estar acostumbrada a sus sonrisas ligeramente burlonas, a su elocuente manera de arquear una ceja; probablemente había olvidado aquellos detalles a causa del distanciamiento que implicaba su relación profesional. Había olvidado cuánto la afectaban aquellos gestos.

–¿Tú no lo recuerdas? –preguntó, simulando un estremecimiento–. Menos mal…

–Claro que lo recuerdo –dijo Jason en un tono carente de humor.

De pronto, sin que ninguno de los dos dijera nada más, Emily se sintió como si aquel recuerdo estuviera allí mismo con ellos, ocupando todo el espacio y dejándola sin aire. Qué joven, feliz… y tonta era entonces.

Jason le pidió que bailara con él, algo completamente lógico dado que él era el hermano del novio y ella la hermana de la novia. Por aquel entonces, Jason ya era un hombre hecho y derecho de veintinueve años, mientras que ella era una ingenua adolescente ligeramente aturdida por las tres copas de champán que había bebido. Sabía que Jason se lo había pedido por compromiso, y ella ni siquiera había querido bailar con el aburrido Jason Kingsley. A lo largo de su vida lo único que había hecho había sido burlarse de ella y regañarla.

Sin embargo, cuando la tomó entre sus brazos, manteniéndose prudentemente apartado de ella, sintió algo diferente. Algo nuevo, refrescante y muy agradable, aunque de un modo ligeramente inquietante. A sus diecisiete años, nunca había experimentado un arrebato tan dulce. De manera que, a pesar de la seria expresión de Jason, alzó el rostro y le sonrió con todo el insinuante encanto que creía poseer y dijo:

—¿Sabes que eres bastante atractivo?

Jason la había mirado con expresión solemne.

—Gracias.

De algún modo, Emily supo que no era eso lo que debería haberle contestado. No estaba segura de cuál era el guión, pero sabía que aquella no era la frase adecuada. Aún podía sentir el calor que emanaba del cuerpo de Jason, su fuerza, todo ello intensificado por el champán que recorría sus venas.

—Tal vez te gustaría besarme —había dicho, y alzó un poco más su bonita barbilla. Incluso tuvo la audacia de ofrecerle sus labios y esperar con los ojos cerrados. Habría sido su primer beso, y en aquellos momentos se sintió desesperada por recibirlo. Deseaba a Jason, algo absurdo, porque nunca había pensado en él de aquel modo… hasta que le había pedido que bailara con él.

Al cabo de unos segundos, al ver que no sucedía nada, abrió los ojos. Jason tenía los suyos entrecerrados, la boca tensa, y su expresión no era precisamente amistosa… ni aburrida. Emily sintió que todo su coqueteo se esfumaba. Casi sintió miedo.

Entonces la expresión de Jason cambió, dando paso a una semisonrisa.

–Me gustaría. Pero no voy a hacerlo –dijo y, a continuación, antes de que la música terminara, la apartó con firme delicadeza y abandonó la pista.

Emily permaneció varios segundos donde estaba, incrédula. La humillación pública que suponía haber sido plantada en medio del baile ya era bastante horrible, pero aún fue peor la humillación de haber sido rechazada por Jason Kingsley. Debido a sus diecisiete años, a que estaba un poco mareada, y a que habría sido su primer beso, no fue capaz de alzar la barbilla, echar los hombros atrás y salir de la pista de baile con la calma que habría querido. En lugar de ello, bajó la mirada, se alejó rápidamente y rompió a llorar incluso antes de salir del salón.

Sin duda, se había comportado como una idiota.

De vuelta en el presente, dedicó una brillante sonrisa a Jason mientras alejaba aquel recuerdo hasta el rincón más recóndito de su mente.

–Prometo no volver a pedirte nunca que bailes conmigo –aseguró–. No te preocupes.

Jason esbozó una sonrisa mientras la miraba pensativamente.

–Yo esperaba que lo hicieras.

Desconcertada, Emily rió.

–En ese caso, no volveré a pedirte que me beses.

–Entonces me sentiré especialmente decepcionado –replicó Jason son suavidad.

Emily se quedó muda a causa de la sorpresa, has-

ta que comprendió que Jason debía estar burlándose
de ella, como siempre… aunque nunca lo había hecho de aquel modo.

Jason observó los conmocionados ojos verde jade
de Emily, el modo en que sacó instintivamente la punta de su lengua para humedecerse los labios. La punzada de repentino deseo que experimentó al contemplar aquella inocente acción lo sorprendió y también
le enfadó. No debía sentir algo así hacia Emily… no
de nuevo.

Ni siquiera había pretendido ir a buscarla aquella
noche. Sólo iba a quedarse unos meses en Londres,
y pasar tiempo con Emily ocupaba un puesto muy
bajo en su lista de prioridades. De hecho, una de sus
prioridades era «no» pasar tiempo con ella. Tenía
otras mujeres más adecuadas a las que perseguir.
Mujeres razonables, sensatas, perfectas para lo que
buscaba. Con sus ojos de gata, sus burlonas sonrisas
y sus interminables piernas, Emily no era ninguna
de aquellas cosas. Y, sobre todo, estaba en zona
prohibida. Ya lo estaba siete años atrás, y seguía es-
tándolo… por más motivos de los que podía enume-
rar.

–¿Qué se siente siendo la directora de Recursos
Humanos? –preguntó, decidido a cambiar de tema–.
Eres la persona más joven que ha ocupado ese puesto.

–Me siento extraña –admitió Emily–. Espero estar
a la altura del puesto.

–Seguro que lo estarás –Jason había estado al tanto de su evolución en Recursos Humanos, y le había
gustado su forma de asumir aquella responsabilidad.
Su ascenso había sido adecuado, a pesar de que algunos, incluyendo a la propia Emily, pudieran pensar

que revelaba cierto nepotismo. Pero él nunca permitía que los sentimientos se interpusieran con su trabajo. Ni con ninguna otra cosa–. En cuanto a tu primer trabajo –añadió–, quiero que entrevistes el lunes a una mujer para el puesto de recepcionista. Se llama Helen Smith. Acaba de llegar a Londres y no le vendrá mal un poco de ayuda.

–¿Es amiga tuya? –preguntó Emily en un tono ligeramente cortante. Jason reprimió una sonrisa. A veces era tan fácil interpretarla… ¿Sería posible que estuviera celosa? ¿Conservaría aún parte del enamoramiento adolescente que le mostró siete años atrás?

La posibilidad resultaba intrigante… y peligrosa.

Aún recordaba el momento en que ladeó su bonito rostro y le dijo «tal vez te gustaría besarme». Lo cierto era que le habría gustado hacerlo más de lo que había estado dispuesto a admitir.

Aquella repentina sacudida de intenso deseo había estado a punto de hacerle perder la cordura. Emily era una cándida adolescente de diecisiete años, prácticamente una niña. La fuerza de su reacción había hecho que se avergonzara de sí mismo; se marchó de la boda de inmediato, casi temblando de deseo reprimido, decidido a alejar a Emily de su mente.

Y casi lo había logrado… hasta tres años después, cuando se presentó en Londres para pedirle un trabajo, algo que él aceptó a regañadientes.

Recordaba el desparpajo con que se sentó ante su escritorio, con su melena color miel cayendo por sus hombros y sus pícaros ojos de gata. Vestía una minifalda indecentemente corta y un top verde a juego con sus ojos. A pesar de sí mismo, fue incapaz de apartar la mirada de sus largas y morenas piernas, aunque trató de mostrarse distante.

–Puedo dedicarme a hacer lo que quieras –ofreció Emily–. No tengo preferencias.

Jason se había esforzado para que su expresión no revelara lo que su imaginación estaba haciendo con aquella oferta. Habían pasado tres años desde que habían bailado en la boda de su hermano, tres años en los que apenas la había visto o había pensado en ella y, sin embargo, había vuelto a experimentar el mismo punzante deseo.

Emily se había inclinado hacia él y lo había mirado con expresión divertida.

–No hace falta que te pongas tan serio, Jason. Te aseguro que tampoco soy tan mala.

De algún modo, Jason había logrado sonreír.

–Y supongo que, sea cual sea el trabajo que te ofrezca, querrás que te pague, ¿no?

Emily había parecido momentáneamente desconcertada, y, con una punzada de autodesprecio, Jason volvió a darse cuenta de lo joven e inexperta que era. Pero cuando escuchó su risa, una risa densa y ligeramente ronca, frunció instintivamente el ceño. Emily tenía la risa de una mujer experimentada, una risa sensual y muy sexy que no lo dejó precisamente indiferente. ¿Cuándo habría empezado a reírse así? ¿Cuándo había empezado a madurar?

–Claro que espero que me pagues. Ésa es la idea –contestó Emily, y su sonrisa, totalmente sincera, exasperó y a la vez cautivó a Jason.

De manera que le dio el puesto, como sin duda esperaba ella, y a partir de entonces trató de mantener las distancias. No había pensado implicarse en una relación con una joven inocente como Emily, sobre todo teniendo en cuanto que sus familias estaban emparentadas. Y había conseguido no hacerlo... al menos hasta hacía un rato, cuando la había visto en la sala en que se había celebrado la fiesta, con su traje rosa, cuya falda era tan corta que prácticamente había podido verle el trasero cuando se había agachado para recoger algo del suelo. No había podido evitar fijarse en sus larguísimas y morenas piernas, en el modo en que la minifalda se adaptaba a sus curvas.

No debería haber permitido que lo viera. Ya la había evitado en otras ocasiones, pero algo le había impulsado a entrar en la habitación y a ponerse a hablar. Ver a Emily después de tanto tiempo había sido como encontrar una bebida en pleno desierto. Su calidez y su humor lo afectaban, lo envolvían, le hacían desear más. De manera que se había quedado, había bromeado y flirteado, y, lo más peligroso de todo, había mencionado el beso que estuvieron a punto de darse siete años atrás. Teniendo en cuenta que había sido perfectamente feliz no pensando nunca en ello, no podía entender por qué lo había hecho.

Y seguro que a Emily le sucedía lo mismo… a menos que aún conservara algún vestigio de su enamoramiento adolescente. Aquel pensamiento debería haberlo alarmado, pero le produjo un efecto completamente distinto. Quería ver cómo se oscurecían sus ojos, ver de nuevo cómo deslizaba la lengua por su labio inferior…

Pero debía controlarse, pensó, molesto consigo mismo. Aquella era Emily. Una relación con ella sería algo inadecuado y nada conveniente. Punto.

—Helen Smith —repitió Emily—. Buscaré su currículum…

—Mi secretaria te lo ha enviado por correo electrónico esta tarde.

—Comprendo —Emily dedicó una rápida mirada

de curiosidad a Jason y luego se volvió–. Tomaré nota.

–Bien –Jason estaba decidido a mantener el resto de la conversación en un tono meramente profesional, aunque no pudo evitar posar la mirada en el moño medio deshecho del maravilloso pelo dorado de Emily, uno de cuyos mechones reposaba sobre la curva de sus pechos. Apartó la mirada con determinación, pero algo lo impulsó a añadir–: En realidad no la conozco. Es la amiga de una amiga, y me gustaría echarle una mano –¿porqué estaba dando explicaciones?, se preguntó, irritado consigo mismo. No había ninguna necesidad.

–Le buscaré un puesto adecuado –dijo Emily con tono de eficiencia.

–Bien –replicó Jason en un tono parecido mientras miraba en torno a la sala. Aún tenía varias llamadas que hacer y varios correos que contestar, además de asistir a una fiesta de beneficencia. Todo ello formaba parte del asunto personal por el que Emily sentía tanta curiosidad… y sobre el que él no tenía intención de informarla.

Seguro que no tardaría mucho en averiguarlo.

Jason parecía haber recuperado la seriedad, lo que estaba muy bien, pensó Emily. Por unos instantes, le había parecido alguien completamente distinto, lo que le había resultado inquietante. Y su propia reacción había sido aún más inquietante, porque cuando Jason había bajado el tono de su voz hasta convertirlo en un ronco murmullo y había dicho que se había sentido decepcionado…

Frenó en seco aquellos pensamientos. No debía pensar en aquello. Miró a su alrededor para comprobar si todo había quedado recogido, asintió satisfecha y luego fue a apagar las luces.

No se había dado cuenta de lo tarde que era, y la habitación se vio sumida en una oscuridad casi completa cuando pulsó el interruptor.

—¡Uy!

Rió brevemente mientras permanecía en la oscuridad, pensando que la falta de luz hacía que el ambiente se volviera demasiado... íntimo. Podía escuchar la respiración de Jason y, cuando alargó la mano para volver a encender la luz, entró en contacto con su pecho, un fuerte muro de músculos que se tensó contra la palma de su mano. No había notado que se había acercado. Apartó la mano rápidamente. Lo último que quería era que Jason pensara que estaba volviendo a insinuarse.

—Lo siento. Estaba... estaba buscando el interruptor —dijo, balbuceando ligeramente. ¿Cómo se las arreglaba Jason para hacer que se sintiera siempre tan torpe?

—Está aquí —Jason alargó una mano y pulsó el interruptor. Emily dio un paso atrás cuando la habitación volvió a iluminarse.

Sintió que se ruborizaba, algo que no tenía sentido, pues no había hecho nada de lo que tuviera que avergonzarse. Sin embargo, se sentía como siete años atrás, cuando se ofreció a Jason de forma tan inocente, sólo para ser rechazada. Y Jason la estaba mirando como entonces. Parecía bastante enfadado.

—Gracias —dijo, a la vez que se retiraba el pelo tras las orejas—. Si vas a quedarte en Londres una temporada, supongo que volveremos a vernos.

—Sin duda.

La expresión de Jason era impenetrable, y Emily se sintió incómoda bajo su intensa mirada. En realidad ya no la conocía, se recordó ella. Ya no era una adolescente. Tenía algo más de experiencia y no era tan atolondrada.

–Seguro que tienes muchas cosas que hacer –dijo ella en tono eficiente–. Y yo tengo que volver a casa. Buenas noches Jason –añadió y, si mirar atrás, se encaminó por el pasillo hacia el refugio de su despacho, extrañamente desconcertada. Casi tanto como la adolescente que unos años antes huyó del salón de baile en un mar de lágrimas.

Capítulo 2

EMILY miró a la mujer que estaba sentada frente a ella y notó cómo alisaba nerviosamente con los dedos su barata falda negra. Helen Smith era una preciosa joven morena que tendría algunos años menos que ella.

–Veo que trabajó como camarera en Liverpool –dijo mientras miraba su currículum.

–También trabajé una temporada de telefonista en una oficina. El señor Kingsley piensa que aquí podría hacer lo mismo. Dijo que una de las recepcionistas estaba de baja por maternidad.

Emily se preguntó cuál sería la relación de Jason con la encantadora Helen Smith. ¿Tendría algo que ver con los asuntos «personales» que le habían hecho regresar a Londres?

–Es cierto. Sally acaba de tener un niño, de manera que hay una vacante.

–El señor Kingsley es un hombre muy amable –susurró Helen, bajando la mirada hacia su regazo. Emily se preguntó si ella habría parecido alguna vez tan joven y tan vulnerable. Sintió una punzada de compasión mientras se fijaba en sus uñas mordidas y en su gastado jersey.

¿Estaría Jason interesado en ella? Una mujer como Helen Smith, encantadora y frágil, podría cautivar su corazón… aunque aquello no era asunto suyo, se dijo, molesta consigo misma.

–Es un buen jefe.

–Fue muy amable escuchando a Richard cuando le habló de mí.

–¿Richard? –repitió Emily con curiosidad.

Helen se ruborizó, lo que hizo que resultara aún más encantadora.

–Es mi… bueno, supongo que sólo es mi amigo. Crecimos juntos en Liverpool. Richard pensó que, si me trasladaba a Londres y pasábamos más tiempo juntos, tal vez podríamos… intentarlo. Así podremos saber si hacemos buena pareja.

Emily reprimió un escalofrío. No podía imaginar una idea menos atractiva, menos romántica. ¿Dónde quedaban el romance, el amor? Pero ella no era quién para juzgar; nunca había estado enamorada, y las dos relaciones que había tenido hasta entonces habían supuesto dos decepciones.

–Parece una idea muy razonable. ¿Richard trabaja para Kingsley Engineering? –preguntó mientras daba un repaso mental a los cientos de empleados de Jason. Había varios Richard.

–Sí. Trabajó en un proyecto del señor Kingsley en África. Acaba de regresar.

Emily asintió, pues ya sabía de quién se trataba. Richard Marsden era uno de los protegidos de Jason, un ingeniero muy serio, con un tic nervioso y totalmente carente de sentido del humor.

–Seguro que te gustará pasar más tiempo con él –dijo diplomáticamente–. Ya que te recomienda el señor Kingsley, estoy dispuesta a contratarte. En cuanto rellenemos los papeles necesarios, te llevaré a la zona de recepción.

–Muchas gracias, señorita Wood –dijo Helen, sonriente.

–Llámame Emily. Aquí somos bastante informales.

Observó a Helen mientras rellenaba los formularios. Parecía una joven muy inocente. Alguien debía ocuparse de cuidarla, de enseñarle cómo funcionaba todo. Y, sobre todo, de que se divirtiera un poco… algo que no creía que fuera a hacer Richard Marsden.

El resto del primer día de Emily como jefa de Recursos Humanos transcurrió sin mayores acontecimientos. Cuando, tras responder algunos correos, miró la hora, se sorprendió al ver que ya eran las cinco.

—Parece que has tenido un primer día exitoso.

Emily alzó la mirada y vio a Jason en el umbral de la puerta.

—Me has sorprendido —dijo, sonriente—. Sí ha sido un día «exitoso». No menos de lo que esperabas, por supuesto.

—Por supuesto —repitió Jason mientras entraba en el despacho. Vestía un elegante traje oscuro con camisa blanca y corbata de seda azul. Parecía distante, como siempre, pero Emily creyó percibir algo diferente en él.

Se puso en pie, alegrándose de haber elegido aquella mañana el traje rojo cereza que vestía. La falda era bastante corta, y notó que Jason le miraba las piernas antes de que su boca se tensara en un familiar gesto de desaprobación.

Sintiéndose un poco traviesa, Emily alzó un pie ante él para que lo mirara.

—¿Te gustan mis zapatos? —preguntó inocentemente. Aquel día había elegido unos zapatos de tacón rojo con tiras de estrás que iban a juego con el traje.

—Muy bonitos —dijo Jason, sin mostrarse impresionado en lo más mínimo—. Pero no parecen muy adecuados para el trabajo.

–Tenía que animar de algún modo el traje que he elegido.

Por unos segundos, Jason pareció realmente enfadado, pero de pronto sonrió.

–Te aseguro que tu traje no necesita más ánimos. Y ahora, ¿qué te parece si vamos a cenar algo y me cuentas qué tal te ha ido tu primer día?

Emily parpadeó, desconcertada. Esperaba que Jason se interesara por cómo le había el primer día en su nuevo puesto, pero… ¿cenar?

–¿Cenar? –repitió, y la sonrisa de Jason se ensanchó.

–Sí, eso que suele hacerse hacia las siete de la tarde.

Emily sonrió. Casi había olvidado el irónico sentido del humor de Jason. Y, a pesar de cuánto le había sorprendido la invitación, debía reconocer que le apetecía salir a cenar con él. Sentía curiosidad por averiguar cómo había cambiado. Había algo diferente en él, algo que quería comprender. O incluso explorar.

–Lo cierto es que estoy muerta de hambre –dijo mientras tomaba su abrigo–. Me he saltado el almuerzo, así que, de acuerdo; puedes invitarme a cenar.

Jason frunció el ceño mientras Emily se ponía el abrigo. Tenía otros planes para aquella tarde, y al salir se había encaminado directamente a su coche… pero había acabado tomando un desvío y, tras ver las esbeltas y morenas piernas de Emily, su resolución había flaqueado.

Se había mantenido alejado de ella siete años. Emily ya tenía veinticuatro y, según las páginas de sociedad de la prensa, era una mujer experimentada.

Una cena y un poco de flirteo no harían mal a nadie. Ni siquiera pensaba besarla.

Sin embargo, ya estaba sacando su BlackBerry para cancelar sus compromisos para aquella tarde.

–¿Tienes un Porsche? –preguntó Emily sin ocultar su sorpresa cuando llegaron al aparcamiento.

–Eso parece –replicó Jason con ironía mientras le abría la puerta de pasajeros

–No era lo que esperaba, desde luego.

–No sabía que tuvieras expectativas respecto a mi medio de transporte –dijo Jason mientras rodeaba el coche para sentarse tras el volante.

–La verdad es que esperaba algo más básico y aburrido. Simplemente un coche capaz de llevarte de A a B. Aunque el color es bastante soso –dijo Emily en tono burlón–. No me gusta demasiado el azul oscuro.

Jason se quedó mirándola un momento, desconcertado por la imagen que tenía de él.

–Aburrido –repitió mientras ponía el coche en marcha–. Y soso. No sé si debería sentirme ofendido.

–¡No puedes sentirte ofendido por eso, Jason!

Jason se sintió realmente ofendido después de aquello. La mayoría de las mujeres no lo consideraban nada aburrido. Sin embargo, allí estaba Emily, sentada a su lado, con los muslos apenas cubiertos por la minifalda y mirándolo como si fuera un viejo tío suyo al que estuviera siguiendo la corriente.

Pero la tarde anterior no lo había mirado así. Aún recordaba el breve contacto de la mano de Emily contra su pecho. Sabía que, al igual que él, había sentido la especie de descarga eléctrica que se había producido entre ellos. La miró de reojo.

–¿No puedo? –murmuró.

–La verdad es que siempre has sido… –Emily se interrumpió mientras salían de aparcamiento.

–¿Aburrido? –concluyó Jason, que tuvo que esforzarse para no parecer enfadado.

–No precisamente aburrido. Pero sí… predecible. Cauto. Firme. Nunca tomabas parte en nuestros juegos y travesuras.

–Supongo que con ese «nosotros» te refieres a Isobel y a Jack, ¿no? –cuando Emily asintió, Jason siguió hablando–. No deberías olvidar que eres doce años más joven que yo. Mientras vosotros os dedicabais a hacer travesuras, yo estaba en la universidad –Jason apretó el volante con fuerza. Aunque Emily tuviera veinticuatro años, seguía siendo demasiado joven para él. Aún era demasiado joven, atolondrada y frívola como para convenirle. No era aquello lo que buscaba. No era la clase de mujer que le convenía como esposa.

–Eso ya lo sé –contestó Emily–. Pero, a pesar de todo, siempre parecías desaprobar nuestra conducta. Incluso la de tu hermano Jack.

–Tú no tenías que vivir con él –replicó Jason. Por supuesto que todo el mundo quería a Jack. Jack era «divertido», excepto cuando era él quien tenía que ocuparse de ir a recogerlo cuando lo expulsaban de los internados, o a alguna que otra fiesta en la que acababa desmayado. Afortunadamente, había sentado la cabeza desde que se había casado, pero Jason aún recordaba los turbulentos años de su adolescencia. El lo ayudó porque su padre nunca lo habría hecho, y Jack apenas tenía recuerdos de su madre. Él mismo tenía muy pocos… y a veces habría preferido olvidarlos.

–Aún recuerdo los sermones que solías echarme –continuó Emily–. Recuerdo que una vez hice un ramo con algunas flores de tu jardín y te pusiste hecho un basilisco. Me aterrorizabas…

–¿Con lo de «algunas flores» te refieres a todos

los narcisos? —eran las flores preferidas de su madre y Jason recordaba que se enfureció con Emily porque había arrancado todas.

—¿Fueron todas? —Emily arqueó las cejas, sorprendida—. La verdad es que era un poco traviesa.

—No quería ser yo el primero en decirlo —murmuró Jason, y fue recompensado con una ronca risa que le hizo sentirse como si acabara de meter los dedos en un enchufe. Sentía el cuero tenso, vivo y palpitante de pura lujuria. No debería haber pasado por el despacho de Emily. Estaba jugando con fuego y, aunque él pudiera soportar algunas quemaduras, sabía que Emily no podría. Por eso se había mantenido siempre alejado de ella, y por eso debería seguir haciendo lo mismo. En aquellos momentos, podría estar sentado cenando con Patience Felton Smythe, una mujer aburrida de rostro caballuno a la que le gustaba tejer y cuidar su jardín y que pertenecía a tres organizaciones benéficas. En breve, la clase de mujer con la que tenía intención de casarse.

—¿Adónde vamos? —preguntó Emily cuando Jason giró en Brook Street.

—Al Claridge.

—Debería haberlo imaginado. Un lugar respetable y un tanto aburrido.

—¿Cómo yo? —preguntó Jason mientras aminoraba la marcha para detener el coche ante el restaurante.

Emily sonrió con dulzura. Había ofendido a Jason con su comentario.

—Tú lo has dicho, no yo.

—No hacía falta que lo dijeras. Además, el Claridge ha cambiado con el paso del tiempo. Puede que acabes notando que a mí me ha pasado lo mismo —Jason salió del coche y, tras entregar la llave al portero, lo rodeó para abrir la puerta a Emily.

Emily aceptó la mano que le ofreció y no le importó que se la siguiera sosteniendo mientras se encaminaban hacia la puerta del restaurante. Sabía que debería haberla retirado, pero había algo realmente reconfortante y muy agradable en el modo en que Jason había entrelazado los dedos con los suyos. Le recordó a la época de su infancia en que, fuera lo que fuese lo que hubiera hecho, confiaba sin reservas en que Jason acudiría a rescatarla. Después, siempre la regañaba, pero ella sabía que con él estaba a salvo. Pero había algo en el hecho de ir de su mano que no había percibido cuando era una niña. De hecho, era una sensación distinta… y bastante inquietante. Sonrió y retiró su mano de la de Jason mientras el maître los conducía a una apartada mesa del conocido restaurante.

–¿Qué celebramos? –preguntó Emily mientras abría el menú–. No recuerdo que me hayas invitado nunca a cenar.

–No celebramos nada. Pero para todo hay una primera ocasión.

–Supongo –Emily ladeó la cabeza y observó a Jason mientras éste leía el menú. Tenía el pelo ligeramente húmedo a causa de la lluvia, y la incipiente barba que ensombrecía su mandíbula le hacía resultar sorprendentemente atractivo. Incluso sexy… lo que resultaba ridículo, porque ella nunca había pensado en Jason de aquel modo…

Excepto en una ocasión, y no pensaba repetir aquel error.

–¿Me estás vigilando? –preguntó, y Jason alzó la mirada del menú.

–¿Vigilándote? ¿Acaso te sientes culpable, Em? ¿Acudes a demasiadas fiestas?

–No, es sólo que… –Emily se interrumpió. Resultaba extraño estar allí con Jason. Casi parecía una cita, aunque él ya le había dejado claro hacía siete años que no estaba interesado en ella, y estaba segura de que, en aquel aspecto, no había cambiado nada.

Pero ella si había cambiado, por supuesto. Había madurado y había superado el tonto enamoramiento que sintió por el serio y estirado Jason. Y aunque no le importaba cenar con un viejo amigo de la familia, no estaba segura de querer recibir algún sermón. ¿Le habría pedido su padre que la vigilara mientras estaba en Londres?

—Pero nada de sermones —añadió, moviendo un dedo admonitorio ante él.

—Creo que ya eres un poco mayorcita para los sermones, Em. A menos que te portes mal, claro.

—Prometo no hacerlo —contestó Emily, y Jason hizo un gesto al camarero para que se acercara.

Emily pidió lo que quería y Jason lo hizo a continuación, pero en un tono tan bajo, que Emily apenas pudo escuchar lo que había dicho.

—Así que pollo. ¡Qué audaz! —dijo Jason con expresión divertida cuando el camarero se fue.

—El hígado de ternera estofado no es precisamente de mi gusto.

—¿Sigues siendo tan quisquillosa con la comida como de pequeña?

—Más que quisquillosa, soy selectiva. Además, he cambiado.

—Supongo que ahora sé bastante poco sobre ti. Llevo mucho tiempo viajando sin parar.

—Pero ahora has vuelto para quedarte, ¿no?

—Al menos mientras lo necesite.

—¿Para atender ese asunto «personal»?

Jason frunció el ceño, pero su expresión se despejó casi al instante y sonrió.

–Sí.

Emily no pudo evitar reír. Jason nunca dejaba entrever nada, pero ella nunca había pensado que tuviera secretos.

–Te has convertido en un hombre misterioso, ¿no?

–¿En lugar de aburrido? –preguntó Jason con una ceja arqueada.

–Creo que he herido tus sentimientos al decir eso.

–Sólo un poco. Como venganza, le he dicho al camarero que te trajera el hígado en lugar del pollo.

–¡No me lo puedo creer! –exclamó Emily.

–No lo he hecho… pero te lo has creído, ¿verdad? –Jason sonrió abiertamente y el efecto de su sonrisa desestabilizó de nuevo a Emily. Había olvidado el hoyuelo que le salía en la mejilla cuando sonreía. Era un hombre realmente atractivo, sin duda, y por eso había flirteado con él siete años atrás. Pero no pensaba volver a cometer aquel error.

–Sólo porque siempre me has dicho la verdad, por descortés que fuera.

–¿Preferirías que te mintiera?

Emily recordó la ocasión en que, teniendo catorce años, le salió un grano en la punta de la nariz. En un momento de desesperación, le preguntó a Jason si se había fijado en él. «¿Cómo no iba a fijarme?», respondió él. «Pero a mí sigues gustándome, con granos y todo?»

En otras ocasión, cuando tenía quince años y echaba terriblemente de menos a su madre, que murió cuando ella tenía tres años, preguntó a Jason si alguna vez se dejaba de echar de menos a la madre. Jason había perdido la suya cuando tenía ocho años. «No», contestó él. «Nunca dejas de echar de menos a tu madre. Pero se va llevando mejor con el tiempo. A veces».

Aquellas palabras la reconfortaron, pues sabía que eran ciertas.

—No —contestó con sinceridad—. No querría que me mintieras. Supongo que todos necesitamos a alguien en nuestra vida que nos diga la verdad.

—En ese caso, seguiré haciéndolo siempre —contestó Jason sin apartar la mirada de ella.

Emily experimentó una inesperada y desconcertante calidez que apenas pudo creer. Sintió un gran alivio cuando el camarero se acercó a su mesa con el vino. Cuando éste se fue, Jason alzó su copa para brindar.

—Por los viejos amigos y los nuevos comienzos —tras brindar con Emily y tomar un sorbo de su copa, añadió—. ¿Y qué tal han ido las cosas con Helen?

—Ah. Ya sabía yo que había algún motivo oculto para esta cena.

—En absoluto. Pero, ya que la has entrevistado esta mañana, me ha parecido oportuno preguntar.

—Le he contratado, como me pediste. Creo que lo hará bien, aunque apenas tiene experiencia. Pero supongo que ya te habrás fijado en lo guapa que es.

—Lo cierto es que no. Pero creo que ayer ya te dije que no la conocía personalmente.

—Ah, sí —Emily frunció los labios—. Ahora lo recuerdo. Querías contratarla como un favor para Richard Marsden.

—No creo que mencionara el nombre de Richard, pero sí.

—Parece que Helen y Richard van a intentarlo —dijo Emily con ironía.

—¿Y no lo apruebas? —preguntó Jason.

—¿Quién soy yo para aprobar o desaprobar algo así? —replicó Emily inocentemente.

—A mí me parece algo lógico —contestó Jason.

—Oh, sí. Lógico sí. Pero nada romántico.

–¿Romántico? –Jason frunció el ceño–. ¿Se supone que tiene que ser romántico?

Parecía tan perplejo, que Emily estuvo a punto de reír, aunque se contuvo de hacerlo. De hecho, casi se sintió dolida.

–Normalmente, el tipo de relación del que Helen estaba hablando suele ser romántica, más que lógica. Elegir una novia, o una esposa, no es lo mismo que elegir un par de zapatos.

–Creo firmemente en los zapatos lógicos.

Emily entrecerró los ojos. Intuía que Jason no estaba bromeando.

–A las chicas les gusta un poco de romanticismo en sus relaciones.

–El romanticismo puede resultar peligroso. Se corre el riesgo de perder el control.

–Se corre el riesgo de enamorarse, que es precisamente de lo que se trata. Yo preferiría quedarme soltera toda la vida a mantener una relación sin el más mínimo romanticismo.

–¿Y planeas permanecer soltera?

–Lo cierto es que sí –contestó Emily, que se alegró al captar un destello de sorpresa en la mirada de Jason–. No tengo motivos para casarme. No me siento sola, ni triste, ni me muero por tener hijos –añadió con un encogimiento de hombros y más convicción de la que en realidad sentía. No quería admitir ante Jason que no tenía motivos para casarse porque no había conocido a nadie con quien mereciera la pena hacerlo–. No pienso quedarme esperando a que llegue mi príncipe azul a rescatarme. Quiero divertirme.

–De eso estoy seguro –dijo Jason son una sonrisa.

–¿Qué tiene de malo divertirse? –preguntó Emily a la defensiva–. Hay tiempo de sobra para sentar la cabeza.

–Puede que tú sí lo tengas.

–Oh, sí. Había olvidado lo viejo que eres. Ya casi tienes un pie en la tumba –replicó Emily en un tono juguetonamente burlón–. Además, tengo amigos, un trabajo que me encanta, un sobrino y una sobrina a los que mimar, y un hombre que me adora.

–¿Un hombre que te adora? –repitió Jason en tono de educado interés.

Emily no pudo evitar sonreír ante la suspicacia de su mirada.

–Mi padre, por supuesto. ¿Acaso pensabas que me refería a algún otro hombre?

–Ya que estabas parloteando sobre tu empeño en mantenerte soltera, he supuesto que no estábamos hablando de un interés romántico.

–No estaba parloteando –protestó Emily.

–Disculpa. Estabas hablando poéticamente.

Emily hizo una mueca.

–Eso suena aún peor –replicó, y comprobó con sorpresa que estaba disfrutando con aquella conversación–. ¿Y qué me dices de ti, Jason? ¿Tienes intención de casarte? ¿De enamorarte?

–Lo uno no tiene por qué implicar lo otro.

–¿Y qué prefieres? ¿Un amor sin matrimonio, o un matrimonio sin amor?

Jason tomó un sorbo de su vino antes de contestar.

–En mi opinión, el amor está sobrevalorado.

–Un punto de vista bastante cínico –contestó Emily, que, a pesar de sí misma, sintió una punzada de decepción. ¿Qué más le daba lo que pensara Jason sobre el matrimonio o el amor?–. ¿Cómo has llegado a esa conclusión?

Jason se encogió de hombros.

–Supongo que a base de experiencia. Cualquiera

puede decir que ama a otro, pero sólo se trata de palabras que pueden creerse o no. A la larga, no suponen una gran diferencia –Jason frunció el ceño, como si sus propias palabras le hubieran hecho recordar algún acuerdo desagradable–. En mi opinión, es mucho mejor casarse.

–Tampoco viene mal un poco de poesía en la vida.

–Sin embargo, tú dices haber renunciado al amor y al matrimonio.

«Renunciar» parecía una palabra muy fuerte, pero Emily no tenía intención de discutir sobre aquello.

–Cómo ya te he dicho, soy feliz como estoy.

–Eres feliz por poder divertirte.

–Sí –replicó Emily en tono desafiante.

–Sin embargo, pareces interesada en buscar el amor y el matrimonio para otras personas –comentó Jason con ironía–. Por ejemplo para Tim y Stephanie.

–El hecho de que no lo quiera para mí no significa que no me parezca bien para otros. Creo totalmente en el amor, pero no es lo que busco en estos momentos de mi vida –Emily tomó un sorbo de vino y evitó la mirada de Jason. No tenía intención de admitir que no buscaba el amor porque no quería llevarse una decepción ante la imposibilidad de encontrarlo. También temía que, si lo encontraba, no estuviera a la altura de sus expectativas. Había sido testigo del amor de sus padres… o casi. Aunque su madre murió cuando ella aún era una niña, había escuchado muchas historias sobre Elizabeth Wood; sabía por su padre que se amaron profundamente.

No todo el mundo lograba encontrar aquella clase de amor, y ella temía no lograrlo nunca. Era mucho más fácil convencerse de que no quería hacerlo.

–En cualquier caso, estábamos hablando de Richard y Helen, y creo que puedo asegurar que sé más que tú sobre esas cosas.

—¿Esas cosas?

—Lo que quieren las mujeres en lo referente al amor. Puede que yo no lo esté buscando, pero eso no significa que no sepa lo que desean la mayoría de las mujeres.

—Ah, ¿sí? —dijo Jason en tono divertido, lo que irritó a Emily.

Sabía mucho mejor que él de lo que estaba hablando. Podía imaginarlo preguntando a una mujer si quería «intentarlo», como había hecho Richard Marsden con Helen. Conociendo a Jason, lo más probable era que propusiera matrimonio a una mujer con un contrato en el bolsillo. Aquel pensamiento la indignó.

—Sí —dijo con firmeza—. Las mujeres quieren que los hombres sean románticos con ellas. Que les compren flores, les hagan cumplidos, que sean atentos… —concluyó de forma poco convincente. El vino se le estaba subiendo a la cabeza y se sentía un poco aturdida—. Lo que no quieren es que un hombre les diga que, a pesar de parecer compatibles, necesitan un periodo previo de prueba.

—Dudo que Marsden lo expresara así. Además, si a Helen Smith no le gustó su propuesta, podría habérselo dicho.

—Helen es aún muy joven e impresionable. Pero seguro que aparece otro hombre capaz de conquistarla mientras Richard se decide. Es una chica muy guapa.

—Yo creo que la sugerencia de Richard es muy razonable y, a la larga, mucho más romántica que unos cuantos ramos de flores y un montón de cumplidos intrascendentes. Creo que puede ser el hombre adecuado para ella.

—Haces que parezca que Helen tiene un dolor de

cabeza y que Richard representa un par de paraceta-
moles –protestó Emily, indignada, apiadándose de la
pobre mujer a la que Jason decidiera abordar–. Eso
no es lo que una mujer busca del amor o el matrimonio.

Jason se inclinó hacia ella y Emily pensó que sus
ojos adquirían a veces unos increíbles tonos ambari-
nos. Probablemente no debería haber tomado la segunda copa de vino. ¿Y cuándo les iban a servir la
comida?

–Pero tú has dicho que no estabas interesada en el
amor y el matrimonio –le recordó Jason.

–Ya te he dicho que me siento feliz tal como estoy.

–¿Y no tienes intención de enamorarte alguna vez?,

–Puede que tengas razón y el amor esté sobrevalorado –contestó Emily–. He tenido dos relaciones y,
aunque no amaba a ninguno de los hombres implica-
dos en ellas, supusieron una completa decepción. No
estoy interesada en buscar algo que podría no suceder
nunca, o que ni siquiera existe –y tampoco quería sufrir por no encontrarlo o porque no funcionara. Pensó
en los veinte años que había pasado su padre llorando
la muerte de su madre. No, el amor no estaba sobrevalorado. Pero tal vez se subestimaban sus repercusiones posteriores.

Jason se apoyó contra el respaldo de su asiento,
aparentemente satisfecho.

–Sabias palabras. Estoy de acuerdo.

–Así que nada de matrimonio o amor para ti, ¿no?

–Yo no he dicho eso –replicó Jason con el ceño
fruncido–. Alguna vez tendré que casarme. A fin de
cuentas, necesito un heredero para Weldon.

Emily se estremeció. Aquello sí que sonaba realmente medieval.

–¡Qué idea tan práctica! –dijo con ironía–. Espero no estar en tu lista de candidatas.

La expresión de Jason se ensombreció.

–No te preocupes, Em. No estás en mi lista.

Emily se sintió extrañamente ofendida por la seguridad con que Jason había dicho aquello.

–Es un alivio saberlo –dijo en el tono más desenfadado que pudo–. Entonces, en qué clase de mujer estás pensando.

–En alguien que comparta mi punto de vista sobre el amor y el matrimonio.

–En resumen, en alguien razonable.

–Exacto.

–No una de esas modelos y estrellas que sueles llevar normalmente del brazo, ¿no?

Jason frunció el ceño.

–Sólo mantengo relaciones pasajeras con esas mujeres. No son adecuados para el matrimonio.

Emily se estremeció. Parecía que Jason estuviera hablando de un trozo de arcilla que pudiera modelar a su gusto.

–En ese caso, buena suerte en tu búsqueda –dijo, tratando de mostrarse despreocupada.

–Gracias –contestó Jason con una sonrisa.

Emily se la devolvió, aunque en realidad no le hacía ninguna gracia pensar en Jason y en su futura y razonable esposa.

Capítulo 3

EL resto de la cena transcurrió agradablemente y Emily se alegró de que la conversación se centrara en temas más inocuos.

—Ya que piensas quedarte una temporada en Londres, ¿no echarás de menos viajar? —preguntó mientras el camarero recogía los platos.

—Habrá otros asuntos que me mantengan ocupado —contestó Jason.

—Supongo que te refieres al asunto «personal» que has mencionado antes, ¿no?

—Veo que sientes bastante curiosidad al respecto.

—Sólo porque no logro imaginar de qué pueda tratarse. Siempre has sido como un libro abierto, Jason. Nada de secretos ni sorpresas.

—Ya estás volviendo a llamarme aburrido.

—¡Veo que mi comentario te ha molestado de verdad! —Emily rió y Jason se puso serio.

—No sabía que me consideraras aburrido —replicó mientras rellenaba de vino la copa de Emily.

—No debería beber más —protestó ella—. Ya me siento un poco mareada.

Jason sonrió con gesto de complicidad.

—Recuerdo que sueles decir cosas bastante interesantes cuando has bebido más de la cuenta.

Emily sintió que se ruborizaba, pues sabía a qué se refería Jason. «¿Sabes que eres bastante atractivo? «Tal vez te gustaría besarme» No entendía por qué volvía a mencionarlo. ¿Acaso lo consideraba una buena broma?

—Me siento bastante sensible respecto a ese tema —logró decir en tono desenfadado.

—¿Por qué?

—¿Por qué va a ser? ¡Porque me humillaste!

Jason la miró con tal gesto de perplejidad, que Emily estuvo a punto de reír.

—¿Te humillé? —repitió, incrédulo—. Lo siento, Em, pero no sé como pude humillarte.

—Da igual —replicó ella, dispuesta a relegar definitivamente aquel episodio al pasado—. Eso sucedió hace siete años, cuando prácticamente era una niña.

—Era muy consciente de ello entonces —dijo Jason con suavidad.

Aquel comentario volvió a desconcertar a Emily.

—En cualquier caso, estábamos hablando de Helen y Richard, no de nosotros.

—¿Hay algo más que decir sobre ellos?

—Puede que no te lo parezca, pero, dado que acaba de llegar a Londres, es probable que Helen quiera experimentar todo lo que puede ofrecerle la ciudad, conocer a algunos…

—No estarás planeando organizar también la vida de Helen, ¿no? —interrumpió Jason, mirando a Emily con suspicacia.

Emily casi se sintió aliviada al ver que Jason volvía a mirarla como siempre lo había hecho, porque eso le permitía volver a tratarlo como de costumbre. Así dejaría de sentirse tan agitada, tan… inquieta.

—¿Organizar? —repitió con expresión inocente.

—Sí, como hiciste con Stephanie. Era tu jefa y tiene varios años más que tú, y sin embargo la tuviste comiendo de tu mano pocos meses después de empezar a trabajar aquí.

–¿Cómo lo sabes? –preguntó Emily, molesta–. Según recuerdo, por aquella época estabas dándote una vuelta por Asia.

–¿Dándome una vuelta? –repitió Jason, incrédulo–. No creo que trabajar doce horas al día construyendo un dique de contención para prevenir las inundaciones en Burna pueda considerarse «dar una vuelta».

–¿Y cómo sabes lo que estaba haciendo yo?

–Tengo mis fuentes de información –contestó Jason con un encogimiento de hombros–. Sé que organizaste varias citas para Stephanie, y que Tim no fue su primera cita a ciegas…

–¿Estuviste espiándome? –interrumpió Emily, sorprendida.

–Tan sólo me mantuve informado. Te contraté cuando viniste a Londres y, lógicamente, quería asegurarme de que te iban bien las cosas, sobre todo teniendo en cuenta que tu padre, Isobel y Jack me habrían cortado la cabeza si te hubiera sucedido algo.

–No me sucedió nada –replicó Emily, enfurruñada.

–En cualquier caso –continuó Jackson–, no quiero que vuelvas a dedicarte a hacer de casamentera. Si Helen y Richard quieren probar hasta dónde puede llevarles su relación, deja que lo hagan

–Muy bien –dijo Emily tras dar un prolongado suspiro–. Pero cada vez está más claro que no tienes un ápice de romántico.

–Al contrario. Creo que la preocupación que muestro por mis empleados indica una notable sensibilidad por mi parte. Pero tú no tienes por qué preocuparte por ellos.

–Como responsable del departamento de Recursos Humanos, es mi deber asegurarme de que Helen se adapte bien a su nuevo trabajo y…

–Estoy seguro de que Richard se encargará de eso.

–¡Ja! Probablemente piensa que le va a bastar con invitarla a ver la tele y a comer unas pizzas.

–¿Qué tienes en contra de Richard? –preguntó Jason con el ceño fruncido–. ¿O acaso te resulta más fácil entrometerte en la vida de los demás que pararte a reflexionar sobre la tuya?

Emily parpadeó. La conversación se estaba volviendo demasiado personal, y la acusación de Jason le había dolido.

–¿Estás llamándome entrometida?

–Simplemente te estoy hablando claro –corrigió Jason con una sonrisa que apenas suavizó sus palabras–. No te inmiscuyas en asuntos que no te conciernen –tras hacer una seña al camarero, añadió–. Y ahora creo que debería llevarte a casa.

Emily se hizo irritantemente consciente de que Jason acababa de dar por zanjada la conversación. Aquello era típico de él y, a pesar de que había pretendido demostrarle lo desenvuelta y sofisticada que había llegado a ser, aún se sentía como una niña traviesa en su presencia. Se levantó de la silla con tanta dignidad como pudo, consciente de que, aunque apenas había bebido, sí estaba un poco achispada.

–Gracias por la cena.

–El placer ha sido todo mío –Jason sonrió mientras contemplaba la expresión enfurruñada de Emily–. Literalmente.

–No soy una entrometida –protestó ella.

–Y yo no soy aburrido –susurró Jason junto a su oído a la vez que apoyaba una mano en su espalda para guiarla hacia la salida–. Al parecer, vamos a tener que volver a conocernos de nuevo, Em.

Antes de que Emily pudiera pensar en una respuesta, se encontró sentada en el Porsche, con la cabeza apoyada contra el respaldo del asiento mientras el mundo giraba a su alrededor. Sin duda, había bebido más vino del que podía asimilar.

–¡Pobre Em! –murmuró Jason mientras ponía el coche en marcha–. ¿Habías comido algo más hoy?

–Algunas galletas saladas a la hora del almuerzo –al sentir que el estómago se le encogía, Emily hizo una reveladora mueca.

–Espero que no vayas a devolver en mi coche –dijo Jason.

Emily trató de reír, aunque la idea era alarmantemente posible.

–Si lo hago, se deberá a que el pollo estaba mal, no a que haya bebido demasiado.

Jason rió con suavidad mientras apoyaba una mano en la frente de Emily y le masajeaba las sienes con delicadeza. Emily inhaló el punzante aroma de su loción para el afeitado y sintió el roce de su pulgar en el pómulo. El contacto sirvió a la vez para tranquilizarla y para estimularla, lo que hizo que su cuerpo se sintiera aún más confuso. Jason no la había tocado nunca así; en realidad, nunca la había tocado.

–Tal vez deberías cerrar los ojos.

Emily obedeció.

–Lo siento –dijo al cabo de un momento, y enseguida añadió–: Y yo que quería mostrarte lo sofisticada que me he vuelto…

–¿Sofisticada? –repitió Jason–. La sofisticación está sobrevalorada, Em.

–¿Como el amor?

–Sí –replicó Jason al cabo de un momento, y no volvió a decir nada hasta que detuvo el coche ante el edificio en que vivía Emily.

–Gracias por la cena –repitió ella mientras abría la puerta del coche–. Y buenas noches.

–Te acompaño –dijo Jason.

Una vez ante la puerta de su apartamento, Emily sacó las llaves de su bolso. Aunque no entendía por qué, sentir la intensidad de la mirada de Jason le hacía prácticamente imposible pensar.

–No hace falta que me acompañes hasta mi dormitorio –dijo, y se ruborizó al darse cuenta de que aquello casi había sonado como una absurda insinuación–. Ya estoy bien…

–En ese caso, será mejor que me vaya –tras mirarla un momento, Jason alzó una mano y le acarició levemente la mejilla. Antes de que Emily pudiera procesar aquel breve gesto, la expresión de Jason volvió a endurecerse a la vez que dejaba caer la mano–. Buenas noches, Em –añadió y, a continuación, se fue.

Emily sintió que la cabeza le daba aún más vueltas que antes… aunque en aquella ocasión nada tenía que ver con el vino.

Jason entró en el coche maldiciéndose a sí mismo por haber estado a punto de besar a Emily. O, tal vez, por no haberlo hecho. Era obvio que su cuerpo y su mente estaban en guerra, ambos hirviendo a causa de un deseo no satisfecho. Había disfrutado mucho aquella tarde, lo que suponía un grave error. ¿Por qué estaba perdiendo el tiempo con Emily? Era evidente que aquello no iba a conducirlo a nada bueno.

Sin embargo, allí estaba, deseando estar con Emily para disfrutar de sus bromas, para escuchar su ronca risa, para contemplar los destellos dorados de su pelo. Se había sentido intensamente vivo en su presencia, y le había resultado imposible resistir la tentación de acariciar su piel, delicada como la seda.

Masculló una maldición. No debía olvidar ni por un

momento que se trataba de Emily Wood, su vecina, su cuñada, la niña a la que solía tirar de las trenzas y cuyas lágrimas había enjugado en más de una ocasión. No había duda de que ya se había convertido en una mujer, pero también estaba un poco chiflada y un tanto asilvestrada, lo que hacía que resultara una opción totalmente inadecuada como esposa. En cuanto a la posibilidad de que fuera alguna otra cosa… resultaba inimaginable.

No podía tener una aventura con Emily Wood. Sus familias estaban relacionadas, era más joven e ingenua de lo que había tratado de hacerle creer y, sobre todo, porque creía en el amor, en el romanticismo. Se notaba en el brillo de sus ojos.

Había visto cómo se apagaba poco a poco aquel mismo brillo en los ojos de su propia madre y había vivido con la oscuridad resultante, lo que le hacía reafirmarse en su afán de encontrar la clase de esposa que su padre debería haber tenido: conveniente, razonable, práctica. Nada de romanticismo. Nada de amor. Nada de Emily.

Había vuelto a Londres para buscar una esposa adecuada, y Emily no estaba en su lista de candidatas. Tenía treinta y seis años y la salud de su padre había empezado a fallar. Necesitaba un heredero. Aunque Emily opinara que aquella forma de ver las cosas era horrible y arcaica, él prefería considerarla práctica.

Práctica y sin la clase de expectativas emocionales que habían destrozado la vida de su madre y habían dejado viudo a su padre. El amor no sólo estaba sobrevalorado, sino que era poco recomendable. El pensaba evitarlo, al igual que haría la mujer que eligiera por esposa. Nada de palabras vacuas, de gestos inútiles, de desengaños. El respeto mutuo y el afecto eran la base más sólida para una relación duradera.

Emily distaba mucho de ser la candidata ideal para convertirse en su esposa.

Además, pensaba que era aburrido.

Rió en alto al recordar cuánto le había molestado aquel comentario. En realidad había creído que Emily seguía un poco colada por él y, comprobar que no era así, le había hecho darse cuenta de hasta donde llegaba su arrogancia… aunque sabía con certeza que no lo había considerado precisamente aburrido cuando le había acariciado la mejilla. Había notado cómo contenía el aliento, cómo se había hecho consciente de la electricidad que había entre ellos.

Y él había tenido que hacer verdaderos esfuerzos para no besar sus carnosos y sensuales labios, para no darle el beso que durante tanto tiempo se había negado a sí mismo.

Y seguiría negándoselo, aunque estuviera deseando demostrar a Emily lo «excitante» que podía ser. Estaba allí para buscar una esposa, no una amante. Y a pesar del deseo que aún ardía en su cuerpo, sabía que Emily nunca podría ser ni lo uno ni lo otro.

Capítulo 4

EMILY despertó con un ligero dolor de cabeza. Aún conservaba una vaga sensación de inquietud tras la cena de la noche anterior, aunque no lograba entender por qué. Jason había sido muy amable llevándola a cenar y era lógico que hubiera querido comprobar cómo le iban las cosas. Pero su inquietud no procedía de aquello, sino de la sensación que había tenido de que no estaba con el verdadero Jason, el Jason al que conocía y del que dependía y el que, en algunas ocasiones, la irritaba; el Jason que se burlaba y la mantenía a raya con su mirada. Se trataba de un Jason distinto, alguien a quien, de pronto, no sabía si conocía realmente.

Apartó aquellos pensamientos de su cabeza y tras vestirse y tomar un paracetamol para el dolor de cabeza, tomó su bolso y salió del apartamento.

Cuando llegó a las oficinas, Helen ya estaba esperándola.

–Lo siento. Me he retrasado un poco.

–No pasa nada –dijo Helen rápidamente–. Es un placer estar aquí –sonrió y sus mejillas se cubrieron de un ligero rubor–. Pero estoy un poco nerviosa –reconoció.

–Estoy segura de que todo te irá bien –aseguró Emily–. Acompáñame.

Quince minutos después, Helen estaba cómodamente sentada en la zona de recepción mientras Jane, la otra recepcionista de la empresa, más mayor que ella, le enseñaba cómo manejar la centralita.

–¡Cielo santo! –murmuró Helen al cabo de un rato. Había estado tomando notas de todo lo que le decía Jane, pero finalmente dejó de hacerlo y miró a Emily con creciente consternación, lo que hizo recordar a ésta sus propios comienzos en la empresa, cuando Steph trató de explicarle el funcionamiento de todo en una mañana.

–No te preocupes –dijo a la vez que pasaba un brazo por los hombros de la joven–. Te acostumbrarás con el tiempo. Sé que al principio parece un poco abrumador, pero en cuanto hayas atendido algunas llamadas, verás que es pan comido.

–Pan comido –repitió Helen, como para darse ánimos.

–Volveré dentro de unas horas a ver cómo te va –prometió Emily–. Y a llevarte a almorzar –no pensaba volver a cometer el error de saltarse el almuerzo, aunque no creía probable que Jason fuera a invitarla a cenar dos noches seguidas.

Aún no lo había visto por la oficina, lo que no era sorprendente, aunque lo cierto era que desde que había llegado aquella mañana había sentido una extraña y tensa sensación de expectativa, sensación que desapareció en cuanto vio a Jason entrando por la puerta principal.

–Ah, tú debes de ser Helen –dijo él, sonriente, a la vez que ofrecía su mano a la joven.

Helen se ruborizó intensamente, lo que le hizo parecer aún más encantadora.

–Es un placer conocerlo, señor Kingsley.

–El placer es todo mío –aseguró Jason en un tono que recordó a Emily cómo se había comportado con ella la noche anterior, cómo le había hecho sentir.

–He estado enseñando a Helen cómo funciona todo –explicó con una sonrisa radiante–. Estoy segura de que va a tardar muy poco en adaptarse.

Jason se volvió hacia ella y la miró con aquella expresión de seguridad en sí mismo que aún tenía el poder de ponerla nerviosa.

–Yo también estoy seguro de que se adaptará enseguida, sobre todo si tú has tenido algo que ver con ello.

Emily se preguntó si habría sido la única que había captado el ligero tono burlón de su voz. Jason se volvió de nuevo hacia Helen, le deseó suerte y a continuación se encaminó hacia su despacho. Tras despedirse de ambas recepcionistas, Emily lo siguió. Jason la miró de reojo cuando se puso a su altura.

–Pareces estar especialmente interesada en la señorita Smith.

–Me preocupo por todas las personas a las que contrato –replico Emily–. Es mi trabajo.

–Por supuesto. Y supongo que ese es el único motivo por el que estás haciéndolo, ¿no?

Emily supo que se estaba riendo de ella, pero no le importó. Habían llegado a la altura de la puerta de su despacho y, al volverse hacia Jason y comprobar lo cerca que estaban. se quedó momentáneamente sin aliento. El olor de su loción para el afeitado, mezclado con otro más almizclado que debía pertenecerle sólo a él, invadió sus sentidos. No entendía qué le pasaba. Se trataba de Jason y, al margen de los treinta segundos de humillación que tuvo que soportar cuando, siendo una adolescente, le pidió que la besara, nunca había reaccionado así con él.

–Por supuesto –contestó en tono inocente–. ¿Qué otro motivo podría tener para hacerlo?

–Mientras no estés planeando entrometerte…

–¿Entrometerme, o hacer de casamentera?

–Es lo mismo.

–Sólo en tu opinión.

Emily apoyó una mano en el pecho de Jason y sus dedos buscaron instintivamente el calor que había bajo la camisa. Sintió el latido de su corazón bajo la palma. Sólo había pretendido que fuera un toque ligero, impersonal, pero las sensaciones que experimentó hicieron que todo pensamiento racional abandonara por unos segundos su cabeza.

–No tienes por qué preocuparte por Helen… ni por mí –logró decir finalmente–. Ya soy mayorcita.

–Cada vez me doy más cuenta de ello –murmuró Jason, y Emily sintió que la grave vibración de su voz recorría todo su cuerpo.

Carraspeó y retiró la mano de su pecho. De pronto, no supo qué hacer con ella. Se estaba comportando de un modo totalmente absurdo.

–Debería volver al trabajo –dijo en un tono un poco más alto de lo necesario, y trató de esbozar una sonrisa antes de volverse para abrir la puerta de su despacho.

Hasta que no estuvo sentada a su escritorio no oyó los pasos de Jason alejándose con la rapidez y seguridad de siempre, como si no tuviera una sola preocupación en el mundo.

¿Qué le estaba pasando?, se preguntó, desconcertada. ¿Por qué estaba reaccionando de aquel modo con Jason, alguien que siempre había sido tan previsible, tan fiable, tan «normal»?

Pero lo cierto era que conocía la respuesta; por mucho que tratara de convencerse a sí misma de lo contrario, aún conservaba algún vestigio del frustrado enamoramiento adolescente que reveló por él en aquel baile. Había una parte de ella que aún quería que la besara, que la deseara como un hombre deseaba a una mujer, aunque sólo fuera para demostrar a la niña que fue que era deseable. Lo que resultaba ridículo, dado que Jason Kingsley era la última persona en la que debería pensar de aquel modo. Estaba segura de que se sentiría horrorizado si conociera la naturaleza de sus pensamientos.

Debía cortar con aquello de inmediato. Lo único que tenía que hacer era lograr que su mente dominara a su cuerpo. Fueran los que fuesen los sentimientos que había alimentado inconscientemente por Jason, los eliminaría de inmediato a base de autocontrol .

Tenía cosas más importantes que hacer y en las que pensar...

–¿Emily?

Emily alzó la cabeza y miró a la mujer que se hallaba en el umbral. Vestía una falda varios centímetros más corta que la suya y llevaba las uñas largas y meticulosamente manicuradas. Era Gillian Bateson, la jefa de Relaciones Públicas de la empresa.

–Hola, Gillian. Me alegro de verte. ¿Puedo ayudarte en algo?

–¿Te mencionó Stephanie la función benéfica para recaudar fondos? –preguntó Gillian. A Emily nunca le había gustado su altivo tono de voz.

–Me temo que no –replicó Emily, aunque más o menos sabía de qué se trataba. La empresa organizaba todos los años una función benéfica en alguno de los hoteles más exclusivos de Londres.

–Va a ser un gran acontecimiento –Gillian ocupó el asiento que se hallaba ante el escritorio de Emily–. El año pasado conseguimos reunir tres millones de libras para construir pozos en Sudán. Ya que es un asunto que atañe fundamentalmente al departamento de Relaciones Públicas, yo soy la encargada de organizarlo, pero Stephanie siempre quería que la mantuviera informada, y supongo que tú querrás lo mismo —su tonó reveló lo tediosa que consideraba aquella tarea.

—Si eres tan amable —Emily tuvo que recordarse que Gillian se había divorciado tres veces y había perdido la custodia de su única hija. Todo aquel despliegue de pintura de uñas y laca debía ocultar un profundo dolor.

—Queremos conseguir dinero para una planta desalinizadora en Namibia. Se supone que la función debe tener como tema el blanco y el negro y, ya que el piso de Jason está decorado con esos colores, vamos a celebrarlo allí.

—¿En el piso de Jason? —repitió Emily, sorprendida, sin saber qué pensar de aquello… ni del hecho de que Gillian hubiera utilizado el nombre de pila de Jason con tanta familiaridad.

Gillian arqueó una ceja implacablemente depilada y sonrió, ufana.

—¿Has estado en él?

Emily nunca había estado en el piso de Jason y estaba segura de que Gillian lo sabía. Era evidente que ésta sí había estado, pero no quiso preguntarse por qué.

—Me temo que no he tenido ese honor, pero seguro que es un lugar adecuado. Y es muy generoso por parte del señor Kingsley ceder el uso de su piso.

—Sí que es generoso —Gillian movió la cabeza—. No entiendo por qué no está casado.

—Supongo que aún no ha encontrado una mujer lo suficientemente sensata para él —replicó Emily en un tono ligeramente cortante.

—¿Crees que necesita una mujer sensata? Hasta ahora no ha dado precisamente indicios de que sea ese tipo de mujeres las que le gustan.

Emily se movió en el asiento, incómoda por el rumbo que estaba tomando la conversación y desconcertada por la punzada de algo muy parecido a los celos que experimentó al pensar en Jason yendo tras cualquier mujer. Pero debía reconocer que Gillian tenía razón. Jason nunca había salido con mujeres «sensatas», pero tampoco había salido más de dos veces con la misma.

–Estoy segura de que está pensando en sentar la cabeza –dijo Gillian con una sonrisa gatuna–. No hay duda de que es todo un partido.

–Supongo que tienes razón –contestó Emily, imaginando la clase de mujer que buscaría Jason: serena, tal vez un poco caballuna, carente de sentido del humor, capaz de preparar floreros y fiestas con total eficiencia… y de darle un heredero.

Gillian se levantó.

–Sólo estamos invitados los jefes de departamento. Yo me ocuparé de organizarlo todo. Tú puedes limitarte a asistir.

Emily tuvo la sensación de que Gillian quería mantenerla al margen a propósito. No le extrañaría que estuviera pensando en Jason como su posible cuarto marido.

–Gracias, Gillian. Es todo un detalle por tu parte –replicó con su sonrisa más radiante, y suspiró aliviada cuando Gillian salió de su despacho.

¿Por qué le irritaba tanto que Jason hubiera ofrecido su casa para la fiesta? ¿O lo que le irritaba era que Gillian hablara tan posesivamente de él… o pensar que estaba buscando una esposa?

Pero nada de aquello tenía que ver con ella, y no debía afectar a su humor, de manera que apartó el tema de su cabeza y dedicó el resto de la mañana a hacer llamadas telefónicas y a contestar correos electrónicos. A la hora del almuerzo, fue a buscar a Helen, como había prometido.

–¿Cómo van las cosas? –preguntó animadamente tras acudir al área de recepción. Jane estaba ocupada atendiendo una llamada mientras Helen permanecía en su puesto con expresión cariacontecida–. ¿Ya te has hecho con la centralita?

Helen lanzó una angustiada mirada a Jane.

–He desconectado involuntariamente tres llamados –confesó en un susurro–. Y me he liado con las listas…

–¿Las listas?

–La lista de quienes quieren atender sus llamadas y la de los que no las quieren atender –explicó Helen, agobiada–. Lo he mezclado todo y he pasado algunas llamadas a quienes no querían atenderlas…

–Supongo que nadie se ha molestado, ¿no? Ya te había dicho que en esta oficina somos bastante informales.

–El señor Hatley ha venido hasta aquí y me ha gritado que no quería las malditas llamadas.

El corazón de Emily se encogió ante la evidentes sufrimiento de Helen.

–Debería haberte advertido sobre John –dijo–. Es un cascarrabias, pero sólo ladra, no muerde. Vamos –añadió mientras se acercaba al perchero a por la cazadora de Helen y se la alcanzaba–. Hay un restaurante italiano en la esquina en el que preparan una lasaña estupenda. Olvidemos por un rato nuestros problemas.

Helen se levantó, agradecida y Emily se despidió de Jane, que miró a Helen y movió la cabeza con gesto de desesperación. Al parecer, Helen iba a necesitar más de una mañana para hacerse con la centralita, pero ella se ocuparía de que lo lograra.

En cualquier caso, todo pareció mejorar cuando estuvieron sentadas ante su plato de pasta.

–¿Qué te parece Londres? –preguntó Emily–. ¿Te lo está enseñando Richard?

–Un poco –contestó Helen con cautela, lo que no sorprendió a Emily.

–Supongo que está bastante ocupado –contestó en tono compasivo; podía imaginar perfectamente a Richard hablando de sus muros para la retención de inundaciones, de mecanismos hidráulicos, y quién sabía de qué más, sin preocuparse de que Helen lo entendiera o no.

–No sabía que trabajaba tanto –admitió –. Y no entiendo una palabra de su trabajo…

–Yo tampoco –confesó Emily alegremente–. Y eso que ya llevo unos años trabajando aquí –le interesaba la gente, no las fórmulas matemáticas, ni las plantas desalinizadoras–. Pero supongo que os estaréis viendo, ¿no?

–Ocasionalmente –murmuró Helen–. Supongo que las cosas van a ser distintas a lo que pensaba. Llevamos siendo amigos tanto tiempo, que imagino que todo puede resultar un poco… incómodo al principio.

¿Incómodo?, pensó Emily, indignada. Sin duda, Helen se merecía algo más que esperar sentada a que Richard decidiera llamarla.

–Tengo una idea –dijo de repente–. Tengo una invitación para acudir a una fiesta esta noche; creo que se trata de la presentación de una nueva línea de ropa –en realidad no sabía bien de qué se trataba, porque recibía docenas de invitaciones todas las semanas. Pero cualquiera de ellas suponía una oportunidad de bailar y reír un rato, justo lo que necesitaba Helen–. ¿Por qué no vienes conmigo?

–¿Contigo? –repitió Helen, desconcertada–. ¿De verdad quieres que vaya contigo?

–Por supuesto. Será divertido.

–No tengo ropa adecuada…

–Yo te prestaré algo –Emily miró a Helen con ojo experto y dedujo que probablemente necesitaba una o dos tallas menos que ella, lo que no suponía ningún problema, porque tenía algunas cosas que se le habían quedado pequeñas–. Lo pasaremos en grande preparándonos.

La tímida expresión de Helen se animó al instante.

–Parece un buen plan, pero…

–Nada de peros. Será divertido.

A las ocho de la tarde, Emily entraba con Helen al vestíbulo de uno de los mejores hoteles de Londres. Helen miraba a su alrededor, maravillada por el lujo que la rodeaba. Emily la observó, satisfecha. El sencillo y clásico vestido negro de fiesta que le había prestado le sentaba de maravilla. Había recogido su abundante cabellera negra en lo alto de su cabeza y había enfatizado sus grandes ojos grises con un poco de sombra y delineador. Estaba preciosa.

En cuanto entraron en el salón de baile, tomó dos copas de champán, entregó una a Helen y empezó a presentarla a los numerosos conocidos cuya amistad había cultivado a lo largo de los años.

–¿Cómo he podido pasar por alto a dos encantadoras damas como vosotras? –preguntó alguien tras ellas.

Emily se volvió y vio que se trataba de Philip Ellsworth, un hombre encantador, rico y que tenía muy buen gusto para las mujeres. De hecho, estaba observando a Helen con evidente aprecio.

–Es un placer conocerte –dijo Philip después de que Emily hiciera las presentaciones–. Si me hubiera cruzado antes contigo, seguro que te habría recordado.

–Helen es nueva en Londres –explicó Emily. Al notar que Philip seguía mirando a Helen con evidente admiración, añadió–: La música acaba de empezar a sonar y estoy segura de que a Helen le encantaría bailar –fue algo demasiado obvio, pero estaba claro que Philip parecía encantado–. Porque te gusta bailar, ¿verdad, Helen?

–Sí –admitió Helen tímidamente.

–En ese caso, estaré encantado de bailar contigo –dijo Philip con una sonrisa encantadora y blanquísima. Debía utilizar algún blanqueador artificial, pensó Emily con una punzada de desagrado. Sin embargo, no podía negarse que era un hombre muy atractivo y suave. Y seguro que podía animar un poco a Helen–. Siempre estoy a las órdenes de Emily –añadió Philip con una sonrisa.

Emily observó cómo entraban en la pista y se ponían a bailar. ¿Quién sabía lo que podía surgir de aquello? Philip tenía poco más de treinta años y tal vez estaba pensando en casarse, en sentar la cabeza. Sonrió ante aquel pensamiento. Seguro que Jason la acusaría de estar volviendo a hacer de casamentera, pero no podría culparla si a Helen y a Philip les salían bien las cosas…

Rió en alto. Aquellas desafortunadas frases habían quedado grabadas en su cerebro, pero no pudo evitar una sensación de triunfo al ver a Helen divirtiéndose, floreciendo bajo la mirada de un hombre atractivo. Ya se podía ir espabilando Richard Marsen.

Estaba dando un sorbo a su champán cuando notó un extraño cosquilleo en la espalda. Sintió que alguien la observaba y, antes de que su cerebro procesara la sensación, supo de quién se trataba.

Volvió la mirada hacia la entrada del salón de baile y se sintió como si una descarga eléctrica acabara de dejarla petrificada en el sitio. Jason Kingsley estaba en el umbral, observándola.

Capítulo 5

JASON avanzó hacia Emily tratando de no fruncir el ceño. Llevaba un diminuto vestido de lentejuelas plateadas que brillaba como el agua en las escamas de un pez, y su melena rubia se derramaba en ondas doradas por su espalda. Parecía una sirena clasificada X.

–Qué sorpresa verte por aquí –Emily ladeó la cabeza a la vez que le dedicaba una coqueta y traviesa sonrisa.

Jason se esforzó por contener su genio. Había llegado a la fiesta hacía unos minutos con Margaret Denton, una compañera de estudios de Cambridge que se había convertido en una elegante abogada y a la que consideraba una perfecta candidata para el matrimonio. Entonces había visto a Emily… y a Helen. Había visto cómo empujaba a ésta hacia Philip Ellsworth, el hombre más inútil que había conocido, que estaba fundiendo de fiesta en fiesta el fondo fiduciario de su padre. Su enfado aumentó al ver que la sacaba a bailar. Emily estaba volviendo a hacer de casamentera.

Tras dejar a Margaret con un grupo de conocidos mutuos, se había encaminado hacia ella, atraído por una fuerza incontenible.

–Suelo asistir a numerosos acontecimientos sociales, Emily –replicó–, aunque supongo que no a tantos como tú –señaló con un gesto de la cabeza a Helen y a Philip Ellsworth–. Lo que sí me sorprende es ver a Helen aquí.

–Le he invitado yo –explicó Emily en un tono ligeramente desafiante–. He pensado que no le vendría mal divertirse un poco.

–¿Y no te parece que podría ser demasiado para ella? –Jason observó a la multitud que los rodeaba con cierta dosis de cinismo. La mayoría de los invitados eran superficiales, mezquinos, vanidosos e insulsos. Y serían capaces de devorar a Helen Smith de un bocado.

–Sólo va a pasar un buen rato –dijo Emily con un encogimiento de hombros–. Así está mejor que esperando en casa sentada a que la llame Richard Mardsen.

–Está claro que la has tomado con él –Jason tomó una copa de champán de la bandeja que le ofreció un camarero y bebió un sorbo. Nunca había visto un vestido tan revelador como el de Emily. Sus interminables piernas acababan en unos zapatos plateados de tacón alto y se había pintado las uñas de los pies del mismo color para que fueran a juego. Alzó la mirada, pero tampoco encontró alivio en lo que vio. El vestido no tenía un escote especialmente exagerado, pero moldeaba a la perfección la curva de sus firmes pechos.

–No la he tomado con nadie –replicó Emily, molesta–. Pero no veo ningún mal en haber invitado a Helen a salir…

–¿Vas a tratar de hacerme creer que no la has animado a bailar con Ellsworth?

–Lo único que he hecho ha sido pedirle a Philip que bailara con ella…

–Normalmente es el hombre el que hace eso.

–Por si no te has enterado, estamos en el siglo XXI…

–Estás volviendo a hacer de casamentera, Emily

–interrumpió Jason–. Y en esta ocasión preferiría que lo dejaras.

–¿Por qué? Tu también estás haciendo de casamentero al tratar de despejar el terreno para alguien como Richard.

–¿Alguien como Richard? –repitió Jason, cuyo tono de voz bajó peligrosamente.

–Sí, alguien serio y gris incapaz de hacer la corte a la mujer a la que supuestamente ama…

–¿Has sido testigo de ello? ¿Has hablado con Richard?

–Me ha bastado hablar con Helen –replicó Emily, ruborizada.

–¿Y a ti qué más te da? –preguntó Jason con aspereza–. Pensaba que no creías en el amor.

–¡Claro que creo en el amor! –protestó Emily, alzando la voz. Jason lamentó no haber iniciado la conversación en algún lugar más privado. Temía que Emily fuera a montar una escena–. Creo totalmente en el amor –añadió Emily en un tono más suave–. El hecho de que no lo haya encontrado…

–Pero lo estás buscando, ¿verdad? –preguntó Jason a pesar de sí mismo. ¿Por qué estaba preguntando aquello? ¿Qué más le daba?

Emily parecía preocupada… y atrapada. Se encogió de hombros y un tirante se deslizó por su hombro.

–Estoy bien como estoy –dijo con firmeza–, y no tengo nada en contra de Richard Marsden.

Jason esbozó una sonrisa.

–No, claro que no. Simplemente te parece aburrido. Predecible. Cauto.

Emily no ocultó su sorpresa al escuchar aquello.

–Esto no tiene nada que ver contigo, Jason.

Jason ya lo sabía. Sin embargo, sentía que se estaba refiriendo a él, algo que, absurdamente, le dolía.

Alzó una mano lentamente, introdujo un dedo bajo el tirante del vestido de Emily y volvió a colocarlo en su sitio. Al hacerlo rozó la delicada piel de Emily, que se sobresaltó a la vez que un destello de deseo iluminaba su mirada. Jason experimentó una sensación de triunfo, seguida de otro destello de deseo. Sonrió.

–No, claro que no –murmuró–. No se trata de ti y de mí –murmuró mientras deslizaba el pulgar por la clavícula de Emily, que lo miró totalmente desconcertada.

Jason sabía que debía retirar la mano. Estaba volviendo a hacerlo. Estaba jugando con fuego, pero, al parecer, no podía contenerse.

Conmocionada por el modo en que Jason la estaba tocando, Emily sintió que su cuerpo y su mente se quedaban petrificados. Pero lo que más le conmocionó fue su propia reacción, el inesperado y desconocido deseo que estaba experimentando. Apenas podía moverse o respirar.

Haciendo un esfuerzo supremo, logró dar un paso atrás a la vez que negaba enérgicamente con la cabeza.

–Esta discusión no tiene sentido. Helen ya es mayorcita y puede hacer lo que quiera. Como Richard, como Philip… como tú.

Jason dejó caer la mano y se limitó a mirarla sin decir nada. Demasiado perpleja como para añadir algo más, Emily giró sobre sus talones y se dirigió hacia el único lugar seguro que se le ocurrió: el servicio de señoras. Pero Jason la alcanzó cuando acababa de salir al pasillo y le cortó el paso con un simple giro del cuerpo que la dejó atrapada contra la pared.

–Tienes toda la razón, Emily. Helen puede hacer lo que quiera, al igual que Ellsworth, que Richard… y que yo.

Emily alzó la mirada y vio que el rostro de Jason estaba peligrosamente cerca del suyo. No pudo evitar sentirse intensamente consciente de su cercanía, de su aroma, del modo en que su pecho subía y bajaba bajo la camisa, del calor que emanaba de su cuerpo…

Cuando Jason apoyó las manos en la pared a ambos lados de su cabeza, Emily experimentó una maravillosa sensación de anticipación que le hizo sentir que flotaba. La mirada de Jason se oscureció y ella fue incapaz de apartar la suya.

–Claro que pueden hacer lo que quieran, Jason –murmuró, y entreabrió involuntariamente los labios en un gesto de expectativa, de invitación–. ¿Y qué es lo que quieres hacer tú?

–Esto.

Jason inclinó la cabeza hacia Emily, que apenas podía creer lo que estaba pasando. Iba a besarla. Alarmantemente. Asombrosamente. Por fin.

Un instante después, Jason estaba besándola. Curvó una mano posesivamente en torno a su cintura y con la otra le acarició la mejilla en un gesto tan íntimo como el beso, e infinitamente más tierno.

Emily se quedó petrificada bajo el delicado roce de sus labios, demasiado conmocionada como para reaccionar… al menos al principio. Entonces, su cuerpo comenzó a hacerse consciente de lo maravilloso que era ser besada por Jason, de lo viva que la hacía sentirse, de las abrumadoras e intensas sensaciones que despertaba en su cuerpo.

A pesar de las protestas de su mente, alzó las manos y las apoyó en los hombros de Jason, casi como si pretendiera darle un empujón, algo que, por supuesto, no hizo. En lugar de ello, alzó las manos hasta su cabeza y enterró los dedos en su pelo a la vez entreabría sus labios como una flor que acabara de recibir los rayos del sol. El delicado y cálido contacto de sus lenguas hizo que su cuerpo entrara en un remolino de intensas sensaciones.

Pero Jason no fue más allá con su beso y, mientras presionaba su cuerpo contra el de él, Emily se hizo consciente de que se estaba conteniendo. No trató de atraerla hacía sí, y Emily comprendió enseguida que aquél no era un beso nacido de la pasión, sino que se trataba de una prueba. Jason le estaba demostrando algo; le estaba diciendo algo con aquel beso, y Emily no estaba segura de querer escucharlo.

Pero, sin darle tiempo a apartarse indignada, como pretendía, Jason interrumpió el beso y dio un paso atrás a la vez que sonreía.

—¿A qué ha venido eso? —preguntó con aspereza.

Jason volvió a sonreír, satisfecho.

—¿Acaso tiene que tener un propósito? Pero al menos ahora ya sabes que no soy aburrido… y que tampoco lo es Richard Marsden.

—¿Y pretendes convencerme de eso con un beso? —el tono burlón de Emily habría resultado mucho más creíble si la voz no le hubiera temblado.

—Teniendo en cuenta cuánto te ha gustado, sí —replicó Jason.

—No me ha… —empezó a protestar Emily, pero se interrumpió al ver que Jason giraba sobre sus talones y se iba.

Jason se alejó de Emily, furioso consigo mismo por haber perdido el control. Por haberla besado. Sin embargo, su cuerpo le exigía más, y resultaba asombroso cuánto le había afectado aquel simple beso. Y, tanto para su satisfacción como para su bochorno, sabía que también había afectado a Emily.

–¿Dónde has estado, Jason? –demasiado elegante como para mostrarse enfadada, Margaret Denton arqueó las cejas a la vez que apoyaba una mano en el brazo de Jason. La sonrisa que le dedicó fue a la vez altiva y reprobatoria, lo que irritó aún más a Jason. Le sonreía como si fuera su madre, como si ya lo poseyera.

¿Y aquélla era la mujer en la que estaba pensando como posible esposa?

Ya no.

–Lo siento, Margaret, pero tenía asuntos que atender –explicó, a la vez que se fijaba en la joven que se hallaba en el otro extremo del salón, sola, observando a la multitud con añoranza–. Discúlpame –añadió, y fue sin mirar atrás.

–¡Señor Kingsley! –exclamó Helen Smith al verlo, sorprendida, pero también aliviada. Jason se preguntó cuánto habría tardado Ellsworth en dejarla plantada.

–Buenas tardes, Helen. Espero que lo estés pasando bien.

–Oh… sí –Helen sonrió, pero Jason captó la incertidumbre de su mirada.

–¿Podrías hacerme un favor?

–Por supuesto –contestó Helen a la vez que asentía.

–Emily no se sentía muy bien y creo que ha ido al servicio. ¿Te importaría ir a comprobar qué tal está? Me temo que yo tengo prisa.

–Por supuesto, señor Kingsley.

Jason le dio las gracias y se volvió para salir del

salón de baile. Ya había hecho suficientes estropicios por una noche.

Emily contempló su reflejo en el espejo del baño. Estaba ruborizada, tenía los labios enrojecidos y el pelo revuelto. Parecía que aquel simple beso la había transformado y, en algún sentido, así había sido.

¿Por qué la había besado Jason? ¿Qué pretendía conseguir? Porque estaba claro que él no se había visto tan afectado como ella.

La puerta del servicio se abrió para dar paso a Helen, que la miró con expresión vacilante.

—¿Estás bien, Emily? —preguntó.

—Claro que estoy bien. ¿Por qué no iba a estarlo?

—El señor Kingsley me ha pedido que viniera al servicio para comprobar qué tal estabas.

—Jason se preocupa demasiado —Emily dejó escapar una risa que sonó ligeramente forzada—. Estoy bien, en serio. Lo único que sucede es que el ruido que hay en el salón me ha producido un poco de dolor de cabeza —dijo mientras sacaba el pintalabios de su bolso para retocarse el maquillaje—. Ya está —añadió al terminar—. ¿Volvemos al salón?

Salió del servicio sintiéndose más serena.

—Phillip Ellsworth es muy agradable, ¿verdad? —preguntó y, al ver que Helen se ruborizaba, sintió una punzada de satisfacción.

«Chúpate esa, Jason Kingsley», pensó mientras tomaba otra copa de champán de una bandeja. Miró instintivamente a su alrededor en busca de la alta figura de Jason pero, a juzgar por la sensación de vacío que sentía en su interior, debía de haberse ido.

Durante el resto de la tarde, mantuvo a Jason alejado de sus pensamientos, pero, una vez a solas en su apartamento, el recuerdo del beso que le había dado regresó con más fuerza aún, abrumando sus sentidos, despertando en ella una sensación de deseo no satisfecho a la que no dio precisamente la bienvenida.

–¿Por qué la había besado Jason? ¿Por qué había despertado aquel anhelo en su interior sabiendo que no podía ser saciado? Intuía que aquel beso no había sido más que una prueba, un castigo por haber unido a Helen y Philip.

Cuanto más pensaba en ello, más convencida estaba de tener razón. Jason no la había besado porque la deseara o se sintiera atraído por ella. Lo había hecho para demostrarle algo, simplemente porque podía.

No pudo evitar recordar de nuevo la ocasión en que la rechazó, siete años atrás. Había querido demostrarle hasta qué punto había superado aquello, lo adulta, sofisticada y mundana que se había vuelto. Pero había hecho justo lo contrario. En realidad no era sofisticada ni mundana… al menos en lo que se refería a Jason Kingsley. Con él siempre sería la adolescente latosa que lo miraba con adoración.

Jason leyó los pies de las fotos de la página de sociedad del periódico.

Emily Woods deslumbra en la gala benéfica con un exclusivo vestido de diseño… Emily Wood y una invitada desconocida brindan durante el acontecimiento… Emily Wood y Philip Ellsworth bailan en la gala benéfica…

Apartó el periódico con una mueca de desagrado. No quería ver más fotos. Ya se había convencido de que, por encantadora y deseable que fuera, Emily también podía ser un poco atolondrada y totalmente inadecuada. No debía manifestar su interés por ella. No debía besarla.

No era la clase de mujer que le convenía como esposa. Ni mucho menos.

De manera que, ¿por qué no lograba apartarla de su mente? ¿Por qué no lograba olvidar aquel beso? ¿Por qué quería más?

Había regresado a Londres con la intención de encontrar esposa. Dado el estado de salud de su padre, aquel asunto se había vuelto urgente. No debía perder el tiempo con Emily Wood, pero le costaba resistirse a ella. No sabía cómo había logrado mantener las distancias durante aquellos siete años.

Pulsó el intercomunicador para hablar con su secretaria.

—Resérvame un billete para Nairobi, Eloise —dijo—. Vuelvo a África.

A la mañana siguiente, Emily trató de apartar de su mente el recuerdo del beso que le había dado Jason, pero le costó verdaderos esfuerzos no recordar el contacto de sus labios, de su lengua, su sabor…

A pesar de su empeño en olvidar, pasó toda la mañana tensa y expectante, atenta a la llegada de Jason. A la hora del almuerzo recibió la visita de su secretaria, quien le comunicó que Jason no acudiría durante unos días al despacho, pues se estaba preparando para otro viaje a África.

—Pensaba que iba a pasar más tiempo en Londres —Emily lamentó de inmediato el evidente tono de decepción con que había dicho aquello.

Eloise se encogió de hombros.

–Ha surgido una emergencia.

En cuanto la secretaria abandonó su despacho, Emily fue a recepción a ver a Helen.

–¿Sabes si Richard vuelve a irse a África? –preguntó.

Helen asintió con expresión alicaída.

–Sí. Me ha dicho que se trata de un asunto importante. Pero esta vez solo va a estar fuera una semana.

–Eso está bien –dijo Emily–. ¿Lo pasaste bien anoche?

–Sí… –Helen sonrió con timidez–. Philip es muy amable –añadió en un susurro, y Emily no pudo evitar experimentar una sensación de triunfo… y también de inquietud. De pronto, se alegró de que Jason no hubiera acudido a la oficina.

–Lo es. Puede que vuelvas a verlo.

–¿Tu crees? –la expresión de Helen pareció iluminarse a la vez que se mordía el labio nerviosamente.

Era cierto que Philip era un hombre amable, tal vez en exceso, pensó Emily. Y nunca había oído hablar demasiado mal de él. Con su dulzura e inocencia, Helen podía ser perfecta para Philip. No había nada malo en alentar una relación entre ellos.

Cuando regresó al despacho se concentró en su trabajo el resto de la jornada. Estaba a punto de irse cuando recibió una llamada de Philip.

–¡Philip! Nunca me habías llamado al trabajo –dijo, sorprendida–. ¿Qué se celebra?

Philip rió al otro lado de la línea.

–No se celebra nada. Tengo tres entradas para el teatro y, después de veros anoche a ti y a tu encantadora compañera, he pensado que tal vez os apetecería acompañarme.

–¿Al teatro? Me parece una gran idea –ya que Philip apenas conocía a Helen, era lógico que la hubiera llamado a ella, pensó Emily con creciente optimismo. Ella era la perfecta tapadera.

Tras quedar con Philip, colgó y se encaminó rápidamente a recepción para comunicar la noticia a Helen.

Unas horas después, estaban tomando algo en la cafetería del teatro mientras esperaban a que comenzara la representación. Philip estaba encantador, como siempre, e incluso había besado a Helen en la mejilla cuando se habían visto. Emily se situó al otro lado de la mesa para que pudieran estar juntos. Estaba segura de que Philip podía ser el hombre adecuado para Helen en aquellos momentos. La sacaría a cenar y la atendería cómo se merecía. Y, de paso, ella demostraría a Jason lo equivocado que estaba. Aquel pensamiento resultó muy gratificante. Tan sólo debía dar un ligero empujoncito en la dirección adecuada…

Sintió una momentánea inquietud al recordar que Richard iba a estar ausente. En realidad no tenía nada contra él, pero opinaba que, si quería estar con Helen, debería esforzarse más. El interés de Philip por Helen debería suponer una motivación para él. Miró a la pareja; Philip estaba apartando un mechón de pelo de la frente de Helen, que bajó la mirada y se ruborizó. Existía la posibilidad de que se enamoraran y fueran felices para siempre, como les había sucedido a sus padres, hasta que su madre murió.

Aquello era lo que quería para sí misma, a pesar de que le hubiera dicho a Jason otra cosa, y a pesar de que temiera no encontrar al hombre adecuado.

Unos instantes después, sonó el timbre que anunciaba que la representación estaba a punto de comenzar.

Cuando salieron del teatro, Emily insistió en volver

a casa caminando y dejó que Helen y Philip compartieran un taxi. Se vio a sí misma diciéndole a Jason que Philip y Helen estaban juntos. Imaginó una gran boda, con cientos de invitados. Tal vez ella sería la dama de honor. Llevaría un vestido sencillo y se sentiría orgullosa por el papel que había jugado…

Entró en su piso riendo con suavidad ante aquel vuelo de su fantasía. Acababa de dejar el bolso en el taquillón de la entrada cuando sonó el pitido con que su móvil le advertía que había recibido un mensaje. Había dos; uno de su hermana en el que le preguntaba si iba a pasar las navidades en Surrey, y otro de Stephanie en el que le recordaba que tenía que asistir al ensayo de la boda. Se preguntó si Jason asistiría, pero apartó rápidamente aquel pensamiento de su cabeza.

Al día siguiente estaba deseando saber qué tal le habría ido a Helen con Philip, de manera que fue a verla a la hora del almuerzo. Helen se estaba preparando para salir porque tenía una cita con el dentista, y abandonaron juntas la oficina.

—Así que… —fue todo lo que necesitó decir para que Helen se lanzará a hacer una descripción de Philip y todos sus encantos.

—Es encantador, ¿verdad? —dijo Helen con un suspiro—. También es muy divertido… y me mira como si me gustara. Hace que me sienta viva… ¿Te ha sucedido a ti alguna vez algo parecido?

—La verdad es que nunca me he sentido así con un hombre —Emily pensó un instante en el beso de Jason, pero reprimió de inmediato el recuerdo. Sus dos intentos de mantener una relación tampoco contaban. El amor parecía dispuesto a eludirla—. Así que lo que tienes debe de ser bastante especial.

—¿Crees que le gusto?

–Estoy segura de ello –contestó Emily sin dudar-lo.

–Richard se sentirá decepcionado –murmuró Helen–. Se suponía que íbamos a utilizar este tiempo para conocernos mejor… para ver si encajamos…

–Es obvio que no –dijo Emily rápidamente–. Si tanto quería estar Richard contigo, debería haberte invitado a salir, debería haberte enviado flores…

–Me ha regalado una planta de interior.

–Es todo un detalle, pero tú no tienes la culpa de que no encajéis. Y ya que Philip está aquí y Richard no…

–Se va mañana a África. Sé que debería decírselo, pero hemos sido amigos tanto tiempo… Y Richard es un hombre realmente agradable…

–Claro que lo es, pero una no sale con un hombre, o se casa con él sólo porque sea agradable. Creo que necesitas algo más que eso. Lo mereces.

–¿Tú crees?

–Por supuesto que lo creo.

Helen asintió y, antes de despedirse, Emily le ofreció tomarse la tarde libre después de acudir al dentista.

–Conozco el efecto de los anestésicos que usan. ¡Hablarías por teléfono ceceando!

–No quiero dejar sola a Jane –explicó Helen–. Y lo cierto es que empiezo a disfrutar del trabajo –añadió, sonriente, y tras despedirse, se alejó por la acera.

Emily se encaminó de vuelta a la oficina sintiéndose un poco triste, un poco sola. Sabía que debería alegrarse por Helen, y se alegraba, pero cuando ocupó su asiento tras el escritorio de su despacho tuvo que reconocer que se sentía un poco a la deriva. Se sentía así desde que Jason la había besado y había hecho que se desmoronaran todas sus certezas. «Me siento feliz tal como estoy», habían sido sus propias palabras.

¿Pero era así? ¿Era realmente feliz?

Mientras contemplaba ensimismada la pantalla de su ordenador, Emily reconoció que ya no estaba segura de serlo. Aquel pensamiento resultó bastante depresivo, porque, si no era feliz, ¿qué podía hacer al respecto?

Apartó aquella pregunta y su imposible respuesta a un lado, y se mantuvo centrada en su trabajo hasta que alguien llamó a su puerta. Alzó la mirada y vio que era Richard Marsden.

—Hola —saludó Richard, indeciso, y Emily se limitó a mirarlo, momentáneamente enmudecida. A continuación, experimentó una escalofriante incomodidad, pues, a pesar de que tan sólo hacía un rato que le había dicho a Helen que no había ningún mal en que olvidara a Richard durante unas horas, no había tenido que vérselas personalmente con él. A pesar de su aspecto un tanto desastroso, tuvo que reconocer que su sonrisa era bastante agradable.

—Siento molestarte, pero estoy buscando a Helen Smith. Jane me ha dicho que es probable que tú sepas dónde está.

—Ha ido al dentista.

—Oh —la decepcionada expresión de Richard resultó casi cómica—. Esperaba verla antes de irme a África. Pasaría por su piso, pero mi vuelo sale a las ocho… ¿Sabes si piensa volver por aquí?

Emily dudó un momento, y un instante después se escuchó a sí misma diciendo:

—No lo sé, Richard. Creo que planeaba tomarse toda la tarde libre.

Richard asintió despacio, evidentemente decepcionado. Emily experimentó una punzada de remordimiento mezclada con otra de desprecio. Si no pensaba esforzarse un poco más...

—Si la ves, ¿te importaría decirle que la he estado buscando? —continuó Richard—. Y que... estoy pensando en ella.

—Por supuesto —contestó Emily con una sonrisa.

—Gracias —dijo Richard, y a continuación salió del despacho.

Emily soltó el aliento que no sabía que estaba conteniendo. Daba igual, se dijo. Seguro que, en cualquier caso, Helen le habría dicho algo a Richard. Al menos planeaba hacerlo. Además, Richard sólo iba a estar fuera una semana; para cuando regresara existía la posibilidad de que Helen y Philip ya fueran pareja. Philip no solía andarse por las ramas.

Trató de centrarse de nuevo en la pantalla del ordenador, pero lo único que lograba ver era la expresión decepcionada de Richard. Se preguntó si, por una vez, no se habría entrometido demasiado.

Capítulo 6

EMILY tiró del corpiño de su vestido de dama de honor e hizo una mueca al mirarse en el espejo. El color rosa del vestido y su amplia falda, que casi parecía un gran tutú, le hacían parecer una especie de pompa de chicle. Pero a Stephanie le había parecido un vestido de cuento de hadas y había insistido en que le sentaba de maravilla. Ya que era su gran día, Emily no había opuesto resistencia.

La boda iba a consistir en una ceremonia íntima en la iglesia de Hampshire seguida de una recepción en el hotel local. Emily no sabía si Jason iba a asistir. Podía habérselo preguntado a Stephanie, pero no había querido hacerlo, porque ni siquiera quería pensar en él, ni en el beso que le había dado, y tampoco quería que Stephanie pensara que había algo entre ellos. Porque no lo había. ¿Cómo podía haberlo? La mera posibilidad resultaba absurda… a pesar de que no lograra olvidar la sensualidad y calidez del beso de Jason, ni tampoco su propia y ardiente reacción.

Alguien llamó a la puerta de la habitación en que se estaba cambiando y, un instante después entraba Joanne, la madre de Stephanie.

—El coche ya está aquí. ¿Estás lista, querida?

—Casi —Emily echó un último y desesperado vistazo a su reflejo y luego salió de la habitación con Joanne.

La ceremonia fue preciosa, como Emily esperaba. Aquél era el motivo por el que la gente se casaba, pen-

só emocionada cuando Tim y Stephanie intercambia-
ron sus votos. Ella misma se plantearía casarse si encontrara a un hombre que la mirara como miraba Tim a
Stephanie. No con desaprobación, ni burlonamente...

Obviamente, estaba pensando en Jason. De nuevo.
Trato de distraerse mirando a su alrededor. Había varios compañeros de trabajo y, aparte de a estos, apenas reconocía a los demás asistentes. Al escuchar el
crujido de la vieja puerta de la iglesia al abrirse, volvió instintivamente la mirada... y se quedó momentáneamente paralizada.

Jason.

Sus miradas se encontraron y ninguno de los dos
la apartó. Emily captó en la de Jason un matiz de firme determinación, como si tuviera una meta que alcanzar y estuviera dispuesto a lograrlo por encima de
todo. Emily miró instintivamente sus firmes y escul-
pidos labios. ¿Cómo era posible que no se hubiera fijado nunca en lo maravillosos que eran? Le había
dado un solo beso con ellos, pero no lograba olvidarlo. Intuía que nunca lo olvidaría. Al sentir la garganta
repentinamente seca, tragó saliva.

—Y por el poder que se me ha otorgado, os declaro
marido y mujer.

Con un supremo esfuerzo, Emily logró volver la
mirada de nuevo hacia los recién casados y aplaudió
junto con le resto de los asistentes. Radiante de felicidad, Tim abrazó a su esposa y la besó apasionadamente.

Emily pensó que Jason no la había besado así.
Nadie la había besado así nunca. Volvió a mirar a Jason. Estaba charlando con un invitado, ajeno a ella.
Emily se preguntó si la intensidad que había percibido unos momentos antes en su mirada habría sido
mera imaginación suya.

Una vez concluido el beso, Stephanie y Tim se volvieron hacia los asistentes, radiantes de felicidad. Emily sintió una punzada de envidia. Por un instante, y a pesar de lo que le había dicho a Jason, anheló poseer lo que Stephanie y Tim compartían. Lo anheló desesperadamente. Quería que alguien la mirara como Tim había mirado a Stephanie, con amor, con adoración… Anhelaba ser deseada, adorada, conquistada…

Pero aquello no iba a suceder.

Las bodas como aquélla tenían la capacidad de ablandar el corazón más endurecido, pero se le pasaría pronto. Dedicó una radiante sonrisa a su amiga y luego siguió a la pareja por el pasillo hacia la salida, asegurándose de mantener la vista al frente cuando pasó junto a Jason.

Pero sabía que no iba a poder evitarlo todo el rato. Logró hacerlo durante el aperitivo y la comida, pues, como dama de honor, tenía que atender a Stephanie, pero cuando empezó el baile vio que Jason se encaminaba directamente hacia ella.

Su corazón latió de anticipación mientras esperaba. Se preguntó qué le diría, si mencionaría el beso. ¿Debía mostrarse despreocupada e indiferente, como si lo hubiera desechado como algo intrascendente? Pero Jason se daría cuenta de que estaba simulando. Probablemente se burlaría de lo sucedido, pero al menos así se encontraría en terreno familiar con él.

–¿Te apetece bailar?

Las palabras de Jason hicieron regresar por un momento a Emily a la otra boda en que le hizo la misma pregunta a la vez que le ofrecía su mano, como estaba haciendo en aquellos momentos.

–De acuerdo –replicó en un tono que rozaba lo descortés.

Jason se limitó a sonreír y Emily captó en su mirada la misma determinación que al finalizar la ceremonia. Aceptó su mano y entraron en la pista de baile. El grupo estaba tocando un tema lento, con el que apenas había que moverse. Mientras bailaban, Emily mantuvo la mirada fija en la barbilla de Jason. Estaban muy cerca y podía sentir el calor que emanaba de su cuerpo, inhalar el aroma de su loción para el afeitado. Se sentía intensamente consciente de él, y volvió a recordar la otra ocasión en que bailaron juntos, siete años atrás. Entonces se había sentido tan afectada y abrumada por él... Era evidente que las cosas no habían cambiado.

Jason apoyó un dedo bajo la barbilla de Emily

—¿No quieres mirarme?

Emily se obligó a alzar la mirada, pero, al ver el fuego que ardía en los ojos de Jason, lamentó haberlo hecho. Su cuerpo se tensó y prácticamente dejó de moverse. Jason la instó a continuar presionándola ligeramente contra sí. Al sentir que sus caderas se rozaban, Emily se apartó instintivamente.

—¿Estás comportándote de un modo tan extraño por el beso que te di? —preguntó Jason.

En un primer instante, Emily no supo cómo responder. Su habitual ingenio para las respuestas parecía haberse esfumado por completo.

—Ah, sí, ese beso —dijo finalmente—. ¿Cómo he podido olvidarlo?

—No diría nada bueno de mí que lo hubieras olvidado —comentó Jason.

—¿Quedaría desacreditada tu habilidad como experto en el tema? —replicó Emily con ironía.

—Me temo que sí —dijo Jason a la vez que volvía a atraerla hacia sí—. Sin embargo, sé que no lo has olvidado, y no tengo ninguna duda sobre mis habilidades.

Emily logró reír a pesar de lo intensamente consciente que se sentía del contacto de sus cuerpos.

—Eso ha sonado un tanto arrogante.

—¿En serio? —Jason volvió a apoyar un dedo bajo la barbilla de Emily para hacerle alzar el rostro—. Hace siete años quisiste que te besara, Em. Las cosas no han cambiado demasiado, ¿verdad?

—Claro que han cambiado —replicó Emily con aspereza—. Además, si con tu beso pretendías demostrar algo, lamento decirte que fracasaste.

—¿Qué crees que pretendía demostrarte? —preguntó Jason, sinceramente desconcertado.

—Que Richard no es aburrido —contestó Emily con impaciencia. Aquellas habían sido las palabras de Jason, de manera que no entendió porque la estaba mirando como si hubiera dicho algo totalmente absurdo—. Tú mismo lo dijiste. ¿Acaso lo has olvidado?

Sin darle tiempo a reaccionar, Jason la tomó por la muñeca y la sacó de la pista de baile para encaminarse hasta una pequeña sala que se hallaba junto al vestíbulo del hotel. El repentino silencio reinante hizo que se acrecentara la sensación de inseguridad de Emily, que tan sólo logró escuchar el sonido de su agitada respiración.

Jason la observó un largo momento. Aunque su mirada permanecía impasible, el tono ligeramente enrojecido de su rostro revelaba otra cosa.

—¿Qué sucede? —preguntó Emily—. Tú mismo me lo dijiste.

—Sé que lo hice, pero sólo porque necesitabas un motivo —los labios de Jason se curvaron en una semisonrisa—. Y como respuesta a un beso, tu «¿a qué ha venido eso?» resultó bastante insultante.

—Pero lógico —replicó Emily—. De lo contrario, ¿por qué ibas a haberme besado?

–¿Por qué? –repitió Jason, alzando las cejas.

–Antes nunca habías querido hacerlo.

Jason frunció el ceño como si estuviera tratando de resolver algún arduo problema matemático.

–¿Te refieres a la ocasión en que bailamos en la boda de Isobel y Jack? No entiendo que te molestara mi actitud.

Parecía tan incrédulo, que Emily supo que estaba siendo sincero. Por lo visto, no se fijó en cómo abandonó la pista de baile con los ojos llenos de lágrimas.

–Sé que fue hace mucho tiempo, y que ya carece de importancia…

–Dado que estamos manteniendo esta conversación, está claro que no carece de importancia –interrumpió Jason.

–Me sentí rechazada –dijo Emily, reacia. Había querido borrar aquel recuerdo de su mente, y creía haberlo logrado, pero volver a ver a Jason le había hecho revivir aquel doloroso episodio.

–Entonces te dije que quería besarte.

Emily esperaba el típico comentario burlón de Jason, no aquellas desconcertantes palabras.

–No dijiste eso…

–Claro que lo dije. Tú preguntaste si me gustaría besarte y yo te dije que me gustaría…

–Pero que no ibas a hacerlo –concluyó Emily por él. Al ver que Jason iba a replicar, añadió rápidamente–. Pero eso ya da igual. Han pasado siete años desde entonces, y tan sólo se trató de un momento tonto.

–Para mí no fue un momento tonto.

Emily se quedó paralizada y momentáneamente muda. Lo que acababa de murmurar Jason no tenía sentido.

–¿De qué estás hablando? –susurró finalmente.

–Quería besarte. Estaba deseando hacerlo, pero

me contuve porque tenías diecisiete años y dudaba que ya te hubieran besado.

Emily se ruborizó.

—Nadie me había besado —admitió con un hilo de voz.

—Entonces yo tenía veintinueve años. Era mayor de lo que tú eres ahora, y darme cuenta de que quería besarte, de que te deseaba, me asustó y avergonzó. Eras demasiado joven.

Emily recordaba demasiado bien la mirada que le dirigió. Parecía tan enfadado…

—Pero… me apartaste de tu lado como si no pudieras soportar la idea de besarme…

—Te aparté porque no quería humillarme, ni humillarte —el tono de Jason reveló que estaba perdiendo la paciencia—. Entonces no podía haber nada entre nosotros; no eras más que una adolescente.

«Entonces». Jason había dicho aquello como si las cosas hubieran cambiado. Aquel pensamiento fue tan abrumador, tan alarmante y excitante a la vez, que Emily no supo qué decir. Ni siquiera sabía lo que sentía; conmoción, miedo, ansiedad, excitación, esperanza…

Jason leyó en el rostro de Emily las diferentes emociones que estaba experimentando. Sabía que la había conmocionado. Había sido más sincero de lo que pretendía, y ahora ella no sabía qué decir. Qué pensar. Qué sentir.

Y él tampoco lo sabía. Estaba muy confuso. A pesar de sus mejores intenciones, no lograba mantenerse alejado de Emily. Siempre acababa buscándola, atraído hacia ella de un modo irresistible. Reconocerlo era exasperante, y también suponía una lección de humildad. Siempre se había enorgullecido de su autocontrol, de su voluntad de hierro, pero todo aquello se había desmoronado cuando había cedido al impulso de besarla, al sentir la dulzura de sus labios, la prontitud de su respuesta… Deseaba a Emily. Se había ido a África para huir de ella, para escapar de la atracción que sentía, de su calenturienta imaginación, pero ni siquiera el trabajo había bastado para distraerlo. Al cabo de una semana, había comprendido lo que quería. Lo que necesitaba.

Tenía que liberarse de Emily, y la única manera de lograrlo era haciéndola suya, teniéndola en sus brazos, en su cama…

¿Y por qué no?

Emily le había dicho que no estaba interesada en el amor. Quería divertirse. Ya había tenido varias relaciones y no era ingenua, de manera que, ¿por qué no permitirse una aventura tan placentera?

Siete años atrás, había temido hacerle daño, pero Emily le había demostrado que ya no la impresionaba como entonces. Lo consideraba «aburrido», al menos fuera de la cama, lo que dejaba bien claro que no estaba enamorada de él. No quería casarse con él.

Pero sabía que lo deseaba, y, dado que su corazón no estaría implicado, y, por tanto, que no sufriría, ¿por qué no disfrutar de una agradable aventura? De pronto, todo le había parecido fácil, sencillo.

Aunque, dada la expresión de Emily, a ella no debía parecerle tan sencillo. Era obvio que tenía sus dudas.

–¿Qué… quieres decir? –preguntó con evidente cautela.

Jason la miró un momento con expresión pensativa.

–Que las cosas han cambiado –murmuró a la vez que daba un paso hacia ella y alzaba la mano para acariciarle la barbilla–. ¿No crees?

Emily entreabrió los labios para decir algo, pero, en lugar de hacerlo, sacó la punta de la lengua para humedecerlos.

Jason sonrió e inclinó la cabeza hacia ella.

–Aunque no demasiado –añadió. Necesitaba su respuesta, su aceptación. Necesitaba que Emily entendiera lo que estaba diciendo… y lo que no estaba diciendo.

–Jason…

–¿Emily?

Emily se apartó de Jason como una exhalación al ver que Lucy, la cuñada de Stephanie, terriblemente organizada y eficiente, asomaba la cabeza por la puerta del vestíbulo.

–¡Por fin te encuentro! Stephanie está a punto de lanzar el ramo, y supongo que no querrás perdértelo.

–Gracias, Lucy. Enseguida voy.

Lucy desapareció y Emily permaneció un momento indecisa, de espaldas a Jason. Era obvio que estaba esperando.

–Tendremos que terminar esta conversación en otro momento –dijo Jason con un suspiro. Necesitaba aclarar lo obvio. Necesitaba que Emily comprendiera–. Te deseo, Emily. Pero no quiero que sufras –esperó a que ella dijera algo que indicara que había entendido. «Sólo se trata de una aventura. De diversión. De lo que ambos queremos».

Emily se volvió a medias hacia él.

–No sufriré –murmuró, y a continuación salió de la habitación a toda prisa.

Jason se preguntó si habría dicho aquello para convencerlo a él… o para convencerse a sí misma.

Capítulo 7

EMILY no vio a Jason durante una semana. Fue una semana de ansiedad, y también de un poco de enfado, de tensión, de volverse rápidamente cada vez que alguien llamaba a la puerta de su despacho, de preguntarse por qué le había hecho Jason aquella sorprendente confesión para luego desaparecer sin dejar rastro.

¿Le estaría tomando el pelo? ¿Habría cambiado de opinión? ¿O había hablado en serio y le estaba dando tiempo para que decidiera lo que quería?

Cualquiera de aquellas posibles opciones resultaba alarmante. No lograba dejar de estar pendiente de las llamadas y mensajes de texto que recibía en el móvil. Molesta consigo misma, se impuso ignorar el móvil y el portátil para todo excepto para el trabajo.

Pero aquello no sirvió para nada, porque, aunque trataba de evitarlo, no lograba dejar de repasar una y otra vez en su mente las palabras de Jason.

«Te deseo, Emily. Pero no quiero que sufras.»

Le asombraba pensar que Jason la deseara, que le hubiera revelado que quería que hubiera algo entre ellos.

¿Pero qué? ¿Un beso? ¿Una aventura? Afortunadamente, era obvio que no le estaba proponiendo matrimonio, algo de lo que ella tampoco quería saber nada. No estaba enamorada de Jason; no estaba enamorada de nadie. Pero lo deseaba. Y él a ella.

Las cosas podían resultar muy sencillas. Como le había dicho a Jason, ella no sufriría. Así que, ¿por qué se sentía tan indecisa? Tal vez se debía a que le resultaba imposible creer que Jason se sintiera físicamente atraído por ella... y que ella pudiera desearlo. Su historia pasada no encajaba con lo que ambos estaban sintiendo.

Lo cierto era que la idea de que Jason pudiera desearla la aterrorizaba y excitaba a la vez. Jamás había pensado en él de aquel modo, nunca se había atrevido a hacerlo, aunque una parte de su mente le susurraba que en realidad siempre había pensado en él de aquel modo. Por eso se sintió tan desolada cuando, siete años atrás, Jason se negó a besarla, a pesar de que desde entonces había tratado de convencerse de que aquello no había significado nada.

Pero ya no sabía cuál era la verdad, y le asustaba averiguarla. Era posible que, como de costumbre, Jason sólo hubiera estado tomándole el pelo. Tal vez se lo estaba imaginando todo y la próxima vez que se vieran volvería a tratarla como de costumbre, como si no hubiera pasado nada.

Entretanto, noviembre dio paso a diciembre y cada vez estaba más cerca la fiesta benéfica que iba a tener lugar en el piso de Jason. Emily apenas pudo ocultar su sorpresa cuando Gillian Bateson acudió de nuevo a su despacho para pedirle ayuda.

—Pensaba que lo tenías todo bajo control —comentó Emily. Gillian estaba un poco más apagada que de costumbre, y su sonrisa parecía un tanto forzada.

—Y lo tengo bajo control. Pero he pensado que tal vez te gustaría echar un vistazo al piso de Jason. Es fabuloso, como ya sabrás... ¿o nunca has estado...?

Emily apretó los dientes.

—Estoy segura de que es fabuloso, pero ya lo veré

el día de la gala. No necesito echarle un vistazo antes.

Gillian bajó la mirada.

–Lo cierto es que necesito un poco de ayuda –dijo, claramente reacia–. Resulta que mi hija va a venir de visita ese fin de semana y he prometido salir con ella… –miró a Emily y rió sin convicción–. No sabes lo exigente que puede ser una adolescente.

–Teniendo en cuenta que yo también lo he sido, puedo imaginarlo –dijo Emily con una sonrisa, sorprendida y complacida por el hecho de que Gillian se hubiera abierto un poco a ella. Además, lo cierto era que estaba deseando echar un vistazo a la casa de Jason–. Cuenta conmigo Gillian.

Cuando Gillian salió del despacho, Emily trató de volver a concentrarse en su trabajo, pero no lo logró. Estaba a punto de ir a por un café a la máquina cuando sonó su móvil. Miró el número entrante y vio que se trataba de Philip.

–Hola, cariño –murmuró Philip desde el otro lado de la línea–. ¿Estás comprometida para alguna fiesta de navidad este fin de semana?

–De momento no.

–Tengo dos entradas para la inauguración de una exposición en el Soho –dijo Philip–. ¿Estás libre?

Emily experimentó una repentina inquietud. ¿Por qué la estaba invitando Philip a ella?

–Este fin de semana estoy bastante ocupada, Philip. Pero ya se me ocurre lo que puedes hacer –dijo, como si se le acabara de ocurrir una gran idea–. ¿Por qué no se lo preguntas a Helen? Últimamente os habéis visto bastante, ¿no?

–Yo no diría tanto –replicó Philip en tono aburrido.

Emily se quedó de piedra. No era así cómo se suponía que Philip debería estar hablando de Helen.

–Estoy segura de que le encantaría ir contigo a esa exposición. Además, parecíais muy acaramelados cuando fuimos al teatro…

Philip dejó escapar una risita irónica.

–Sólo porque la trajiste contigo.

–Pero… ¡Philip! Te sentaste a su lado… le acariciaste el pelo –Emily sabía que aquello estaba sonando bastante ridículo, pero no era posible que se hubiera equivocado hasta aquel punto.

–¿Pensabas que estaba interesado en Helen? –preguntó Philip, y a continuación dejó escapar una sonora risa, carente de cualquier calidez o generosidad. Fue una risa prácticamente despectiva y burlona, que hizo que Emily sintiera un escalofrío–. Vamos, Emily. Helen es una chica encantadora, por supuesto, pero no es de nuestra clase, ¿no crees? Pensé que la habías llevado contigo por hacer una buena obra, y por eso fui amable con ella, pero no pensarías que… –Philip volvió a reír y Emily cerró los ojos.

Oh, no. No, no, no. No era así como deberían haber ido las cosas. Se suponía que Philip debería estar colado por Helen, pero estaba claro que no era así.

Había metido la pata hasta el cuello.

Y Jason tenía razón.

Reconocer aquellas dos cosas resultó igualmente doloroso.

–En ese caso, creo que has sido un poco injusto con Helen –dijo, tensa a causa del enfado y la culpabilidad–. Has pasado el suficiente tiempo con ella como para que pueda pensar…

–Pareces ser tú la que piensa algo –interrumpió Philip–. No ella.

Aquello era demasiado cierto como para que a Emily se le ocurriera poner alguna objeción. Había alentado claramente a Helen. Si en lugar de ello le hubiera recomendado que fuera cautelosa, tal vez podría haber evitado aquel lío. Pero sabía que, al menos en parte, había utilizado a Helen para tratar de demostrarle algo a Jason, para hacerle ver que estaba equivocado.

Pero, al parecer, no lo estaba.

—En cualquier caso, este fin de semana estoy ocupada, Philip —dijo con toda la frialdad que pudo—. Adiós.

Tras colgar, enterró el rostro entre las manos, terriblemente avergonzada y arrepentida. Oyó a Helen preguntándole «¿crees que le gusto?», y a sí misma respondiendo «Estoy segura de ello».

Y ahora... ahora tendría que confesar a Helen lo espantoso que era Philip. No podía permitir que Helen siguiera esperando en vano, pero, ¿cómo hacerlo? ¿Cómo admitir hasta qué punto se había equivocado? Al menos en una cosa.

Se irguió en el asiento. Era posible que se hubiera equivocado respecto a Philip, pero no respecto a Richard. Este seguía siendo el mismo de siempre, predecible, firme, cauteloso, y demasiado razonable. Justo como...

Emily decidió no seguir por ahí. No le llevaría a ningún sitio. Además, debía centrarse en Helen, que merecía alguien especial, alguien que la cortejara como era debido...

Empezó a repasar mentalmente a los posibles candidatos que conocía. Doug, de contabilidad, estaba divorciado; Eric, un amigo de un amigo, estaba soltero, aunque habían corrido rumores de que...

Se obligó a dejar de pensar en aquello. Teniendo en cuenta cómo habían ido las cosas con Philip, era demasiado pronto para presentarle otro hombre a Helen. Y ella debía dejar por una temporada su afición a hacer de casamentera. Estaba claro que las relaciones podían ser desastrosas.

A la hora del almuerzo bajó con intención de ver a Helen y explicarle lo sucedido.

El rostro de la joven recepcionista se animó de inmediato con una sonrisa al verla. Emily tuvo que esforzarse para devolvérsela.

–¿Estás libre? He pensado que podíamos salir a comer.

Helen asintió.

–Oh, sí –dijo, y a continuación se delató al bajar la mirada hacia su móvil.

Emily intuyó que estaba esperando una llamada de Philip.

–En ese caso, vamos –dijo, todo lo animadamente que pudo, y Helen la siguió.

Finalmente, Emily se limitó a ser sincera con ella, sin andarse con evasivas, aunque trató de ser lo más escueta posible para que no adivinara la despectiva actitud con que Philip le había hablado de ella.

–Lo siento. Sé que ha sido culpa mía por animarte a salir con él; pensaba que era mejor hombre de lo que es –Emily se obligó a mirar la desconcertada expresión de Helen–. Ahora pienso que estás mejor sin él. Ojalá me hubiera dado cuenta antes…

–No tienes por qué culparte de lo sucedido –murmuró Helen–. Ya soy mayorcita, Emily. Fui yo la que se dejó cegar por él. Parecía tan encantador… y cuando nos…

Al ver que se interrumpía, Emily sintió una oleada de temor.

–¿Sucedió algo entre vosotros?

Helen asintió con tristeza.

–Hace unas semanas, después de ir al teatro… lo invité a mi casa. No te lo dije porque no quería que pensaras que era… bueno… –se interrumpió mientras sus ojos se llenaban de lágrimas–. Tú estás tan segura de ti misma, Emily… Le caes bien a todo el mundo y no necesitas a nadie. Pero yo me sentía muy sola, y Philip parecía tan encantador…

Emily estrechó cariñosamente la mano de su joven amiga.

–Todo esto ha sido culpa mía –dijo, avergonzada. Philip no era el único responsable. No había duda de que era peor que una serpiente, pero había sido ella la que había convencido a Helen de que era un hombre amable y encantador. También se había convencido a sí misma de ello. La única persona a la que no había convencido había sido a Jason–. Lo siento tanto… –añadió inútilmente, pues el daño ya estaba hecho. Por eso se mantenía ella tan cerrada a las posibles relaciones que le surgían. Tal vez debería dedicarse a evitar que los demás se relacionaran.

Sus días de casamentera habían acabado.

Los días siguientes transcurrieron en una brumosa mezcla de trabajo y arrepentimiento. Temía ver a Jason, que sin duda se empeñaría en recalcarle que él había tenido razón desde el principio, pero no apareció.

–Ha tenido que volver a África –explicó Eloise cuando Emily ya no pudo contenerse más y le preguntó dónde estaba–. Pero volverá para la gala benéfica.

A pesar de su temor a encontrarse con él, la sensación de curiosidad y anticipación ayudaron a aplacar su temor mientras se encaminaba al piso de Jason en Chelsea Harbour. Había invitado a Helen como acompañante, con la esperanza de que aquella salida le sirviera para animarse. Trató de no pensar en lo que diría Jason al respecto; sin duda, volvería a acusarla de ser una entrometida.

Gillian le había dado instrucciones muy precisas sobre los encargados del catering, de la decoración, y sobre los músicos. Lo único que tendría que hacer sería supervisar que todo iba bien. Y, tal vez, echar un buen vistazo a la casa.

No pudo evitar una punzada de excitación mientras subían a la última planta del edificio en que se encontraba el piso de Jason. No tardó en comprobar que era fabuloso, como Gillian le había dicho, y también austero. Si esperaba descubrir cómo era Jason, o incluso cómo era su corazón, a partir de la observación del lugar en que vivía, se llevó una gran decepción. Aquella casa no revelaba nada. Tal vez aquello fuera un indicio de cómo funcionaba interiormente. Jason no era un hombre dado a las grandes emociones.

Como ya le había dicho Gillian, todo estaba decorado en blanco y negro. Había varios carísimos sofás de cuero negro, una mesa de mármol blanco que parecía una escultura moderna, un cuadro que colgaba sobre la chimenea de mármol negro en el que tan sólo había un rectángulo blanco con una mancha de negro en la parte inferior derecha. Probablemente costaría miles de libras.

En el comedor, había una enorme mesa de ébano con sillas a juego, una gruesa alfombra blanca y varios cuadros modernos también pintados en blanco y negro. Era espantoso.

Aquello no revelaba nada de Jason, al menos del Jason que ella conocía, del hombre que siempre había estado cerca para librarla de los líos en que se metía para luego reprenderla con la mirada, el hombre que se las arreglaba para sonreír con una mezcla de crítica y diversión, cuyos ojos se volvían de color miel…

El hombre que la había besado. El hombre que había querido besarla en más de una ocasión.

Al escuchar el timbre del portero automático se sobresaltó. Los encargados del catering debían de haber llegado.

Con la ayuda de Helen, Emily pasó la siguiente hora organizando al personal, comprobando minuciosamente todos los detalles que Gillian le había dejado escritos en una nota.

—Creía que ibas a ir al cine con tu hija —dijo cuando Gillian llamó por tercera vez.

—Estoy en el cine, pero la película es horrible y he salido un momento. ¿Han encontrado los espárragos los encargados del catering?

—Sí, y también el caviar —incluso los canapés eran en blanco y negro—. No te preocupes, Gillian. Disfruta del rato que estás pasando con tu hija.

Gillian suspiró.

—Es todo tan extraño —confesó en voz baja—. Apenas hemos pasado tiempo juntas.

Emily sintió una punzada de compasión.

—En ese caso, pasa más tiempo con ella, aunque no te guste la película.

Cuando dieron las seis ya estaba todo listo. Emily contempló el improvisado bar, el cuarteto de cuerda, a los camareros, y dejó escapar un suspiro de alivio. Nunca había pensado que pudiera resultar tan complicado organizar una fiesta como aquélla.

—Todo está en orden —dijo Helen, y Emily sonrió, agradecida.

—Gillian me ha dicho que podemos utilizar los servicios de las habitaciones de invitados para ducharnos y cambiarnos. ¿Vamos?

Helen asintió y, tras tomar sus bolsos, se encaminaron juntas hacia la zona de los dormitorios. Gillian le había dicho a Emily que las habitaciones de invitados eran las dos primeras puertas y, después de dejar a Helen en la primera, una curiosidad irreprimible la impulsó a ir de puntillas hacia la tercera puerta. El dormitorio de Jason.

Su corazón latió con fuerza cuando pasó al interior. Sus pies se hundieron en una mullida alfombra blanca mientras su mirada volaba hacia una enorme cama vestida con sábanas negras de seda. Involuntariamente, las imaginó revueltas, con Jason desnudo entre ellas...

¡Cielo santo! ¿De dónde había salido aquello?, se preguntó con las mejillas ardiendo. Porque lo cierto era que no había nada en aquella habitación ni en todo aquel piso que le hubiera hecho pensar en Jason...

—Creo que has entrado en la habitación equivocada.

Emily se volvió al escuchar aquella voz, sobresaltada. Jason estaba en el umbral de la puerta, con un hombro apoyado contra el marco.

—Sólo quería comprobar si había algún color en este sitio —dijo, ruborizándose y esforzándose por parecer despreocupada—. Siento un impulso casi incontrolable de arrojar un cubo de pintura roja en tu alfombra.

—Eso suena interesante. Aunque creo que mi decorador sufriría un infarto, creo que lo consideraré —replicó Jason, que, ante la fascinada mirada de Emily, se quitó la corbata, de seda roja, y la arrojó sobre la silla más cercana.

—Es un comienzo —Emily logró dejar escapar una risita—. Este lugar resulta bastante austero en conjunto. No te imaginaba viviendo en un lugar como éste.

—Lo cierto es que paso muy poco tiempo aquí —dijo Jason mientras se quitaba la chaqueta y la dejaba en el respaldo de la silla.

Emily notó como se contraían sus músculos bajo la camisa blanca que llevaba. Nunca se había fijado en la robusta complexión de Jason. ¿Haría gimnasia, o estaría tan en forma debido a que levantaba objetos pesados en su trabajo como ingeniero? Tragó saliva y apartó la mirada de él. Debía controlarse.

–Ahora que has vuelto para quedarte una temporada, tal vez deberías contratar a un nuevo decorador.

Jason rió mientras empezaba a desabrochar los botones de su camisa. ¿Se estaba desvistiendo? ¿Iba a quitarse la camisa? Emily sintió que apenas podía respirar.

–Supongo que nunca pensaré en este sitio como en mi hogar –dijo Jason, pensativo. No parecía consciente de estar desvistiéndose delante de Emily–. Mi hogar siempre será Weldon.

Weldon, la propiedad de su familia, una de las mejores casas de Surrey, en la que hacía años que no pasaba una temporada.

–¿Crees que volverás allí alguna vez? –preguntó Emily.

–Sí. Tendré que ocuparme de la propiedad –Jason frunció ligeramente el ceño mientras desabrochaba otro botón de su camisa.

Emily tragó saliva de nuevo.

–Sí… y supongo que necesitarás un heredero. ¿Has encontrado ya alguna candidata adecuada como madre? –preguntó con cierto retintín, aunque sin lograr apartar la mirada de la mano con la que Jason se estaba desabrochando la camisa.

–No. Todavía no.

Y no sería precisamente ella. Aquel pensamiento no debería molestarla, de dijo Emily, frenética. No tenía ninguna gana de presentarse como candidata para un papel tan tedioso. Y fuera lo que fuese lo que hubiera, o pudiera haber, entre Jason y ella, no era precisamente amor.

Tan sólo una atracción elemental, primaria, abrumadora…

Los dedos de Jason descendieron hasta el siguiente botón. Si lo desabrochaba, pensó Emily con una oleada de pánico, podría ver su pecho…

—De momento no estoy buscando —añadió Jason.

Emily se dio cuenta de que lo estaba mirando como si estuviera hipnotizada… y que él lo sabía. Hizo un supremo esfuerzo para apartar la mirada y logró dar un paso hacia la puerta.

—Tengo que ir a vestirme —trató de hablar con energía, pero la voz le tembló ligeramente—. Así tú podrás seguir… —señaló el pecho semidesnudo de Jason a la vez que volvía a ruborizarse.

Podía sentir el calor que emanaba de su propio cuerpo, y del de Jason. Todo resultaba tan nuevo, tan abrumador, que se sentía como si cerebro estuviera experimentando un cortocircuito. Lo único que lograba hacer era sentir. Desear.

—No te vayas por mi culpa —murmuró Jason en un tono perezosamente divertido—. Es evidente que querías estar en mi dormitorio, Em…

—Sólo estaba mirando —replicó Emily con toda la frialdad que pudo.

—Y sigues haciéndolo —dijo Jason con suavidad.

Se había desabrochado el tercer botón y Emily fue incapaz de apartar la mirada. La tentadora visión de toda aquella piel morena y musculosa le estaba haciendo recordar lo que sintió al tocar accidentalmente el pecho de Jason… y cuánto le habría gustado volver a hacerlo. Pero sin la camisa…

—No sabía que fueras tan bromista, Jason —logró decir finalmente.

—No lo soy —dijo Jason a la vez que daba un paso hacia ella.

Emily dio un instintivo paso atrás.

—¿Qué haces? —susurró.

La mirada que le dedicó Jason no fue precisamente divertida.

—Al parecer, aterrorizarte.

—No… —negó Emily, pero no pudo negar el salvaje latido de su corazón, el rubor que bañó su rostro. No se sentía aterrorizada, pero sí algo parecido. Sin duda, sentía. Y mucho.

Deseaba aquello. Deseaba a Jason. Pero a la vez sentía miedo, porque una parte de ella sabía que Jason era diferente, que ella sería diferente con él. Todo sería diferente, más profundo. Peligroso.

—Ve a vestirte, Em —dijo Jason a la vez que le daba la espalda. Sonaba cansado—. En otro dormitorio.

Emily dudó, deseando darle una respuesta ocurrente y sofisticada a la vez. Algo sexy. Pero no fue capaz; su cerebro había dejado de funcionar. ¿Por qué perdía todo su aplomo cada vez que estaba con él?

«Porque cuando estás con Jason vuelves a sentirte como la adolescente tonta y aturdida que eras a los diecisiete años».

—De acuerdo —susurró mientras se encaminaba hacia la puerta, no sin antes mirar atrás una última vez y quedarse maravillada al ver el movimiento de los poderosos y bronceados músculos de la espalda de Jason cuando éste se quitó la camisa. Cuando vio que empezaba a quitarse el cinturón, prácticamente voló del dormitorio.

Capítulo 8

EMILY contempló a Jason desde el otro extremo de su sala de estar, con una copa de vino en la mano. Estaba imponente con el elegante esmoquin que vestía, que enfatizaba su poderosa constitución, sus anchos hombros y estrechas caderas. Nunca se había fijado en aquellos atributos, pensó antes de tomar un largo trago de su copa.

Desde que había reconocido lo atraída que se sentía por él no había logrado pensar en otra cosa… ni dejar de preguntarse qué sucedería si se dejara llevar por aquella atracción.

Y Jason parecía estar pensando lo mismo que ella. Aquel pensamiento hizo que un cosquilleo a la vez frío y caliente recorriera su cuerpo de arriba abajo.

¿Estaría a punto de caer enferma con una gripe?

No. La fiebre que sentía era de una especie totalmente distinta. Y si Jason la deseaba, si sugería algo, ¿cómo iba a reaccionar? Todo aquello resultaba demasiado increíble, demasiado imposible. Seguro que en cualquier momento Jason se volvería hacia ella con una sonrisa ligeramente irónica, un suave meneo de la cabeza y un chasquido de la lengua.

«Oh, Em… no habrás creído de verdad que…»

Si no se andaba con cuidado, podía hacer por completo el ridículo. Pero ella siempre había sido cautelosa en los asuntos del corazón. Al menos, del suyo. Ya había sido lo suficientemente impulsiva con el de Helen.

Aunque Jason no había mostrado ningún interés por su corazón, desde luego. El amor no tenía nada que ver con aquello. Jason ya se había encargado de dejarle claro que no la consideraba una candidata adecuada para el matrimonio. Y ella tampoco estaba interesada en serlo. No; la atracción que había entre ellos era puramente física.

Volvió a mirar a Jason; él no la estaba mirando. En realidad no la había mirado en toda la noche, y darse cuenta de ello le produjo cierto enfado. Estaba segura de que Jason la estaba ignorando a propósito. Con un suspiro, miró a su alrededor. Todo el mundo se estaba divirtiendo, aunque no demasiado, y su corazón se encogió un poco al ver a Helen junto a un ventanal con expresión triste y desamparada. Se había visto tan atrapada por los pensamientos y sensaciones que Jason despertaba en ella, que se había olvidado por completo de su joven amiga.

−¿Va todo bien?

Emily se volvió al escuchar aquella conocida voz. Stephanie se había acercado a ella son su marido del brazo. Como antigua directora del departamento de Recursos Humanos, Stephanie seguía figurando en las listas de invitados de la empresa. Tim y ella habían regresado hacía una semana de su luna de miel y aún conservaban aquel embelesado resplandor que hacía que Emily se sintiera a la vez feliz, triste... y un poco envidiosa. Ella nunca se había sentido así y, aunque no echaba nada de menos en su vida, estar junto a su radiante amiga le hacía sentir que le faltaba algo. Algo, o alguien, y no sabía qué, o quién.

¿Sería Jason?

La pregunta surgió tan de repente, que se le quedó

la mente en blanco. ¿Cómo podía haber pensado tal cosa? ¿Qué significaba?

–Lo siento… –se volvió hacia Stephanie, parpadeando como si así pudiera apartar aquel pensamiento de su mente–. ¿Qué has dicho?

–Sólo te he preguntado qué tal iban las cosas –Stephanie rió–. ¡Pareces estar a miles de kilómetros de aquí!

–Sí –admitió Emily. Miró de nuevo a Helen, que seguía sola. Stephanie siguió su mirada.

–Parece bastante perdida, ¿no?

–Sí –tal vez había sido un error invitar a Helen a un acontecimiento como aquél–. Debería ir a hablar con ella –añadió, y ya se estaba alejando cuando fue interrumpida por Gillian.

–Nos hemos quedado sin copas para el vino –dijo entre dientes–. Los memos del catering no han traído suficientes. Puedo preguntarle a Jason si…

–Yo me ocupo –dijo Emily. Gillian estaba tensa desde que había llegado, y Emily supuso que se debía a la visita de su hija–. Seguro que podemos conseguir algunas –miró de nuevo a Helen, que cada vez parecía más incómoda.

–La gente está esperando… –Gillian se mordió el labio y Emily notó lo alterada que estaba. Gillian se frotó los ojos con enfado–. Lo siento, estoy hecha un lío. Mi hija…

Emily apoyó una mano en su hombro.

–No te preocupes. Ya me encargo yo.

No le llevó más de unos minutos resolver el problema de las copas, y casi todos los invitados que estaban junto a la barra se dispersaron con una en la mano. Cuando Emily se volvió de nuevo hacia Helen, se quedó paralizada. Stephanie había tomado el asunto en sus manos y estaba presentando a Helen a las personas que tenía alrededor. Philip Ellsworth se hallaba entre éstas, acompañado por una esbelta rubia que lo tomaba del brazo. Emily avanzó rápidamente hacia ellos, pero supo que no iba a llegar a tiempo.

–Ésta es Sylvie –Stephanie señaló a la rubia–. El año pasado te presentaste voluntaria para la construcción de un pozo, ¿verdad Sylvie? –la rubia asintió y Stephanie señaló a Philip–. Y este es Philip Elsworth.

–Helen ya sabe quién soy –murmuró Philip, en un tono tan insinuante, que Emily sintió que se le encogía el corazón. Stephanie pareció confusa y Helen se mordió el labio inferior a la vez que sus ojos se llenaban de lágrimas.

«Maldito Philip Ellsworth», pensó Emily con amargura. Dio un paso adelante, dispuesta a acudir en rescate de Helen, pero alguien se le adelantó.

–¡Helen!

Emily volvió la cabeza al oír el tono casi irreconocible de la voz de Jason. Era un tono amistoso, cálido, íntimo…Cruzó la sala en unas zancadas y tomó a Helen del codo a la vez que le sonreía.

–Creo que aún no has disfrutado de las vistas desde la terraza. Las luces del puerto son espectaculares de noche.

Emily observó cómo se alejaba con ella del grupo. ¿Cuántos habrían escuchado el comentario de Philip y habrían adivinado a qué se refería con su insinuación? Probablemente, demasiados.

Pero Helen sonrió a Jason como si acabara de acudir en su rescate montado en un corcel blanco, y dejó que la guiara al exterior.

A pesar de la culpabilidad que sentía, Emily experimentó un profundo sentimiento de gratitud hacia Jason por haber rescatado a Helen. Tal vez fuera un poco serio y taciturno, pero no había duda de que era buena persona. Tragó saliva para reprimir la repentina emoción que se adueñó de ella. Tuvo la incómoda sensación de haber juzgado equivocadamente a Jason durante todos aquellos años, lo que hizo que su reacción física hacia él se volviera aún más intensa y alarmante.

La fiesta duró hasta medianoche. Emily no pudo centrarse lo suficiente como para disfrutar de ella, pero no paró de charlar y sonreír, ni de simular no haber notado que Jason no se había dirigido a ella ni una vez en toda la noche.

Un mes antes no le habría importado. Ni un año atrás. Pero ahora todo había cambiado; ella había cambiado, y no lograba librarse de la extraña inquietud que la embargaba. Estaba segura de que Jason la buscaría antes de que acabara la fiesta, pensó con una intoxicante sensación de anticipación. Estaba segura de que iba a pasar algo.

Cuando los invitados empezaron a marcharse, Emily se ocupó de recoger mientras Gillian hacia recuento de la cantidad de dinero obtenida para la planta desalinizadora.

–Creo que Jason estará muy contento –dijo, ufana.

–¿Contento por qué? –preguntó Jason, que acababa de volver de despedir a los últimos invitados.

–Oh, Jason, me has sobresaltado –Gillian agitó sus pestañas postizas y Emily sintió que se esfumaba toda la buena voluntad que había estado mostrando hacia ella–. Nos ha ido muy bien esta noche –continuó Gillian, enfatizando el «nos»–. Tendremos que esperar a que se cobren los cheques, por supuesto…

–Estupendo –interrumpió Jason en un tono al que Emily estaba acostumbrada–. Supongo que estarás agotada, así que te he pedido un taxi –Gillian se quedó boquiabierta a causa de la sorpresa, y tal vez un poco decepcionada–. E insisto en que lo tomes. Has hecho un trabajo magnífico organizando la fiesta, como siempre. Disfruta de tu descanso. Lo mereces –Jason sonrió de un modo tan encantador, que aquello no sonó como una despedida, aunque Emily estaba segura de que lo era. No era a ella a la que estaba diciendo que tomara un taxi… y aquel pensamiento le hizo experimentar de nuevo una deliciosa sensación de anticipación.

Vagó sin rumbo por la sala, a la espera de que Jason volviera. Al fijarse en unas copas medio llenas de vino que se hallaban en el lateral de una mesa, fue a tomarlas con intención de llevarlas a la cocina.

–Deja eso.

Emily se volvió y vio a Jason en el umbral de la puerta, con la pajarita deshecha, el botón superior de la camisa desabrochado y el pelo ligeramente revuelto. Estaba increíblemente sexy. ¿Cómo había podido pensar alguna vez que era un hombre aburrido? Se sentía tan aturdida a causa de la anticipación y la excitación, que apenas podía respirar.

–Sólo quería recoger un poco.

–Podemos hacerlo luego.

Emily se esforzó por parecer tranquila y normal… como si fuera normal que Jason y ella estuvieran a solas en el piso de éste a aquellas horas de la noche. Miró a su alrededor.

–Creo que todo el mundo lo ha pasado bien –murmuró.

–Eso espero –Jason no parecía muy interesado en continuar con la conversación.

Emily sintió algo parecido a la inquietud cuando vio que avanzaba hacia ella. Aquello era tan nuevo, tan extraño…

—Me siento tan mal respecto a Philip y Helen…
–balbuceó, y de inmediato se arrepintió de haber dicho aquello. Eran las dos últimas personas de las que quería hablar en aquellos momentos.

–¿Por qué? –preguntó Jason con el ceño fruncido.

–Philip me llamó la semana pasada –confesó Emily–. Fue evidente que había… –se interrumpió, lamentando haber iniciado aquella conversación–. No sabía que fuera un… un…

–¿Miserable? –concluyó Jason por ella.

Emily asintió.

–Sí –admitió–. Temo que me dejé cegar por su encanto. Y lo mismo le sucedió a Helen.

–Supongo que es comprensible –Jason terminó de quitarse la pajarita y la arrojó sobre una silla cercana–. Philip sabe utilizar muy bien ese rasgo de su personalidad –añadió con ironía.

–Sí… Gracias por haber rescatado a Helen de él esta tarde. Si hubiera sabido que Philip iba a venir no la habría traído conmigo. Supuse que le vendría salir y…

–Emily –dijo Jason a la vez que avanzaba hacia ella–, deja de hablar.

Emily cerró la boca de inmediato y bajó la mirada.

–¿Por qué estás tan nerviosa?

Emily negó con la cabeza. No estaba segura de lo que pretendía Jason, de lo que quería. Pero sabía muy bien lo que ella quería. Mantuvo la mirada fija en la columna del cuello de Jason.

–No estoy nerviosa.

–¿En serio? –Jason arqueó una ceja con expresión escéptica–. Me pregunto por qué te aterroriza tanto la posibilidad de que no sea el hombre aburrido y estirado que piensas que soy.

Emily irguió los hombros y sus ojos destellaron.

–¿Acaso te parezco aterrorizada?

–¿De verdad quieres conocer la respuesta a esa pregunta?

Emily dejó escapar una risita insegura. Debía resultar bastante obvio.

–Supongo que no.

–Creo que ambos debemos revisar lo que pensamos el uno del otro –dijo Jason mientras deslizaba una lenta mirada de la cabeza a los pies de Emily. Ésta supo de inmediato que no podía haber imaginado ni malinterpretado una mirada como aquélla–. Pero puede que necesitemos un poco de ayuda práctica para lograrlo.

Sólo Jason podría haber utilizado la palabra «práctica» en un momento como aquél. Ella no se sentía en absoluto «práctica». Su cuerpo temblaba de receptividad, de necesidad...

–¿Práctica? –susurró.

–Sí –confirmó Jason, que alzó una mano para apartar con delicadeza un mechón de pelo de la frente de Emily–. Y lo más práctico que puedo hacer ahora es seducirte.

Capítulo 9

SEDUCIRME? –repitió Emily, conmocionada–.
¿Qué se supone que significa eso?

Jason rió.

–Voy a mostrarte en detalle lo que significa.

La mente de Emily se llenó de sensuales imágenes que trató de ignorar.

–La mayoría de la gente no suele anunciar sus intenciones de seducir…

–Te dije que siempre sería sincero contigo. Y sé que te sientes atraída por mí.

Emily se estremeció y bajó la mirada ante aquella afirmación tan directa.

–Yo… supongo… –murmuró, nerviosa, asustada. Aterrorizada. Lo que había dicho Jason era cierto, pero a ella le asustaba pensar que se hallaba ante un hombre distinto al que siempre había conocido.

–En ese caso, supongo que tendré que convencerte de lo atraída que te sientes por mí.

Emily comprendió que con su respuesta había provocado un nuevo reto para Jason.

–¿Y cómo piensas hacerlo? –preguntó.

Jason sonrió.

–Supongo que debería empezar besándote –dijo a la vez que apoyaba un dedo bajo la barbilla de Emily para hacerle alzar el rostro–. Y en esta ocasión no tendrás por qué preguntarme a qué ha venido el beso.

Emily dejó escapar una temblorosa risita

–Supongo que no… ya que me has explicado tus intenciones.

–Bien –dijo Jason, y a continuación la besó.

Pero aquel beso no se pareció en nada al anterior. No hubo ninguna vacilación, ninguna duda, ninguna ternura. Fue un beso ardiente, duro, un beso que reveló con claridad a Emily lo que Jason pretendía demostrarle: que era suya. Entreabrió los labios bajo la presión de los de Jason, que introdujo la lengua en su boca en una erótica imitación de lo que sin duda vendría después. Sintiendo que su interior se derretía como la cera a causa del fuego, Emily se arrimó instintivamente a él y lo rodeó con los brazos por el cuello.

Jason interrumpió el beso y sonrió.

–Oh, no, Emily –dijo con suavidad–. No vamos a precipitarnos.

Emily se ruborizó, jadeante como si acabara de correr los cien metros lisos. ¿Cómo era posible que Jason pareciera tan sereno, tan poco afectado?

–De acuerdo –logró decir–. Tómate tu tiempo.

Jason volvió a reír.

–Eso pienso hacer –aseguró a la vez que rodeaba a Emily con la cabeza ladeada, como si estuviera observándola. Emily se sintió repentinamente vulnerable, consciente de cómo se ceñía la seda negra del vestido negro que llevaba a sus generosas curvas. ¿En qué estaría pensando Jason? ¿Por qué la estaba mirando así?

–Eres preciosa –dijo finalmente Jason, y lo hizo con tal sinceridad, que Emily se estremeció. Su padre solía decírselo todo el tiempo, y ella había aceptado que era así, pero nunca se lo había creído realmente. Pero la sinceridad el tono de Jason le hizo creerlo.

–Gracias –murmuró, pues no sabía qué otra cosa decir–. Tú tampoco estás mal.

Jason se detuvo tras ella. Emily trató de no temblar al sentir su cálido aliento en la nuca, pero cuando sintió el roce de sus labios en el cuello, dejó escapar un gritito. No esperaba aquello, ni que Jason la rodeara con las manos por la cintura y la ciñera a su cuerpo como lo hizo.

Se sentía realmente preciosa, sexy, deseada. Nunca antes se había sentido tan deseada, y aquella fue una de las sensaciones más embriagadoras y poderosas que había experimentado nunca.

Despacio, saboreando cada centímetro de la piel de Emily, Jason fue dejando un rastro de besos desde su cuello hasta su hombro. La sensación fue dolorosamente exquisita, casi demasiado intensa… y eso que apenas habían empezado.

–Jason… –empezó Emily, pero se interrumpió porque no sabía qué decir, qué pensar. Sólo era capaz de sentir.

Despacio, Jason alcanzó con una mano el dobladillo del vestido de Emily y lo deslizó hacia arriba. Al notar que llevaba liguero, dejó escapar una ronca risa.

–¡Cielo santo? ¿Utilizas liguero?

Emily apenas podía pensar.

–Es… es una prenda práctica –logró decir.

Jason deslizó una mano por la piel expuesta de su muslo y desabrochó con facilidad el liguero.

–Y yo que pensaba que no te gustaba lo práctico… –murmuró a la vez que la rodeaba para arrodillarse ante ella.

Paralizada, Emily observó como le quitaba una media a la vez que deslizaba una mano por su rodilla, su pantorrilla, su tobillo, hasta que su pierna quedó desnuda.

–Es muy práctico –dijo, y contuvo el aliento cuando Jason centró la atención en su otra pierna. ¿Cómo era posible que lo hubiera considerado alguna vez aburrido? Era el hombre más excitante que había conocido–. No me gusta la sensación de los pantys –añadió con voz ronca–. Los ligeros son más cómodos.

–Cómodos y prácticos –contestó Jason mientras terminaba de quitarle la otra media–. Parece que estuvieras hablando de unos zapatos ortopédicos, no de un liguero de encaje negro.

Cuando alzó la mirada hacia Emily, está sintió que se le secaba la boca. Sus ojos parecían despedir fuego. Nunca había captado en ellos una mirada tan intensa, tan apasionada… Aquel pensamiento la conmocionó tanto como la asustó. Estaba sintiendo tanto…

Despacio, muy despacio, Jason deslizó las manos hacia arriba por sus tobillos, sus pantorrillas, sus rodillas. Emily no sabía lo erótico que podía resultar que le acariciaran de aquel modo las piernas. Y cuando Jason apoyó posesivamente ambas manos sobre sus muslos, temió desmayarse allí mismo.

–Jason… –murmuró, anhelando desesperadamente que deslizara las manos más arriba.

Él sonrió, consciente de lo que quería.

–Nada de prisas –le recordó y, sin dejar de sonreír, deslizó las manos hacia arriba y dejó que sus pulgares rozaran la seda de las braguitas de Emily, que sintió que sus rodillas estaban a punto de ceder.

Jason apenas la estaba tocando, pero era suficiente. Más que suficiente, pero aún quería más. Aún arrodillado ante ella, Jason se inclinó hacia delante y mordisqueó con delicadeza el encaje de sus braguitas. Emily apoyó las manos en su cabeza, sin saber si empujarlo o atraerlo hacia sí. No sabía lo que quería.

Por una parte quería más, y por otra se sentía intensamente vulnerable por el hecho de tener a Jason arrodillado ante ella, acariciándola como nadie lo había hecho antes. El sexo nunca había sido así para ella... aunque sabía que aquello era mucho más que mero sexo.

Ni siquiera estaban teniendo sexo todavía, pero su mente y su cuerpo estaban sobrecargados, tanto física como emocionalmente. No sabía si su cuerpo podría resistir más, si podría hacerlo su corazón, pues no dudaba de que su corazón estaba implicado. Aquello no era mero sexo. Era una forma de comunicación elemental, esencial. Estaban hablando con sus cuerpos, con sus manos y sus labios, y aquel lenguaje era más poderoso que el de las palabras.

Jason debió sentir la lucha que estaba librando en su interior. La tomó de las manos para hacer que las colocara sobre sus hombros, de manera que cuando se inclinó hacia delante y presionó su boca contra ella, Emily pudo mantener el equilibrio.

Emily cerró los ojos al experimentar un placer casi doloroso debido a su intensidad. Necesitaba colmar el intenso anhelo que se había adueñado de su cuerpo, necesitaba liberar aquella insoportable tensión.

Cuando, finalmente, encontró la liberación gracias a las expertas caricias de la lengua y los labios de Jason, dejó escapar un prolongado gemido a la vez que clavaba las uñas en los hombros de Jason y su cuerpo temblaba de placer.

Sin soltarla, Jason se irguió, deslizando su cuerpo contra el de ella. Emily se apoyó contra él, debilitada por el orgasmo que acababa de alcanzar. Jason la tomó en brazos y se encaminó a su dormitorio, donde la dejó en pie junto a la cama. Emily se sentía débil como una gatita.

–He dicho que iba a seducirte –murmuró Jason–, pero esa es una carretera de doble dirección.

Emily parpadeó.

–¿Qué…?

–¿Crees que yo voy a hacer todo el trabajo? –preguntó Jason con una ceja arqueada.

–¿Trabajo? –repitió Emily, pensando aturdida en Kingsley Engineering y el puesto que ocupaba en la empresa.

Jason sonrió y movió la cabeza.

–Ahora es tu turno.

Finalmente, Emily entendió a qué se refería. Jason seguía completamente vestido y, aunque sólo le había quitado las medias, ella se sentía casi desnuda. Tragó saliva, preguntándose qué hacer o, más bien, qué querría Jason que hiciera. Había tenido dos relaciones anteriores en las que el sexo había sido algo confuso, llevado a cabo en la oscuridad. No había pensado que pudiera ser algo distinto, algo más.

–No analices demasiado las cosas –murmuró Jason–. Tócame.

Emily captó una inesperada vulnerabilidad en el tono de Jason, que alcanzó de lleno su corazón. Apoyó una mano en su pecho a la vez que lo miraba a los ojos. El anhelo que percibió en ellos estuvo a punto de desarmarla. No había pensado en lo emocional que podía ser aquello. Respiró profundamente y apoyó la otra mano junto a la primera.

–Sin prisas –murmuró.

–Sin prisas –repitió Jason.

Emily empezó a desabrocharle los botones de la camisa del esmoquin. Sonrió un poco avergonzada al darse cuenta de que no era una tarea fácil. No iba a parecer precisamente sofisticada y experimentada.

–Lo siento…

–La próxima vez no llevaré un esmoquin –dijo Jason.

«La próxima vez». Aquellas palabras recorrieron el cuerpo de Emily como una descarga eléctrica. Iba a haber una próxima vez…

Jason se quitó la camisa tras terminar de desabrocharse los botones, dejando al descubierto su amplio y poderoso pecho. Emily apoyó las manos sobre su cálida piel, deleitándose con la sensación que le produjo. Al alzar la vista vio que Jason la estaba mirando con una expresión casi dolorosa. Apartó las manos de inmediato.

–¿Qué…? ¿Estoy…?

–Creo que llevo demasiado tiempo esperando esto –Jason rió con suavidad mientras tomaba las manos de Emily en las suyas–. Creo que empiezo a sentir un poco de prisa…

Pensar que sus caricias podían excitarlo tanto resultó increíble para Emily, que, guiada por Jason, volvió a apoyar las manos en su pecho desnudo. Cuando las deslizó hacia abajo y alcanzó la cintura de sus pantalones, sintió una mezcla de poder y timidez. Apenas podía creer que estuviera sucediendo aquello y, mucho menos, que pudiera volver a suceder.

–Emily… –pronunció Jason con voz ronca.

–Paciencia –replicó ella en el mismo tono. Su corazón latió desbocado mientras desabrochaba el cierre de los pantalones de Jason. A pesar de que sólo hacía unos momentos que había experimentado un orgasmo, el deseo empezó a crecer de nuevo en su interior con una fuerza incontenible, exigiendo ser saciado.

Se agachó para terminar de quitarle los pantalones y deslizó las manos hacia arriba a lo largo de su piernas, sintiendo el roce de sus vello en las palmas. Cuando alcanzó sus calzoncillos negros, dejó la mano apoyada un momento contra la tensa columna de su sexo antes de continuar hacia arriba, hasta alcanzar sus hombros. Entonces se puso de puntillas y lo besó. Jason tomó la iniciativa un instante después y terminó de quitarle el vestido antes de tumbarla en la cama.

Emily sintió que todo su cuerpo se acaloraba bajo la ardiente mirada de Jason. Tan sólo conservaba puesto el sujetador de encaje negro y unas diminutas braguitas a juego.

—Increíble —murmuró él mientras inclinaba la cabeza hacia uno de sus pechos.

Emily dejó de pensar. Las frases se fragmentaron en su mente y murieron en sus labios mientras, una vez más, las sensaciones de adueñaban por completo de ella. Sumergió los dedos en el pelo de Jason mientras éste le quitaba el sujetador y saboreaba sus excitados y tensos pezones. Un momento después, le quitó las braguitas e hizo lo mismo con sus calzoncillos antes de tumbarse sobre ella.

Las cosas se precipitaron dulcemente mientras la necesidad y el deseo se volvían demasiado intensos como para ser ignorados.

—Cuánto he deseado esto… —murmuró Jason mientras la penetraba, y Emily sintió que su cuerpo se abría para él, lo aceptaba gozoso en su interior.

No hubo nada extraño en aquel momento. Nada embarazoso, o incómodo.

Fue maravilloso.

Una vez más, Emily dejó de pensar, al menos coherentemente. Su mente se vio inundada de colores a la vez que arqueaba instintivamente el cuerpo para sentir a Jason profundamente en su interior, y los colores estallaron en un arcoíris de sensaciones.

Ninguno de los dos habló después. Emily cerró los ojos, saciada, con el corazón colmado, y abrazó instintivamente a Jason a la vez que le daba besos cargados de promesas, de gratitud. Mientras él se los devolvía, Emily quedó profundamente dormida a su lado.

Jason sintió que Emily se relajaba entre sus brazos y que su respiración se volvía más y más lenta. Estaba dormida. En su cama, entre sus brazos. Finalmente había conseguido lo que quería, y había sido maravilloso. Emily había sido tan generosa con su cuerpo como lo era en los demás aspectos de su vida.

Pero aquello no podía durar. Aquel pensamiento hizo que volviera a tensarse, como le había sucedido unos momentos antes, cuando Emily lo había besado con tanta dulzura, para acurrucarse luego junto a él, satisfecha, saciada. Había sentido algo que no esperaba en aquellos besos, algo que no estaba seguro de querer. Algo que no podía querer.

Sólo se trataba de una aventura; una aventura muy placentera, desde luego, pero con un final. Ésas eran las condiciones. Se había convencido a sí mismo de que Emily lo había comprendido, pero aquellos últimos besos le habían hecho dudar de su convicción.

Lo último que quería era hacerle daño, pero tenía muy claro que no podía casarse con ella. Necesitaba una mujer razonable y sensata, alguien como él, que valoraba los aspectos más prácticos del matrimonio.

No alguien que necesitaba grandes gestos, un gran romance… cosas que él no quería, ni podía, ofrecer. No era esa clase de hombre; nunca lo había sido. Lo había sabido desde pequeño, lo había visto en su propio padre y sabía que estaba hecho con el mismo molde. No quería decepcionar a su esposa como su padre decepcionó a su madre; no podría vivir con las devastadoras consecuencias que ya conocía.

No estaba dispuesto a hacerlo.

Un matrimonio de conveniencia resultaba mucho más sencillo.

Emily suspiró en su sueño y Jason apartó aquellos pensamientos de su mente. Aún había tiempo de encontrar una esposa adecuada. Tiempo de sobra. Y en aquellos momentos lo único que quería era disfrutar de estar con Emily. Durante el tiempo que durase.

Capítulo 10

EMILY abrió los ojos y parpadeó al sentir en el rostro los rayos del sol que entraban por los ventanales del dormitorio de Jason. Al recordar lo sucedido la noche anterior sintió un estremecimiento de excitación, y también de temor.

Se volvió, esperando ver a Jason a su lado, pero la cama estaba vacía. Sintió una pequeña punzada de decepción.

—Buenos días.

Emily se volvió de nuevo y vio a Jason saliendo del baño. Vestía tan sólo unos vaqueros, tenía el pelo mojado y el pecho desnudo… y un aspecto maravilloso.

—Buenos días —respondió.

Jason sonrió y dejó la toalla que llevaba en torno al cuello sobre el respaldo de una silla.

—¿Café? —preguntó mientras sacaba una camisa del armario.

—Puedo hacerlo yo —contestó Emily, aunque no se movió, porque no quería salir de la cama desnuda, y no le apetecía ponerse el arrugado vestido de la noche anterior.

—Ya se está haciendo —dijo Jason mientras se abrochaba la camisa.

Parecía totalmente relajado, mientras ella se sentía horriblemente incómoda.

—En ese caso, creo que voy a ducharme.

–Muy bien. Encontrarás todo lo que necesitas dentro.

Emily se sentía un poco perdida, un poco sola. Muy vulnerable. Aquél era territorio nuevo para ella, y no sabía cómo actuar ni qué sentir. No se sentía lo suficientemente fuerte como para utilizar su desenfadado tono habitual.

Tras dedicarle una última sonrisa, Jason salió del dormitorio silbando.

Emily se levantó rápidamente y fue a ducharse. El agua de la ducha borró los restos de su maquillaje del día anterior, pero no logró amainar el desasosiego de su corazón.

Lo sucedido la noche anterior sólo había sido una aventura. Era consciente de ello y aceptaba las reglas del juego. Jason las dejó muy claras cuando le dijo que no estaba en su lista de posibles esposas, y se las volvió a recordar en la boda de Stephanie: «Te deseo, Emily, pero no quiero que sufras».

No se había hecho ilusiones, ni había fantaseado. Aquello no era amor; ni siquiera era algo romántico. De manera que, ¿por qué sentía aquella especie de vacío en su interior? ¿Por qué se sentía tan triste?

El amor siempre resultaba decepcionante…

¿Pero por qué se había deslizado aquella palabra en su mente? No amaba a Jason. Ni siquiera había considerado tal posibilidad. No quería amarlo, no quería sentirse decepcionada…

Sin embargo, al darle la bienvenida en su cuerpo había dejado entreabierta la puerta de su corazón. Ahora Jason tenía el poder no sólo de decepcionarla, sino de hacerla sufrir.

Por eso, y a pesar del intenso placer que había experimentado, sentía que lo sucedido había sido un error. Y no sabía cómo comportarse aquella mañana... aunque era obvio que Jason no tenía las mismas dudas.

Diez minutos después, salió del baño y, muy a su pesar, se puso el arrugado vestido que había utilizado para la fiesta. Al pasar por el cuarto de estar y ver sus ligas y medias en el suelo, sintió una nueva punzada de desasosiego y las guardó rápidamente en su bolso.

Jason parpadeó sorprendido al verla entrar en la cocina.

—Podías haber tomado prestado algo mío para vestirte —dijo a la vez que le alcanzaba una humeante taza de café.

Emily tomó la taza en ambas manos, agradeciendo su calidez.

—Estoy bien —contestó, aunque su voz sonó forzada, crispada, y Jason lo notó.

Emily sabía que debía tener un aspecto ridículo con el vestido arrugado y las piernas desnudas. Y lo peor era que, de pronto, sentía ganas de llorar. No iba a poder librarse de aquello con algún comentario irónico o una broma y, por su expresión, Jason lo sabía.

—Ven aquí, Emily —dijo Jason a la vez que alargaba los brazos hacia ella.

Emily parpadeó, desconcertada, pero acabó acercándose a él como un autómata.

Jason la rodeó con sus brazos y ella apoyó la cabeza en su hombro a la vez que respiraba su reconfortante olor a pasta de dientes, café y loción para el afeitado.

—No sé cómo comportarme —confesó en un susurro.

—Sé tú misma.

—Ni siquiera sé si te gusto cuando soy yo misma.

Jason frunció el ceño.

—¿De qué estás hablando, Em?

Emily trató de apartarse de él, pero Jason la retuvo entre sus brazos.

–Sé sincero, Jason –dijo, aunque no estaba segura de querer que lo fuera–. Nunca has tenido demasiado buen concepto de mí. Piensas que no tengo remedio, que estoy un poco chiflada, y quién sabe qué más. Ni siquiera… –se interrumpió justo a tiempo, pues había estado a punto de decir que ni siquiera estaba en su lista de candidatas para esposa. ¿En qué estaba pensando? ¿Qué más le daba?

Debería haber salido del dormitorio vestida con una de las camisas de Jason, bromeando y diciéndole que, a fin de cuentas, no era tan aburrido como pensaba.

Pero sabía que ya era tarde para hacerlo, pues ya había revelado demasiado.

–No pienso que ya no tengas remedio –dijo Jason, reacio.

–Pero sí piensas que estoy un poco chiflada, ¿no?

–Emily… –Jason se interrumpió y suspiró–. Deja que te prepare el desayuno.

Emily notó que aquella conversación lo estaba irritando y decidió no insistir.

–Gracias –dijo, tratando de mostrar un desenfado que estaba lejos de sentir–. Es todo un detalle por tu parte.

Jason trató de concentrarse en los huevos que estaba friendo. No quería volver a ver la incertidumbre que reflejaban los ojos de Emily. Aunque era lógico que la mañana después resultara extraña para ambos; tenían demasiada historia compartida como para sentir que había sido algo normal, natural.

Sin embargo, le había resultado muy natural abrazarla hacía un momento. Pero lo sucedido entre ellos sólo había sido una aventura. Tenía que serlo. Emily lo sabía, y él también.

—No sabía que cocinaras —dijo Emily—. ¿Cuándo aprendiste?

—Aprendí cuando era joven —contestó Jason en tono ligero, aunque aquella pregunta le inquietó. No estaba seguro de querer entrar en un terreno tan personal—. Como ya sabes, mi madre murió cuando yo tenía ocho años, y mi padre no sabía cocinar nada —añadió, a pesar de que no le gustaba recordar aquellos dolorosos y solitarios años—. Casi todo lo que intenté fue un desastre, pero logré aprender a freír huevos decentemente.

—Eso es más de lo que yo puedo decir de mí. Apenas sé poner a hervir agua.

—¿Siempre sales a comer fuera? —preguntó Jason mientras servía en los platos los huevos y las tostadas que ya tenía preparadas.

—Salgo o encargo la comida. Se me da muy bien llamar por teléfono —bromeó Emily.

—Una habilidad imprescindible en esta época —dijo Jason mientras le alcanzaba el plato—. Pruébalo.

—Una de las pocas que tengo —contestó Emily.

Jason intuyó que trataba de demostrarle algo. ¿Querría confirmarle lo alocada y sin remedio que era? Movió la cabeza, incapaz de comprender el funcionamiento de la mente femenina.

—Está delicioso —añadió Emily tras probar el huevo con la tostada—. Gracias.

A pesar de que quería disfrutar del desayuno y de la compañía de Jason, no era capaz de hacerlo. Cada vez era más consciente de lo encariñada que estaba con él…y de que no podía permitírselo.

—¿Y cómo piensas elegir ese dechado de virtudes que buscas? —preguntó tras tomar un sorbo de café.

Jason entrecerró los ojos.

—¿A qué te refieres?

–A tu esposa –Emily le dedicó una sonrisa burlona–. Mencionaste una lista de candidatas…

–Fuiste tú la que la mencionó, no yo.

–Sólo porque no estoy incluida en ella –le recordó Emily con dulzura a la vez que se esforzaba por sonreír.

Jason no parecía precisamente contento, y ella sabía por qué. Aquella no era precisamente la conversación más adecuada para la mañana después, pero prefería provocar una discusión que romper a llorar, algo que podía suceder en cualquier momento.

–No creo tenga sentido hablar de eso –dijo Jason, claramente irritado.

–No veo por qué deba tenerlo.

–Emily…

–Pensaba que sólo estábamos charlando. A fin de cuentas, has regresado a Londres para buscar una esposa, ¿no? Ése es el asunto personal del que me hablaste.

–En cierto modo –concedió Jason, reacio.

–Pero ya que estás aquí conmigo, supongo que aún no has tenido suerte en tu búsqueda…

–No, no la he tenido –espetó Jason–. ¿Pero por qué estamos hablando de esto? Creo que ambos sabíamos en qué nos estábamos metiendo anoche.

–Por supuesto. Me sedujiste. Fin de la historia.

–Fue algo mutuo –replicó Jason, irritado–. O eso me pareció.

Emily le dedicó una sonrisa gatuna.

–Totalmente de acuerdo.

–¿Te has arrepentido? ¿Preferirías que no hubiera sucedido?

–Claro que no me he arrepentido –mintió Emily a la vez que se levantaba de la silla–. ¿Por qué iba a hacerlo? Ya te dije que no quería casarme y, desde luego, no contigo –añadió, consciente de lo infantiles que habían sonado aquellas palabras.

—En ese caso, supongo que no hay ningún problema —dijo Jason en el tono más neutral que pudo.

—Ninguno en absoluto —confirmó Emily, a pesar de que se sentía a punto de desmoronarse.

Sin dejar de sonreír, giró sobre sí misma y salió de la cocina. Jason la siguió hasta el vestíbulo y vio cómo descolgaba su abrigo del perchero.

—¿Adónde vas?

—Tengo cosas que hacer —contestó Emily, de espaldas a él—. No puedo pasarme el día aquí, Jason —iba a pasarlo acurrucada en la cama, con una caja de pañuelos de papel en la mesilla.

—De acuerdo —dijo Jason tras un momento de silencio—. Nos veremos en el despacho el lunes.

Emily no contestó, pues no sabía si sería capaz de ir a trabajar el lunes. Sospechaba que iba a llamar alegando que estaba enferma.

Aún de espaldas a Jason, pulsó el botón del ascensor. El silencio que se produjo entre ellos mientras el ascensor subía resultó ensordecedor.

—Emily… —dijo Jason justo cuando se abrían las puertas del ascensor.

Emily pasó rápidamente al interior y se despidió moviendo la mano.

—Adiós —dijo mientras las puertas se cerraban, pero aún le dio tiempo a ver que Jason la miraba como tratando de entender qué juego se traía entre manos.

Cuando el ascensor comenzó a descender tuvo que apoyarse contra una de sus paredes. Esperaba que Jason no hubiera notado cuánto le había costado superar aquellos últimos minutos.

Jason permaneció en el descansillo, repasando los últimos minutos de conversación. Se sentía inquieto, enfadado… y un poco dolido, lo que resultaba absurdo, pues Emily se estaba comportando como él había querido que lo hiciera. A fin de cuentas, aquello sólo había sido una aventura pasajera. Sin embargo, se sentía como si Emily acabara de rechazarlo, algo a lo que no estaba acostumbrado.

Se movió, decidido a no pensar en aquello. Tenía muchas cosas que hacer, incluyendo escribir la lista de posibles candidatas a esposa que había mencionado Emily. A fin de cuentas, era cierto que necesitaba encontrar una esposa adecuada… a pesar de la idea le hiciera sentirse inquieto y descontento.

Emily estaba tumbada en la cama, mirando el techo, sin lograr dejar de pensar en todo lo sucedido.

¿Qué le pasaba? No debería sentirse tan triste, tan afectada, pero era así como se sentía. Lo sucedido la noche anterior había cambiado su forma de ver la vida, de verse a sí misma. No era feliz. No sabía lo que quería de la vida… de Jason. Se sentía como si estuviera a punto de caer por un precipicio emocional.

Tras tratar inútilmente de olvidar durmiendo, se levantó para prepararse un té. Mientras lo bebía, contempló distraídamente Hyde Park, que estaba cubierto de nieve. Las navidades de aquel año iban a ser realmente blancas. Se suponía que no iba a ir a casa de su familia hasta el miércoles, pero lo cierto era que no se sentía capaz de acudir al trabajo el lunes. Ni siquiera sabía si Jason pensaba acudir al despacho, pero le asustaba la mera posibilidad de verlo. Había sido capaz de disimular durante un rato aquella mañana, pero se sentía incapaz de hacerlo un día entero.

Sin embargo, dado que sus familias estaban emparentadas, existía la posibilidad de que Jason se presentara en Surrey durante las navidades. La idea de compartir la mesa con él la hizo gemir en alto.

Finalmente decidió que llamaría al trabajo para decir que estaba enferma y así acudir antes junto a su familia. Era una solución cobarde, pero se sentía como una cobarde. Ni siquiera se atrevía a enfrentarse a sus propios pensamientos… a su corazón.

La idea de acudir a ver a los suyos le dio las energías necesarias para sacar una maleta del armario y empezar a llenarla.

Cuando llegó a Hartington House, la nieve había cubierto el sendero de entrada y el coche patinó ligeramente sobre una placa de hielo. Impaciente, Emily frenó con cuidado, apagó el motor y dejó el coche donde estaba. Después sacó la maleta y se encaminó hacia la casa.

Su padre le abrió la puerta vestido en zapatillas y con una gastada bata.

–¡Emily! ¡No te esperaba hasta el miércoles! –exclamó, sorprendido.

–No iba a venir hasta el miércoles, pero quería estar en casa –Emily se dejó rodear por los brazos de su padre y aspiró su familiar aroma a tabaco de pipa y a loción para el afeitado. Al sentir que le acariciaba el pelo, apoyó la cabeza contra su hombro y cerró los ojos para contener las lágrimas que amenazaban con derramarse.

–¿Va todo bien, ratita mía? –preguntó su padre, utilizando el apodo de su infancia.

–Sí –logró contestar Emily, pero fue incapaz de decir nada más.

Henry Wood presionó con ternura los hombros de su hija y luego se apartó para mirarla.

–En cualquier caso, me alegra mucho que hayas venido. Me temo que Carly se ha tomado la noche libre y no podrá prepararte la habitación.

–No pasa nada –Emily sonrió, consciente de la dependencia que tenía su anticuado padre del servicio–. Yo me ocuparé de prepararla.

–Hablaremos durante el desayuno –dijo Henry, y Emily asintió.

Resultó un poco extraño volver al dormitorio de su infancia, aunque prácticamente había pasado todas las navidades allí desde que se fue de Hartington House a los veinte años. Sin embargo sentía que todo era distinto, que ella era distinta, y se preguntó si la vida volvería a ser alguna vez como antes.

¿Tenía alguna idea de lo que iba a significar haber estado con Jason, de lo que iba a costarle?

Negándose a pensar más en ello, preparó la cama y se acostó. Afortunadamente, en aquella ocasión el sueño acudió rápidamente en su rescate.

A la mañana siguiente, el sol brillaba sobre un mundo cubierto de nieve, y Emily se sintió un poco más animada. Su padre ya estaba abajo, preparando el desayuno en la cocina, y bajó a reunirse con él.

–¿Puedo hacerte una pregunta sobre mamá? –preguntó cuando terminaron de desayunar.

Henry miró a Emily con expresión mezcla de sorpresa y dolor. A pesar de que su esposa había muerto hacía veinte años, su mera mención aún le dolía.

–¿Qué quieres saber?

–La querías mucho… –comenzó Emily, indecisa.

Henry abrió los ojos de par en par.

–¿Tienes que preguntármelo?

Emily sonrió con tristeza.

–No. Sé que la querías mucho. Siempre solías decirme que no había otra mujer como ella.

–Y no la había –afirmó Henry con rotundidad–. Fui un hombre muy afortunado por ser correspondido por ella. Lo fue todo para mí, Emily. Todo.

–¿Aún la echas de menos?

–A diario –respondió Henry con sencillez–. Nunca dejaré de echarla de menos, pero ahora es más fácil que antes. Tú no recuerdas los primeros años, porque eras muy pequeña, pero fue una época oscura y terrible. Yo no sabía si iba a poder seguir viviendo sin ella. Tu madre era mi ancla, mi alma. Pero yo debía ocuparme de Isobel y de ti, y doy gracias a Dios por haberlo hecho, porque no podría imaginar la vida sin vosotras.

–Y dado que sufriste tanto, ¿lamentas alguna vez haber amado tanto a mamá? –susurró Emily.

–Ni por un segundo. Nunca –contestó Henry sin dudarlo–. Amar a tu madre es lo mejor que he hecho en mi vida.

Emily asintió lentamente. El amor de su padre por su madre había sido algo único, intenso, precioso… y no tenía nada que ver con lo que había, o había habido, entre Jason y ella.

Sin embargo, eso era lo que quería, lo que anhelaba. Amor. Romance.

No podía negarlo más. Estaba perdidamente enamorada.

Emily pasó los días que faltaban hasta las navidades en Hartington House. Tan sólo salió para hacer una visita a su hermana y a Jack, que vivían en un pueblo cercano, en una amplia casa en la que niños y perros animaban la caótica vida familiar. Viendo su relación, la camaradería con que se trataban, no pudo evitar sentir unos celos que hasta entonces nunca había experimentado.

Quería aquello. Lo quería todo. Pero sabía lo asombrado que se sentiría Jason si se lo dijera. Aquello no formaba parte de sus planes. Ella había sido tan sólo una aventura para él, no una candidata a esposa. Y ella misma se había encargado de confirmárselo al decirle que el amor y el matrimonio estaban muy bien para otras personas, pero no para ella. Que ella quería divertirse.

Y se había divertido… aunque al final la diversión se había transformado en sufrimiento.

Finalmente, el día de Nochebuena, se vio obligada a salir de su letargo.

—Ni siquiera te he preguntado qué vamos a preparar para comer el día de Navidad —dijo a su padre mientras desayunaban. Al menos había comprado algunos regalos, pero no se sentía precisamente muy festiva.

—No te preocupes, ya está todo arreglado —aseguró su padre.

—¿Ha organizado algo Isobel?

—No. Izzy se ha librado en esta ocasión. Todos hemos sido invitados a Weldon. Jason va a pasar las navidades en casa.

Capítulo 11

EMILY salió del coche de su padre y contempló con aprensión la antigua mansión Weldon. Jason estaba en aquella casa, y la mera idea de verlo hizo que su corazón latiera más deprisa.

Su padre señaló un Land Rover aparcado en el sendero.

—Parece que Izzy y Jack ya han llegado.

Afortunadamente, fue Isobel quién abrió la puerta, seguida de sus hijos. Emily abrazó a sus sobrinos, alegrándose de aquel aplazamiento temporal, aunque sabía que no iba a durar. A fin de cuentas, aquella era la casa del padre de Jason. Edward Kingsley les dio la bienvenida y los acompañó al salón para tomar un jerez, presidiendo la reunión como un rey en su trono, amable y, a la vez, un poco distante.

—¡Jason! —exclamó Isobel al ver entrar a su cuñado, y se acercó a abrazarlo—. Hace siglos que no te vemos. Es una alegría tenerte de vuelta.

—Y yo me alegro de haber vuelto —replicó Jason tras besarla en la mejilla.

A pesar de estar simulando un profundo interés por las nevadas vistas que se divisaban desde la ventana, Emily sintió la mirada de Jason en su espalda.

—A ver si te ocupas un poco de la depre de Emily —dijo Isobel en son de broma.

—¿La depre? —repitió Jason en tono neutral.

—Sí. No ha sido ella misma desde que ha llegado,

¿verdad, querida? –Isobel sonrió mientras se volvía hacia Emily, que, sin ningún éxito, trató de acallarla con una mirada–. ¿Se trata de algún hombre, Emily?

–Isobel… –dijo Emily en tono de advertencia, aunque sabía que, a pesar de lo encantadora que era, su hermana nunca hacía caso–. ¿Qué te hace pensar eso?

Jason la miró atentamente.

–En ese caso, habrá que ver qué podemos hacer al respecto.

–Estoy perfectamente –murmuró Emily a la vez que apartaba la mirada–. No necesitáis hacer nada.

Jason observó a Emily mientras ésta salía del salón, con la cabeza alta y el cuerpo irradiando tensión. Había tenido tiempo de sobra para pensar en lo sucedido tras la noche que pasaron juntos, en por qué se había ido Emily tan repentinamente… y en por qué se había sentido él tan afectado por su marcha.

Con una semana para pensar había tenido suficiente. Ya sabía lo que quería. Y sabía lo que iba a hacer. Lo único que le faltaba era presentar su plan a Emily.

Esperó hasta después de la comida, cuando todos se retiraron a la sala de estar. Isobel había subido a acostar a su pequeño para que echara la siesta y Jack estaba hablando con su suegro; Edward Kingsley se había retirado a su estudio.

Aprovechando las circunstancias, Jason se volvió hacia Emily.

–¿Qué te parece si salimos a dar una vuelta? Hace un día muy agradable.

Emily pareció sorprendida, atrapada, incluso asustada.

–Yo…

–Creo que es una idea estupenda –dijo Isobel, que

acababa de regresar sin el niño–. Así podrás ocuparte de animarla un poco, ¿verdad, Jason?

–Eso espero.

Emily habría querido resistirse, pero acabó por capitular con un encogimiento de hombros.

–Voy por mi abrigo.

A pesar de que había nevado, fuera hacía un día precioso, con el cielo totalmente despejado y el aire limpio y punzante.

–¿Por qué no viniste a trabajar el lunes? –preguntó Jason cuando ya llevaban un rato paseando en silencio.

–Espero que no haya supuesto ningún contratiempo para el despacho…

–No te lo estoy preguntando como tu jefe, sino como tu amante.

Emily se quedó momentáneamente boquiabierta,

–Necesitaba tiempo para pensar –contestó al cabo de un momento.

–¿Y lograste pensar?

–Sí –Emily permaneció unos momentos en silencio mientras seguían paseando–. Creo que esto no va a funcionar–dijo finalmente con un hilo de voz–. Sea lo que sea, un ligue pasajero, una aventura… He comprendido que quiero algo diferente.

–¿Y qué es lo que quieres?

–Eso da igual. La noche que pasamos juntos fue muy agradable y placentera, Jason –Emily se detuvo y se volvió hacia Jason antes de añadir–: Pero creo que será mejor que sigamos siendo amigos.

–Es una posibilidad –Jason contempló el pelo ligeramente revuelto de Emily, sus grandes ojos verdes, sus carnosos y sensuales labios. Quería estrecharla entre sus brazos y besarla hasta quedar sin aliento, pero esperó–. Pero a mí se me ocurre otra posibilidad.

–¿Cuál? –preguntó Emily con cautela.

–Quiero que te cases conmigo, Emily. He estado pensando en ello toda la semana y he llegado a la conclusión de que tiene sentido.

–Tiene sentido –repitió Emily, aturdida. Jason sonaban tan razonable…

–Ya te había dicho que estaba buscando una esposa…

–También me dijiste que yo no estaba en la lista de candidatas –Emily fue consciente del dolor que manifestó su tono, pero le dio igual. Se sentía demasiado abrumada, demasiado incrédula y furiosa como para ocultar sus emociones.

Jason sonrió.

–He cambiado de opinión.

–Ah, ¿sí? –Emily dejó escapar una risa seca como un disparo–. ¿Y eso era una proposición?

–Llámalo como quieras. Estamos bien juntos, Emily. Eso no puedes negarlo.

–Puede que en la cama sí.

–Y fuera de ella también –dijo Jason con firmeza–. No estoy sugiriendo un matrimonio basado exclusivamente en la atracción física.

–Oh, no. Seguro que estás teniendo en cuenta otras consideraciones prácticas –replicó Emily. Estaba enfadada, tal vez irracionalmente, pero eso era mejor que ponerse a vociferar, que era lo que le apetecía hacer, porque ni en un millón de años habría esperado aquello… ni cuánto le dolería.

–Lo cierto es que sí –dijo Jason con calma–. Procedemos del mismo entorno, nuestras familias son amigas, y somos física y emocionalmente compatibles. Nos complementamos. Sé que somos distintos, pero eso puede ser bueno. Además, los dos somos realistas respecto al amor.

Emily sintió que su corazón pesaba como una piedra.

—¿Lo somos? —susurró.

—Tú misma dijiste que no vivías esperando a que llegara un príncipe azul a rescatarte, y estuviste de acuerdo en que el amor está sobrevalorado. También dijiste que te gustaba tu vida tal como era.

Emily supuso que había sido tan convincente, que Jason la había creído.

—Si me gusta mi vida tal como es, ¿por qué iba a casarme?

—Por tener hijos, compañía, sexo —contestó Jason, y Emily se preguntó cómo podía ser tan frío respecto a algo como el matrimonio.

—¿Y por qué has cambiado de opinión? —preguntó—. ¿Por qué me he vuelto repentinamente tan adecuada para tu lista de candidatas a esposa? —al ver que Jason dudaba, Emily movió la cabeza—. Da igual. No voy a casarme contigo, Jason.

—¿Por algún motivo en especial? —preguntó Jason con el ceño fruncido.

—Porque no me quieres —resultó doloroso pronunciar aquellas palabras, porque Emily supo con certeza en aquel momento que amaba a Jason. Había hecho exactamente lo contrario de lo que quería; se había enamorado. Y se había enamorado de alguien al que no le interesaba el amor ni siquiera como concepto.

Jason permaneció en silencio un largo momento.

—Cualquiera puede decirte que te quiere —dijo finalmente.

«Excepto tú», pensó Emily con tristeza.

—Pero hace falta que sea sincero —dijo con un suspiro—. Además, no es sólo cuestión de palabras, sino de sentimientos… de hechos.

—¿Y qué «hechos» te han llevado a la conclusión de que no te amo?

Emily parpadeó, desconcertada.

—Esta conversación habría sido muy distinta si me amaras.

—¿En serio? —dijo Jason en tono retador—. Estás manteniendo esta conversación con ideas preconcebidas respecto a lo que es el amor, ¿no? Ya has decidido que, sienta lo que sienta, o haga lo que haga, no es suficiente. Porque quieres algo más. Puede que no sepas qué, pero siempre tiene que ser algo más. Quieres que te diga que no puedo vivir sin ti, que mi vida sería un infierno si tú no estás en ella. Quieres flores, anillos, e incluso lágrimas, ¿no?

A pesar de que el tono de Jason había sido fuerte y casi desdeñoso, Emily también captó en él un matiz de dolor. Y sabía que no podía culpar a Jason por no amarla. Simplemente, querían cosas distintas de la vida. Ella estaba pidiendo algo que él no podía darle.

Trató de sonreír sin ningún éxito.

—Puede que las lágrimas no, pero sí quiero lo demás. Quiero el cuento de hadas.

—Eso es justo lo que es. Un cuento de hadas. Por eso no quiero un matrimonio basado en el amor, un sentimiento veleidoso, fugaz, que le hace a uno infeliz —Jason movió la cabeza a la vez que metía la manos en los bolsillos—. Supongo que yo he sido el menos razonable de los dos al pensar que queríamos lo mismo, que no estabas interesada en el amor y el romance —miró a Emily con expresión arrepentida, tratando de aligerar el momento—. Si hubiera pensado realmente al respecto, me habría dado cuenta de que era una completa tontería. Desde que te conozco has estado emparejando gente. Es lógico que quieras lo mismo para ti.

—Lo quiero —asintió Emily.

—Está claro que mi idea de un final feliz no es la

misma que la tuya —dijo Jason—. No es suficiente para ti.

El corazón de Emily se encogió al escuchar aquellas palabras. Se sentía como si le hubiera fallado, como si estuviera siendo irrazonable y exigente por desear algo primario y efímero como el amor. Habría querido decirle que no importaba, que, tal vez, su amor bastaría para ambos. Pero sabía que no podía hacerlo.

—Supongo que es mejor así que darnos de cuenta demasiado tarde —dijo Jason, y su expresión se volvió más distante—. He visto lo que pasa cuando los miembros de una pareja tienen expectativas diferentes. Su matrimonio puede convertirse en algo muy triste, en un auténtico infierno —dejó escapar una risa breve y fría, y Emily se sorprendió ante aquella confesión—. Eso les sucedió a mis padres. Mi padre no ha sido nunca un hombre expresivo, y no sé si amaba a mi madre. Sé que nunca se lo dijo. Ella no lo sabía, desde luego. Cada vez fue sintiéndose más y más infeliz, anhelando algo que mi padre no podía darle —sonrió con tristeza—. Palabras. Gestos. Todas esas demostraciones de amor que no significan nada…

—Significan algo si se dicen de verdad, si hay algo tras ellas —dijo Emily con delicadeza, y a continuación, se armó de valor para añadir—: Si me amas.

Jason la miró con expresión impenetrable. Emily no sabía en qué estaba pensando, pero no hizo falta que Jason dijera nada para confirmar la triste verdad: que no la amaba. Sus ojos se llenaron de lágrimas y fue incapaz de impedir que se derramaran por su rostro.

—¿Has confesado alguna vez tu amor a alguien? —preguntó a la vez que se frotaba las mejillas.

Jason permaneció en silencio durante un prolongado y doloroso momento.

–En una ocasión –susurró finalmente–. A mi madre. No me contestó.

Emily pensó que aquella podía ser la causa de que Jason fuera tan reacio al amor. Suspiró temblorosamente mientras movía la cabeza.

–Somos un par de desastres –murmuró ella.

–Me temo que sí.

Permanecieron en silencio mientras entre ambos se abría un abismo de pesar. Finalmente, Jason suspiró y señaló la mansión con un gesto de la cabeza.

–Deberías entrar. Se nota que tienes frío.

–¿Tú no vienes?

–Voy a pasear un rato más.

En silencio, porque ya no había nada más que decir, Emily giró sobre sí misma y se encaminó de vuelta a la casa.

Cuando Jason regresó, una hora después, apenas la miró. Emily trató de adivinar cómo se sentía, pero su expresión denotaba que se había encerrado por completo en sí mismo. En realidad daba igual, porque ya se habían dicho todo lo que tenían que decirse. La única opción que tenía era recoger los trozos de su destrozado corazón y seguir adelante con su vida. Con un poco de suerte, Jason concluiría los asuntos personales que lo habían llevado de regreso a Inglaterra antes de lo que había anticipado y no tardaría en volver a Africa o a Asia, o a dondequiera que lo llevara el siguiente proyecto de su empresa.

Pero pensar en aquella posibilidad hizo que se le encogiera de nuevo el corazón. Lo iba a echar de menos. De hecho, ya había empezado a echarlo de menos.

La hora que había estado caminando por la nieve había entumecido el corazón y la mente de Jason, algo que agradeció, porque la conversación con Emily había hecho aflorar demasiados sentimientos, demasiados recuerdos...

Por unos momentos, pudo ver el pálido rostro de su madre, las lágrimas deslizándose lentamente por sus mejillas. Se oyó a sí mismo balbuceando que al menos él la amaba, y viendo cómo su madre volvía el rostro hacia la pared.

Fue la última vez que la vio viva.

Apartó aquel recuerdo de su mente. No quería enfrentarse a la desoladora sensación que despertaba en su corazón. Había un motivo por el que nunca pensaba en ello, un motivo por el que había decidido optar por un matrimonio de conveniencia, un matrimonio sin el dolor y la decepción que siempre acarreaba el amor.

El amor era doloroso, decepcionante, complicado e innecesario. Había sido testigo del desmoronamiento del matrimonio de sus padres, del modo en que su madre se había encerrado en sí misma debido a que su marido nunca pudo darle lo que necesitaba. Ya de mayor comprendió que lo más probable era que su madre hubiera sufrido una fuerte depresión, lo que contribuyó a la infelicidad en su matrimonio.

Sabía que también había mucha gente que se enamoraba, que creía en aquel cuento de hadas, que lo vivía. Pero él no estaba dispuesto a correr aquel riesgo. Se parecía demasiado a su padre, un hombre silencioso, sensato, incapaz de manifestar sus sentimientos, su amor.

«¿Has confesado alguna vez tu amor a alguien?»

«En una ocasión».

Al menos en parte, aquel era el motivo por el que no pensaba volver a confesar su amor... ni a sentirlo.

Capítulo 12

LA nieve ya se estaba derritiendo cuando Emily volvió al trabajo después de Año Nuevo. Su estado de ánimo se parecía al deprimente clima, y así se había sentido desde su última y dolorosa conversación con Jason, que había vuelto a Londres a trabajar el mismo día de Navidad.

Mientras subía a la oficina se preguntó qué se dirían si se vieran. Sentía su mente vacía de palabras, incluso de pensamientos. Se sentía como si estuviera patinando sobre una capa de hielo muy fina que pudiera resquebrajarse en cualquier momento, hundiéndola en las desesperanzadas emociones que ocultaba debajo.

Helen la saludó animadamente cuando entró en recepción. Con una mezcla de alivio y resentimiento, Emily pensó que ya se había recuperado de la decepción que se había llevado con Philip.

–¡Feliz Navidad, Emily! –dijo Helen–. ¿O debería decir Feliz Año Nuevo? En cualquier caso, hace un día maravilloso, ¿no te parece?

Emily contempló por la ventana la helada llovizna que estaba convirtiendo la nieve en un barrizal.

–No sé si puede calificarse precisamente de maravilloso.

Helen se ruborizó.

–Oh, supongo que no… Pero me siento tan feliz…

–Me alegra escuchar eso –dijo Emily, un poco

más animada ante la evidente alegría de Helen–.
¿Has pasado unas buenas vacaciones?

–Oh, sí –Helen se inclinó hacia delante–. Sé que
vas a pensar que estoy un poco chiflada, pero ya no
me siento destrozada por… ya sabes quién.

–Me alegro por ti –dijo Emily, a pesar de que aún
se sentía culpable–. Siento mucho haber…

–No lo sientas –interrumpió Helen rápidamente–.
Todo va bien –miró a Emily con evidente timidez y
se sonrojó un poco más–. Hay alguien más…

–Ah, ¿sí? –Emily trató de no mostrarse sorprendida–. Eso es… fantástico, y, por lo feliz que pareces,
él siente lo mismo, ¿no?

–Creo que sí –dijo Helen, y Emily se preguntó si
convendría que le aconsejara que tuviera cautela.
Pero si Helen necesitaba consejo, no era ella precisamente la persona adecuada para dárselo–. Sé que sí
–añadió Helen con firmeza.

–¿Y quién es el afortunado?

–No sé si te parecerá bien…

–No necesitas mi aprobación, Helen –Emily sonrió con tristeza–. Ya me he demostrado a mí misma
que soy bastante inútil para hacer de casamentera y
para las relaciones en general. Estoy segura de que os
irá muy bien.

–Es Richard –admitió Helen con un susurro, y
Emily la miró sin ocultar su sorpresa.

–Pero…

–Me ha pedido que me case con él –confesó Helen rápidamente–. Aún no le he dicho que sí, pero es
tan amable, y sé que me tratará bien…

Emily se contuvo de decir lo que pensaba. No
pensaba ofrecer más consejos a nadie.

–¿Y crees que con eso bastará? –preguntó con delicadeza.

–¿Qué más hay? –preguntó Helen con sencillez y Emily dejó escapar una pequeña risita.

–Supongo que no mucho.

Jason estaría de acuerdo con Helen, pensó mientras se encaminaba a su oficina. Se sentía como la última persona del mundo que creía en el amor. En algo más.

Una vez en su despacho, se preguntó si debería cambiar de trabajo. Aunque Jason se fuera y pasara todo el tiempo en África, o donde fuera, aquella seguía siendo su empresa y había recuerdos suyos en todas partes. Pero la mera idea de dejar Kingsley Engineering hacía que se le rompiera el corazón.

Estaba hecha un verdadero lío, pensó mientras encendía el ordenador. Tras años de sentirse segura de sí misma, de organizar la vida de los demás y sentir que controlaba por completo la suya, se estaba desmoronando. ¿Había sido todo un espejismo, una mentira?

A pesar de sí misma, tuvo que reconocer que su repentino y abrumador amor por Jason no había surgido de repente. Siempre había estado latente, creciendo en silencio en su interior desde el momento en que la rodeó con sus brazos en la boda de su hermana... o tal vez incluso antes.

Se esforzó por apartar aquellos pensamientos y trató de mentalizarse para el largo día de trabajo que la aguardaba.

Los días fueron pasando lentamente, marcados por su rutina... y por la ausencia de Jason. Emily no se atrevió a preguntar a su secretaria dónde estaba. Obviamente, aquello no era asunto suyo.

De manera que se sorprendió cuando, una semana más tarde, la secretaria de Jason la llamó para que acudiera a su despacho.

–¿Ahora mismo? –preguntó.

–Sí. El señor Kingsley está esperando.

–Enseguida voy –Emily colgó el teléfono, tratando de aplacar el revoloteo de mariposas que se había adueñado de su estómago. Nunca había sido convocada al despacho de Jason con tanta urgencia…

¿Qué querría? ¿Habría cambiado de opinión? ¿Se habría dado cuenta de que la amaba?

Mucho se temía que no fuera precisamente por eso por lo que la había hecho llamar.

Tras comprobar en el espejo que, a pesar de estar pálida, no tenía demasiado mal aspecto, subió al despacho de Jason.

Eloise, la secretaria de Jason, señaló la puerta del despacho en cuanto la vio llegar.

–Adelante, Emily. Te está esperando.

Nerviosa, Emily abrió la puerta y pasó al interior del suntuoso despacho de Jason. Éste se hallaba sentado tras su escritorio, de espaldas a la puerta, contemplando las vistas panorámicas de la ciudad. Tras un largo silencio, se volvió hacia ella.

–Hola, Emily –saludó con una expresión inquietantemente sobria.

Momentáneamente incapaz de hablar, Emily asintió a modo de saludo. Jason la miró un largo momento, como si quisiera memorizarla, y Emily temió que la hubiera hecho acudir a su despacho para despedirse de ella.

–¿Querías hablar conmigo? –logró preguntar finalmente.

–Quería decirte adiós –dijo Jason–. Me voy a Brasil. Están construyendo una presa en río Paraná y me han pedido asesoramiento.

–Oh – Emily carraspeó mientras trataba de ignorar el dolor y la sensación de pérdida que experimentó al escuchar aquello–. Pensaba que ibas a quedarte una temporada en Londres.

Jason sonrió torciendo la boca.

–De momento he dado por concluidos mis asuntos personales.

–Supongo que te refieres a lo de buscar una esposa. ¿A quién has elegido finalmente? –se obligó a preguntar Emily.

–¿Crees que he encontrado otra mujer con la que casarme en diez días? –preguntó Jason, incrédulo–. Puede que sea demasiado sensato para tu gusto, Emily, pero no carezco por completo de corazón. Simplemente he decidido no seguir adelante con mi plan de casarme, al menos de momento –cuando suspiró y se pasó una mano por el rostro, Emily pensó que parecía totalmente agotado–. Sólo te he hecho llamar para despedirme de ti. Mi vuelo sale esta tarde.

–Oh… –Emily tragó saliva y trató de sonreír–. En ese caso, que tengas un buen… –no pudo terminar la frase porque su voz tembló reveladoramente.

Jason se levantó, se acercó a ella rápidamente, la tomó por los antebrazos y la atrajo hacia sí.

Emily experimentó una mezcla de conmoción y placer cuando la besó con todo el pesar acumulado y toda la ferocidad que sólo ella creía sentir. En cuanto su cuerpo empezó a reaccionar, su mente se empeñó en desestimar todo lo que no funcionaba entre ellos. ¿Quería amor? Ya podía olvidarlo. ¿Necesitaba romance? Daba igual. Podría sobrevivir mientras tuvieran aquello… Pero su corazón conocía la verdad, y sabía que aquello no bastaría.

Jason la soltó abruptamente.

–Adiós –dijo, y se volvió.

Emily permaneció un momento donde estaba, desconsolada, humillada, y sus ojos se llenaron de lágrimas. Parpadeó, reprimió a la fuerza las emociones que había despertado en ella el beso de Jason y salió del despacho sin decir nada.

No esperaba que fuera a dolerle tanto. Jason mantuvo la vista fija en los ventanales de su despacho mientras oía cómo se cerraba la puerta. Esperaba que despedirse de Emily haría que su cuerpo y su mente empezaran a olvidarla.

Pero eso no iba a ser así.

Ya la echaba de menos, y era consciente de que la había perdido, de que la amaba…

No. No amaba a Emily Wood. No pensaba dejarse llevar por aquella emoción inútil, por aquella receta infalible para la infelicidad…

Su infancia había quedado marcada por la tristeza de su madre, y su adolescencia por el silencio de su padre. Había sido testigo de lo que el amor podía hacer a las personas, e implicarse en una relación con Emily sabiendo que eso era precisamente lo que quería habría sido un grave error. No podía correr aquel riesgo.

«¿Has confesado alguna vez a alguien tu amor?»

No pensaba volver a hacerlo.

Enero dio paso a febrero y Emily siguió yendo de casa al trabajo y del trabajo a casa como un autómata. De algún modo logró sonreír, hablar e incluso reír. Creía estar dando muestras convincentes de encontrarse bien. Y, tal vez, incluso su mente y su corazón acabarían creyéndoselo y podría volver a empezar de nuevo…

Pero lo cierto era que no sentía ninguna mejoría.

Cuando febrero dio paso a marzo y no le quedó más remedio que reconocer que seguía igual, empezó a preguntarse si su corazón llegaría a recuperarse alguna vez.

Estaba pensando en aquella sombría posibilidad cuando, de repente, las luces de su despacho se apagaron. Sorprendida, alzó la mirada y vio a Isobel en el umbral de la puerta.

—Por hoy has terminado de trabajar —anunció su hermana—. Vamos a salir.

—Pero ni siquiera es la hora del almuerzo…

—Da igual. Necesitas un descanso. Incluso tu jefe está de acuerdo.

—¿Jason? Está en Brasil.

—Le he enviado un correo electrónico para pedirle permiso porque sabía que te resistirías. Ha dicho que por supuesto que podía sacarte.

Saber que Jason había pensado en ella, aunque sólo hubiera sido un poco, le produjo una incontenible nostalgia.

—¿Por qué iba a resistirme a salir? —preguntó, haciendo un esfuerzo por sonreír—. Nunca he sido una adicta al trabajo, Izzy.

—Porque pienso someterte a un interrogatorio completo —Isobel tomó el abrigo de Emily del perchero y se lo entregó—. Para cuando acabe el día, espero conocer todos tus secretos.

Emily dio un instintivo paso atrás.

—Pensándolo bien…

—Ya he contratado a una niñera, y no voy a permitir que te eches atrás. Tenemos hecha una reserva y Jason se ha empeñado en invitarnos.

Emily digirió en silencio aquella información mientras se preguntaba por qué habría hecho Jason tal cosa. ¿Querría demostrarle con ello lo poco que le importaba? ¿O lo mucho que le importaba?

–De acuerdo –dijo, aún reacia, y salió del despacho seguida de su hermana.

Comieron en el restaurante Ivy y, mientras Emily jugueteaba distraídamente con su comida, Isobel se inclinó hacia ella.

–¿Estás enamorada y no eres correspondida? –preguntó directamente

Emily se quedó desconcertada. Por un momento pensó que Isobel estaba al tanto de lo de Jason, pero enseguida se dio cuenta de que su hermana sólo estaba tanteando el terreno.

–Sí –confesó con un suspiro–. Pero lo superaré –añadió con una voluntariosa sonrisa–. No me queda más remedio.

–¡Si supiera quién es, le arrancaría la cabeza! O le pediría a Jason que lo hiciera. Le he preguntado si él sabía de quién se trataba, pero…

–Oh, Izzy –Emily dejó escapar una temblorosa risita–. Supongo que no te lo dijo, ¿no?

–No. Dijo que eso sólo era asunto tuyo y que no me entrometiera. Típico de Jason.

–Es Jason.

La expresión de Isobel habría resultado cómica si Emily no se hubiera sentido tan mal.

–¿Jason? –repitió Isobel, incrédula.

Emily asintió con tristeza y su hermana apoyó la espalda contra el respaldo de su silla.

–Pero… ¡por supuesto! ¡Por eso parecías tan apesadumbrada durante las vacaciones de navidad! Y por eso se fue Jason… –Emily casi pudo ver cómo giraban los engranajes en la cabeza de su hermana–.

¿Pero por qué te ha roto el corazón? ¿Y cómo se ha atrevido a...?

–No –interrumpió Emily, alzando una mano–. No metas a la familia en esto, Izzy. Se trata de Jason y de mí, y lo único que sucede es que queremos cosas distintas de la vida.

Isobel arqueó una ceja con expresión escéptica.

–¿Tan distintas?

–Lo suficientemente distintas. A Jason no le interesa el amor. Al menos, no como a mí.

Isobel ladeó la cabeza.

–¿Y cómo te interesa el amor?

Emily no quería repasar los detalles de su conversación con Jason; ya había sido lo bastante doloroso mantenerla.

–Quiero lo que papá y mamá tuvieron. Lo verdadero. El auténtico amor.

–¿Cómo puedes recordar lo que tuvieron? –preguntó Isobel–. Sólo tenías tres años cuando murió mamá.

–Lo sé, pero cada vez que papá habla de mamá se nota cuánto se amaron. La adoraba, Isobel. Me dijo que era perfecta...

–¿Y tú quieres alguien que piense que eres perfecta?

–No, claro que no...

–Todo eso sucedió hace veinte años, Emily. ¿No crees que ha podido sublimar a mamá con el paso del tiempo?

Emily miró a su hermana, conmocionada.

–¿Estás diciendo que... no se querían?

–No, estoy diciendo que lo que tenían era real. No estaban de acuerdo en todo. Discutían. Lo recuerdo muy bien. Mamá era mucho más emocional que papá. Papá la quería, pero no pensaba que era perfecta. Al menos, no mientras vivía. No todo fue romance y rosas para ellos. No lo es para nadie.

Romance y rosas. Emily pensó que aquello se acercaba mucho a lo que ella misma había dicho. Pero, aunque tuviera algunas nociones demasiado ingenuas sobre el amor, lo cierto era que Jason no la amaba. Ni siquiera quería que ella lo amara. Nada de amor. Punto.

–Entiendo lo que estás diciendo, Izzy, pero sigo queriendo que alguien me ame y sea capaz de decirlo, y Jason no ha sido capaz de hacerlo.

–Pero si te lo demuestra…

–Tampoco me lo ha demostrado –replicó Emily en tono cortante–. Se ha acabado, ¿de acuerdo? Deja que me recupere en paz –tras dejar la servilleta en la mesa, añadió–: Y ahora, ¿qué tal un poco de terapia de rebajas? Y dale las gracias a Jason por la invitación.

A mediados de marzo, Emily seguía recordando la conversación con Isobel, además de cada momento que había compartido con Jason. Recordaba pequeños detalles que de pronto parecían importantes: su forma de sonreír, la dulzura de sus caricias, su habitual tono ligeramente burlón… del que había disfrutado hasta que su corazón se había visto implicado en su relación.

Los recuerdos desfilaban por su mente en una interminable hilera que estimulaba su anhelo de volver a verlo para preguntarle… ¿qué?

¿Qué podría decirle? «Me da igual que sólo me ames un poco. No necesito grandes gestos ni demostraciones…»

Pero ni siquiera sabía si Jason la amaba un poco.

En realidad no había una relación entre ellos. No había futuro.

Nada.

Jason se pasó las manos por el pelo y suspiró. Estaba trabajando doce y catorce horas diarias en un esfuerzo por avanzar con su trabajo en Brasil… y en un inútil intento de olvidar a Emily.

Pero no estaba funcionando. Incluso estando en medio de los cálculos más complejos, su recuerdo se infiltraba en sus pensamientos. Por las mañanas, se levantaba inquieto, frustrado. Los cuatro meses que llevaba de celibato habían empezado a alterar su humor. Sus empleados andaban de puntillas a su alrededor; el único cuyo humor había mejorado era Richard, que había celebrado su compromiso la noche anterior.

Al menos alguien había hecho algo con sentido.

El sonido de su móvil le hizo apartar con irritación la mirada de la pantalla del ordenador. Al mirar el número y ver que era el de Isobel, contestó.

–¿Izzy?

–Oh, Jason, me alegro de encontrarte…

Por su tono de voz, Jason dedujo que había estado llorando.

–¿Qué sucede, Izzy? –preguntó, alarmado.

–Oh, Jason, es…

–¿Emily? –Jason sintió que su corazón dejaba de latir por un instante–. ¿Se encuentra bien?

–Emily está bien. Es nuestro padre. Ha sufrido un derrame cerebral. Los médicos temen que no se recupere y he supuesto que querrías saberlo.

–Por supuesto. Oh, Isobel, cuánto lo siento –Jason pensó en el amable rostro de Henry, en su sonrisa y en su constante buen humor. Y entonces pensó en Emily, en lo que estaría sufriendo. Mientras Isobel le daba los detalles sobre el estado de Henry, supo lo que tenía que hacer. Lo que quería hacer.

Emily miró a su padre en la cama del hospital. Parecía repentinamente pequeño e indefenso bajo las sábanas. Llevaba casi veinticuatro horas junto a su cama, rezando para que mejorara. No podía perder también a su padre de aquel modo.

–Oh, papá –susurró–. No me dejes. Todavía no. Te quiero tanto…

Una enfermera se asomó por la puerta.

–Hay un visitante esperando fuera, señorita, pero no pertenece a la familia más cercana y no sabía si…

–Yo hablaré con él –dijo Emily con un suspiro. Ya habían acudido al hospital varios colegas y viejos amigos de su padre, y estaba cansada de responder una y otra vez a las mismas preguntas mientras su propio pesar resultaba insoportable.

Cuando salió al pasillo, pensó que estaba teniendo alucinaciones. Estaba tan agotada, que no era de extrañar que su mente estuviera recreando ante ella a la persona que más deseaba ver en aquellos momentos.

El visitante era Jason.

Capítulo 13

EMILY se quedó mirando a Jason como si temiera que en cualquier momento fuera a desvanecerse. Pero no lo hizo; era real, y estaba avanzando hacia ella con los brazos extendidos.

–Siento mucho lo de tu padre, Emily. He venido en cuanto me he enterado.

Sin cuestionarse lo que estaba haciendo, Emily se acercó a él para refugiarse entre sus brazos. Aquel era el único lugar en que quería estar en aquellos momentos. Jason la abrazó y ella cerró los ojos a la vez que apoyaba la cabeza contra su hombro.

–¿Ha experimentado alguna mejoría? –añadió Jason.

–No… pero dicen que aún hay alguna probabilidad de que mejore –Emily pensó que probablemente no era buena idea dejarse abrazar de aquel modo por Jason después del esfuerzo que le había costado entumecer su corazón a lo largo de aquellos cuatro últimos meses–. Creía que estabas en Brasil –dijo a la vez que se apartaba de él.

–Estaba en Brasil, pero he tomado un vuelo en cuanto me he enterado.

Emily observó sus ojeras, la fatiga que denotaba su rostro.

–No tenías por qué haberte molestado.

–Lo sé. Pero quería venir.

Emily lo miró mientras trataba de interpretar el sentido de sus palabras. Y de sus propios sentimientos. Había necesitado a Jason y éste había acudido a su lado. Ni siquiera había admitido ante sí misma que lo necesitaba y, sin embargo, el había sabido que era así. Y eso era mejor que cualquier cosa que Jason pudiera decir… o callar.

—Gracias —dijo con sencillez, pues su corazón estaba demasiado colmado y temeroso como para decir, o pensar, nada más.

—¿Cómo está Henry?

Jason apartó la vista de la ventana del cuarto de estar para mirar a su padre. Había ido a Weldon directamente desde el hospital, pero su mente seguía con Emily. Parecía tan cansada, tan pálida, tan triste… Odiaba verla así.

—Sigue igual. No ha reaccionado desde que sufrió el derrame cerebral.

—¿Crees que se recuperará?

Jason reprimió la punzada de irritación que le produjo el tono desapasionado de su padre. Henry Wood era uno de los amigos más antiguos de Edward y, sin embargo, no era fácil deducirlo por su forma de hablar. Contemplaba el fuego con un gesto totalmente inexpresivo.

—No lo sé. Según los médicos, podría empeorar o mejorar, aunque la mejora sería limitada.

La expresión de Edward seguía siendo inescrutable.

—Cuesta creerlo —murmuró finalmente—. Te hace pensar.

—¿En serio? —Jason no pudo evitar un matiz de sarcasmo en su pregunta.

—En serio —Edward se volvió hacia su hijo, que vio con sorpresa la lóbrega expresión de su mirada—. Te hacer recapacitar sobre tu propia vida, darte cuenta de que el reloj corre para todos nosotros. Mi salud no es buena últimamente. Ya lo sabes.

Jason no recordaba haber escuchado nunca a su padre pronunciar tantas palabras seguidas y menos aún con aquel tono de tristeza.

–¿Y has llegado a alguna conclusión? –preguntó, casi con timidez.

–No –Edward volvió a mirar el fuego–. Pero sí me arrepiento de no haber dicho algunas cosas que debería haber dicho. Cosas que no dije nunca.

Jason se tensó, consciente de que quería saber a qué se refería su padre.

–Podrías decirlas ahora –dijo al cabo de un momento.

Edward esbozó una fugaz sonrisa.

–No puedo. La persona a la que debería habérselo dicho está muerta.

–¿Te refieres a mamá?

–Sí. La quería de verdad, pero nunca se lo dije.

–¿Por qué no?

Edward se encogió de hombros.

–No lo sé. A mí nunca me lo dijeron demasiado, y supongo que no me gustaba la idea de admitir algo que podía considerarse una debilidad. Pero puede que el mayor indicio de debilidad sea precisamente no decirlo –cuando Edward miró de nuevo a Jason, éste se sorprendió al ver la vulnerabilidad de su expresión–. Pero puedo decírtelo a ti, ¿no? –dejó escapar una breve risita–. Sólo el cielo sabe cuánto me cuesta hacerlo. Pero te quiero, Jason, y lamento no habértelo dicho nunca.

Jason experimentó una poderosa sensación al escuchar aquellas palabras.

No se trataba de un mero gesto, de la expresión de un sentimiento vacío.

Escuchar las sentidas palabras de su padre le hizo comprender la verdad de sus propios sentimientos. La verdad sobre el amor.

Era un sentimiento poderoso, fuerte, real.

Y necesitaba decírselo a Emily.

Había sido una semana agotadora. Emily estaba tomando un café en la cocina de Hartington House, y sentía que le dolía todo el cuerpo a causa de la fatiga. Pero a la vez sentía una dulce sensación de alivio; su padre había recuperado la consciencia aquella noche. Según los especialistas, su recuperación iba a ser larga, y no volvería a hablar ni a moverse como antes. Era duro aceptar aquello, pero era mejor que la alternativa. Al menos era algo.

Y algo era suficiente.

Jason había acudido al hospital a diario, y Emily había apreciado su presencia más de lo que podía expresar. Quería manifestarle cuánto significaba para ella, cuánto lo amaba. Sin embargo, sabía que no tenía sentido hacerlo. Jason había acudido como amigo de la familia, nada más. Las cosas no habían cambiado entre ellos.

Pero ella sí se sentía cambiada. A lo largo de aquella semana había comprendido lo ingenuos e infantiles que habían sido sus sueños sobre el amor. El amor no se manifestaba en grandes palabras o gestos, sino en la acción.

«Cualquiera puede decirte que te quiere».

Pero no todo el mundo habría hecho miles de kilómetros para estar con ella en aquel momento de necesidad. No todo el mundo sería tan leal, tan fiable y seguro… justo lo que ella necesitaba. Lo que quería.

A Jason.

Aún lo amaba; siempre lo amaría. Pero eso no podía cambiar lo que sentía Jason. No la amaba y, aunque ella hubiera aceptado aquello, sabía que Jason no aceptaría lo que ella tenía que ofrecerle.

Jason no quería amor. No la quería a ella.

Unos golpes en la puerta la hicieron salir con un sobresalto de su ensimismamiento. Suspirando, se dispuso a aceptar otro guiso de alguna de las bienintencionadas viudas del pueblo. No sabía que su padre fuera tan popular.

Pero cuando abrió la puerta no se encontró ante ninguna viuda, sino ante un sonriente Jason.

—Creía que te habías ido a Londres…

—He vuelto.

—¿Por qué?

—Tengo algo que decirte.

Jason dijo aquello en un tono tan serio, que Emily sintió que se le helaba el corazón. ¿Habría encontrado finalmente una mujer lo suficientemente sensata como casarse con ella? ¿Iba a tener que simular que se alegraba por él.

—En ese caso, pasa —dijo, reacia, y se apartó del umbral de la puerta.

—En realidad quiero que vengas conmigo.

Emily parpadeó.

—¿Adónde?

—Es una sorpresa.

Emily lo miró con cautela.

—No sé si es un buen momento para salir, Jason. Espero una llamada del hospital…

—Acabo de hablar con enfermería y me han dicho que tu padre está dormido. Si quieres, podemos ir a visitarlo luego.

—¿Luego?

—Vamos —Jason sonrió y tomó a Emily de la mano.

Aún indecisa, y un poco asustada, Emily dejó que la llevara hasta su Porsche.

Mientras viajaban hacia Londres, Emily tuvo que hacer verdaderos esfuerzos para no preguntar adónde iban, aunque no estaba segura de querer saberlo.

—¿Adónde me has traído? —preguntó mientras bajaba del coche junto al Támesis.

—A uno de mis lugares favoritos en Inglaterra —contestó Jason—. Ven conmigo.

Emily hizo lo que le decía obedientemente, sintiendo cada vez más curiosidad. ¿Por qué la había llevado Jason a uno de sus lugares favoritos? ¿Y por qué era aquel uno de sus lugares favoritos? Miró a su alrededor; se hallaban en un parque de aspecto bastante anodino, con un poco de hierba y un par de bancos y mesas de picnic.

Jason se detuvo ante la barandilla que bordeaba el río y señaló hacia el agua.

—Ahí —señaló unos voluminosos objetos plateados situados a lo largo del agua—. ¿Sabes lo que eso?

Teniendo en cuenta que trabajaba para una importante empresa de ingeniería hidráulica, Emily tuvo la sensación de que debería saberlo.

—¿Algo relacionado con las inundaciones?

Jason esbozó una sonrisa.

—La Barrera para Inundaciones del Támesis. La más grande del mundo. Mi padre me trajo aquí cuando yo tenía diez años. Me quedé fascinado con su fuerza. El agua es uno de los elementos más poderosos del mundo, pero, cuando se eleva, esa barrera es capaz de detenerla. De controlarla. Creía que era eso lo que me impulsó a estudiar ingeniería hidráulica: la habilidad para controlar una fuerza tan poderosa. Pero me he dado cuenta de que hay otro aspecto: el poder, la belleza e incluso lo imprevisible del agua

–al ver la expresión perpleja de Emily, rió abiertamente–. Lo que estoy diciendo no tiene mucho sentido, ¿no? Y yo que estaba tratando de decir algo romántico sobre cuánto me abruma el amor, una fuerza más poderosa que la de cualquier río…

–¿El amor? –repitió Emily, incrédula y esperanzada–. Me temo que no lo he captado.

–Ya te había dicho que no se me daban bien estas cosas.

–¿Qué cosas?

–Los grandes gestos. Las palabras. Dos palabras en particular.

Emily sintió que su corazón dejaba de latir.

–Y yo que pensaba que estabas parloteando sobre barreras contra inundaciones.

–Sólo trataba de hablar poéticamente –Jason miró su reloj–. Ah, ya es la hora.

–¿La hora de qué?

Jason señaló el cielo y Emily siguió con la mirada la dirección de su dedo. Entonces vio que en el cielo había un avión haciendo giros.

–¡Está escribiendo algo! –exclamó, sorprendida, y Jason sonrió.

–No sabía si te gustaría, pero quería hacer una declaración.

Emily observó el cielo en silencio mientras el avión deletreaba las palabras que tanto anhelaba oír. Te quiero. Se volvió hacia Jason, incrédula, esperanzada.

–Jason…

–Podría tomar el camino fácil y dejar que el avión hablara por mí –Jason señaló el cielo–, pero necesito hacerlo personalmente. Quiero hacerlo personalmente, porque lo siento. Y eso era lo que no quería, lo que llevo negándome a reconocer demasiado tiempo

—se volvió hacia Emily, sonriente, aunque su mirada era seria—. Te quiero, Emily. Y hacerlo implica quererte por completo, incluyendo la parte de ti que quería más de mí de lo que estaba dispuesto a ofrecer.

Emily se quedó mirándolo, aturdida.

—Todo lo que quería era tu amor, Jason —susurró—. Y creía que tú no…

—Es cierto —admitió Jason—. He descubierto que amar a alguien asusta. Uno queda expuesto a toda clase de riesgos, y al dolor. Llevaba demasiado tiempo convencido de que no quería saber nada del amor, de que no era capaz de amar. Como mi padre.

—¿Y qué te ha hecho cambiar de opinión?

—Tú. Desearte, estar contigo. Pero soy muy testarudo y no quería reconocer lo que sentía. Tú me hiciste reaccionar cuando me preguntaste si alguna vez le había dicho a alguien que lo amaba. Estuve a punto de decirte que no, pero entonces recordé que una vez dije a mi madre que la amaba. Ella estaba llorando porque era infeliz con mi padre, porque sentía que no la amaba. Ahora me doy cuenta de que estaba deprimida, y yo sólo pretendía hacer que se sintiera mejor —Jason bajó la mirada antes de añadir—: La misma noche que le dije que la quería se suicidó.

Emily se llevó una mano a la boca, horrorizada.

—Lo siento… susurró.

—Yo también. Lo siento por mi madre, que era desesperadamente infeliz, y siento que su experiencia, y la mía como niño, me hiciera dudar del poder del amor y sólo me revelara el dolor que podía causar. Me convencí de que amar a alguien no era buena idea, de que las palabras y los gestos nunca podían bastar, al igual que el amor de mi padre no fue suficiente para mi madre. Como mis palabras… mi amor… que no le bastó.

—Oh, Jason…

–Así que me convencí de que lo que quería era un matrimonio de conveniencia, porque no quería sentirme decepcionado. Ahora comprendo que sólo trataba de protegerme del sufrimiento. Pero no sirvió de nada, porque el amor es como el agua del río, una fuerza imparable –Jason rodeó a Emily por la cintura con sus brazos y la atrajo hacia sí–. Mi corazón no tiene una barrera contra las inundaciones –dijo con suavidad–. El amor, y tú, me abrumasteis.

–¿En serio?

–Sí, con tu calidez, tu franqueza… y tus zapatos sexys.

Emily rió, incrédula.

–Creía que odiabas mis zapatos.

–Me volvían loco. Tú me volvías locos. No lograba mantenerme alejado de ti. Aún me resulta imposible. No puedo creer que haya esperado tanto para admitir cuánto te amo.

–Y yo que estaba tratando de convencerme de que no necesitaba que me correspondieras con tu amor…

–¿Por qué no? –preguntó Jason, sorprendido.

–Porque te amo tanto… Y cuando te presentaste en el hospital, supe que habías venido porque sabías que te necesitaba. Eso significó más para mí más que cualquier ramo de flores, que cualquier cosa que pudieras haberme dicho.

–Realmente he sido un cínico.

–Y yo he sido tonta pensando que el amor era todo flores y romance…

Jason interrumpió a Emily besándola con delicadeza en los labios.

–Te quiero, Emily –dijo, mirándola a los ojos–. Eres cálida, generosa, impulsiva, emocional…

–¿Aunque me haya comportado como una tonta? Ni siquiera sabía lo que significaba realmente el amor…

—Y yo he sido un idiota todos estos meses. Podría haber resuelto todo esto mucho antes si no me hubiera empeñado en luchar contra la idea de amarte tanto.

—Me amas —dijo Emily, maravillada, preguntándose si debería pellizcarse para salir de aquel sueño.

—Sí, te amo, Emily Wood. Creo que llevo años amándote. Y nunca he podido olvidar aquel baile…

—Me siento tan tonta…

—Yo he sido mucho más tonto que tú. Creía saber lo que necesitaba, pero sólo te necesitaba a ti. Y ahora ha llegado el momento de mi gran gesto —con una sonrisa tan traviesa como amorosa, Jason se hincó de rodillas y Emily observó atentamente como sacaba una cajita negra de terciopelo de su bolsillo y la abría, revelando en su interior una exquisita sortija con un diamante rodeado de zafiros—. Te quiero profundamente, locamente, totalmente. ¿Querrás ser mi esposa e intentarlo conmigo?

Emily rompió a reír de felicidad.

—Sí, quiero ser tu esposa —dijo mientras Jason se erguía para ponerle el anillo—. Será un placer maravilloso intentarlo contigo.

—Eso suena como música a mis oídos —murmuró Jason antes de inclinar la cabeza para besarla apasionadamente.

Abrumada de felicidad, Emily lo abrazó con todas sus fuerzas. Junto a ellos, el agua del río fluía sobre la barrera, plateada y brillante, poderosa, avanzando siempre, imparable como el amor.

BIANCA

KATE HEWITT

EL REGRESO DEL GRIEGO

El legendario aplomo del millonario griego Yannis Zervas estuvo a punto de saltar por los aires cuando se topó con Eleanor Langley.

La jovencita dulce y adorable que recordaba se había convertido en una ambiciosa y sumamente atractiva profesional de Nueva York, que lo miraba con ojos acerados, un fondo de ira y lo que parecía ser deseo.

A Yannis no le gustaban las emociones puras. Había contratado a esa fría mujer por motivos de negocios. Pero más tarde, cuando viajaron a Grecia y se encontraron bajo el cálido sol del Mediterráneo, la verdadera Ellie volvió a surgir...

N.º 467

INOCENCIA Y PODER

La guapa, inteligente… y empedernida soltera Emily Wood es la directora de Recursos Humanos más joven que ha habido en la empresa en que trabaja. Tan sólo su cínico jefe, Jason Kingsley, parece inmune a sus encantos…

Jason está acostumbrado a que las mujeres caigan rendidas a sus pies, pero no está interesado en las relaciones a largo plazo. Emily cree en el amor, así que no entiende por qué está empeñado en utilizar su indiscutible poder de seducción con ella...

¡YA EN TU PUNTO DE VENTA!

DESEO

KATHERINE GARBERA
SOLO POR UNA NOCHE

La heredera Iris Collins necesitaba un acompañante para una boda y el millonario Zac Bisset era el mejor candidato. A cambio, ella tenía que invertir en el equipo de regatas de Zac. El acuerdo era redondo, y todo iba bien hasta que acabaron en la cama.

KIRA SINCLAIR
PECADOS DE UN SEDUCTOR

Gray Lockwood había cumplido senten-
cia por un crimen que no había cometi-
do. Para limpiar su nombre, necesitaba
la ayuda de Blakely Whittaker, la severa
y preciosa auditora cuyo testimonio le
había enviado a la cárcel. El problema
era que la línea entre la enemistad y la
pasión entre ellos era extremadamente
fina.

N.º 531

JULES BENNETT
AMOR EN LA CIUDAD DE LA MÚSICA

El propietario de su nuevo sello discográfico, el hombre a cargo de su carrera profesional, era demasiado atractivo. Tanto que Hannah Banks solo podía pensar en él. Para evitar la tentación, se hizo pasar por su hermana gemela, una mujer mucho más discreta. Pero Will Sutherland quería a la auténtica Hannah en el estudio de grabación… y en la cama.

DESEO

MAUREEN CHILD

UNA MENTIRA INOCENTE

Viajar en el avión privado de Luke Barrett y pasar un fin de semana cargado de pasión con él resultó bastante arriesgado para Fiona Jordan. Confiaba en no estropear su misión secreta de convencer al multimillonario de la industria tecnológica para que regresara al negocio familiar. Cuando Luke descubriera la verdad, ¿lograría Fiona evitar la caída? Mezclar el placer con los negocios podría terminar siendo el malabarismo más complicado de su vida…

N.º 532

MAGIA EN EL MAR

Hacer un crucero de lujo en Navidad debería ser como estar en el paraíso, pero Mia Harper tenía que confesarle algo a su multimillonario ex: ¡seguían casados!

Ahora estaba atrapada entre el tremendamente sexy Sam Buchanan y el abrasador deseo que los había rodeado siempre y, por si eso fuera poco, Sam le iba a hacer un pequeño chantaje: le concedería el divorcio si le daba lo que él quería por Navidad: una breve aventura con ella.

CAROLE MORTIMER

Bella y perversa

Rupert Stirling, duque de Stratton, llevaba desde hacía tiempo el apodo de "Diablo". Y se lo había ganado a pulso gracias a sus asombrosas hazañas dentro y fuera de la alcoba.

Pandora Maybury, duquesa viuda de Wyndwood, era incapaz de cualquier osadía, aunque el turbio secreto que guardaba la hubiera convertido en objeto de escabrosas murmuraciones. Si la aristocracia londinense hubiera sabido lo inocente que era en realidad... Incluido Rupert que, tras rescatarla de una situación comprometida, parecía empeñado en comprometerla aún más…

El placer del escándalo

Genevieve Forster, duquesa viuda de Woollerton, sabía muy bien que tenía que dar un paso hacia adelante y empezar a dis-

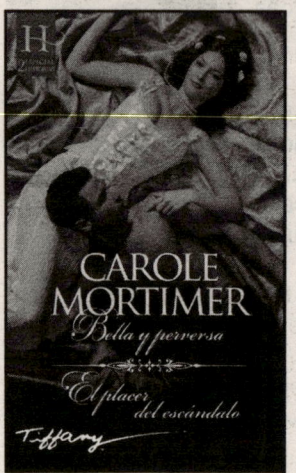

frutar. Después de un matrimonio desdichado, estaba dubitativa, pero, en lo más profundo de su ser, anhelaba que la tentaran...

No era de extrañar que a lord Benedict Lucas, con ese aire esquivo y pecaminoso, sus amigos y enemigos lo llamaran Lucifer. No temía escandalizar a la envarada alta sociedad. Además, disfrutaría enormemente mientras sacaba a la luz el lado desvergonzado de Genevieve...

No. 78

¡YA EN TU PUNTO DE VENTA!

JAZMÍN™

SUE SWIFT
EN BRAZOS DEL JEQUE

El jeque Rayhan ibn-Malik estaba a punto de olvidar que la dulce y sensual Cami Ellison era la misma pilluela que había prometido utilizar como instrumento para su venganza. Había jurado hacerle pagar al padre de Cami por haberlo estafado. Pero no había previsto que la muchacha conquistara su corazón de aquella manera.

RENEE ROSZEL
EN BRAZOS DE UN SEDUCTOR

Taggart Lancaster había accedido a hacerse pasar por su amigo por una buena razón. Pero su papel de mujeriego estaba teniendo tanto éxito que todo el mundo creía que así era él realmente. Mary O'Mara no quería tener nada que ver con un tipo así. El problema era que no le quedaba más remedio que pasar algún tiempo con él.

N.º 569

SUSAN LUTE
UNA VIDA PERFECTA

Dillon Stone andaba buscando a la esposa perfecta, pero no podría ni haberse imaginado casado con la irresistible Eleanor. Lo que necesitaba no era pasión, sino una madre para su hija. ¿Sería aquella la mujer que le daría el amor y la ilusión que tanta falta le hacía?

JULIA™

MARIE FERRARELLA

CARICIAS MÁGICAS

Cuando vio a Lucas Wingate en la consulta, Nikki Connors estuvo encantada de atender a su irresistible hija de siete meses. Pero era aquel atractivo viudo quien más parecía necesitar la magia curativa de Nikki... y le hizo preguntarse si tal vez ella no necesitaría cierta terapia romántica...

UN AMOR COMPARTIDO

Después de que su príncipe azul se convirtiera en sapo, Kate Manetti se volcó por completo en su trabajo. No quería meterse en otra relación. Fue entonces cuando un rico director de banco llamado Jackson Wainwright entró en su vida y la hizo reconsiderar sus planes.
Jackson, un hombre que lo tenía todo, estaba dispuesto a hacer lo que fuera para hacerla ver que estaban hechos el uno para el otro.

N.º 464

BUSCANDO LA FELICIDAD

La detective Jewel Parnell no creía en los cuentos de hadas. Creía en las aventuras esporádicas, sin compromisos. Pero su madre, una celestina consumada, no estaba dispuesta a darse por vencida y le consiguió un nuevo cliente: un apuesto profesor con un niño encantador a su cargo. Sin embargo, lo que Jewel no sabía era que Christopher Culhane y su adorable sobrino, Joel, podían darle la lección de amor que tanto necesitaba.